悦书坊

向继东 主编

黎明之刃

溪晗 著

山西出版传媒集团 北岳文艺出版社

·太原·

图书在版编目（CIP）数据

黎明之刃 / 徯晗著. — 太原：北岳文艺出版社，
2025. 5. —（悦书坊 / 向继东主编）. — ISBN 978-7
-5378-7099-3

Ⅰ. I247.7

中国国家版本馆 CIP 数据核字第 2025CV1897 号

黎明之刃

徯晗　著

//

出品人
董利斌

选题策划
谢放

责任编辑
谢放

装帧设计
徐奎

印装监制
郭勇

出版发行：山西出版传媒集团·北岳文艺出版社

地址：山西省太原市并州南路 57 号　邮编：030012

电话：0351-5628696（发行部）　0351-5628688（总编室）

传真：0351-5628680

经销商：新华书店

印刷装订：山西万佳印业有限公司

成品尺寸：148 mm×210mm

字数：253 千字　印张：9.75

版次：2025 年 5 月第 1 版

印次：2025 年 5 月山西第 1 次印刷

书号：ISBN 978-7-5378-7099-3

定价：76.00 元

"悦书坊"序

　　二十年前，身居南国的林贤治兄赐我一册《2003：文学中国》，希望我为此写点文字。林兄是诗人兼学者，著述颇丰，又是眼光独到的编辑家。他选当年公开发表的作品，结集这样一本书，无论体裁和篇幅，也不论名家或凡夫俗子，只要能入法眼者即收。后来我写了篇《作家不能"生活在别处"》，载于《文汇读书周报》。令我意外的是，十多年来一直有人转载此文，使我惭愧而惶恐。检讨自己，这些年来我虽没有改变自己，却变得麻木而无奈了。

　　何为好作品，也许见仁见智吧。但有一点是共通的：作家必须直面真实，感受痛点与苦难。任何漠视底层的写作，要出好作品是不可能的。余华的现代经典《活着》，把底层人物的希望、痛苦、挣扎、哀伤、无奈、坚韧状写出来，令人震撼，作为长篇，短短十几万字，其人物形象之丰满，堪称典范。

　　中国有多少作家？数以十万或百万计吧。历代的文人墨客，我们能记住多少？对人类自身有关怀和悲悯的作家太少了！李白和杜甫都是伟大的诗人；但我更喜欢杜甫，更喜欢白居易。杜甫的"三吏""三别"，白居易的《卖炭翁》等篇什，每读一次，都能让人扼腕猛醒。那唐王朝的繁华，其实只是"皇亲国戚们"的。"兴，百姓苦；亡，百姓苦。"这才是历史的真实……

当下，几乎众口一词叹曰："出书卖书都很难啊！"是的，读书的人少了。无论在哪里，也无论老少，满眼大都看手机；偶见捧读者，也许多为摆拍。但我想，只要良知未泯，是真诚的，其作品就不怕没有读者。

"悦书坊"重名家不唯名家，只是希望作品更有特点和个性，更好读，庄重而不一定崇高，活泼而不浅陋。题材风格不限，或关怀人生与社会，或发自内心的反省与拷问，不拘一格，挥洒自如。

是为序。

向继东

2023年6月14日

目 录

隐者考

微　博

　　我开始关注高阳教授是在半年前，那时我的写作已经陷入困顿，我不知道自己该写什么，还能写什么，什么才是读者感兴趣的。事实上，这是很多当下的写作者共同面临的困局——文学似乎越来越不被读者所需要了，读者们越来越摒弃那种在我们过去看来不可或缺的精神需求：那种对经典的沉迷与深度阅读，某种耽于沉思与诘问的读书生活。的确，我们的生活方式越来越现代，手指只需轻轻一触，就能到达我们想去的任何地方，点开我们想要的一切资讯、信息。微博、微信、网上商城……可以让我们足不出户就能完成生活之需。这是一个简时代、一个微时代、一个名符其实的美丽新世界。

　　而高阳教授，恰是这个时代的异类。有意思的是，我知道这个人的存在，却是通过微博。简单地说，高阳教授是一名隐者，一个早就消失在公众视线中的人。早在二十年前，他就离开了他的教职岗位，虽然他离职归隐时，只是南城P大生物工程系的一名副教授。但其实极少有人知道他还是美国一所著名常青藤大学的特聘教授，所以我愿意省去他教职前面的那个副字，直接称他为教授。半年前，高阳教授重新被公众关注，是因为发生在他身上的一次不幸，成为一个新闻事件。在我看来，这比他本身遭遇的不幸更不幸——他一定不愿自己成为公众所关注的人，这与任何一名隐者的心愿都相去甚远。

说起来有些讽刺：高阳教授在山林中遭遇了一条毒蛇的攻击，虽然他自己及时采取了急救措施，并在最快的时间内为自己注射了蛇毒血清，但依然未能阻止蛇毒最终侵入他的神经，这使他成了一名不幸的植物人。如今，他仍然躺在南城的一家医院里昏睡，估计睡醒的可能性很小。我去他所在的医院进行了探访，医生说，最乐观的估计是醒来后智商也不会大于五十，也就是说，就算高阳教授侥幸能够醒来，他也会成为一名傻子，甚至比傻子还要傻的低能者。这对于曾经智商过人却不能接纳这个世界的高阳教授来说，不知算不算是一种解脱？

高阳教授为无名毒蛇所伤成为植物人的事，被他的一位前女友发到了微博上。这位女友的微博名叫"迷途的羔羊"。实际上，她是一个名人，叫康娅，经常亮相在各个电视媒体和报纸媒体的财经专版，是一个专业的经济时评人。我第一次在电视以外的地方看见她，是在高阳教授的病房里。此次见面，是应康娅之邀，她说在接受我的采访之前，可以先交给我一些东西，然后我们再确定是否见面。也就是说，我能不能真正采访她，还是一个未知数。

我们的联系是从康娅发的那条微博开始的，微博的内容除了提及隐居二十年的高阳教授被毒蛇咬伤的事，还提到他的两个孩子——他们没有学籍，未受过一天的学校教育，但他们均由高阳教授亲自教授，完成了同步课堂教育，知识水平绝对超出他们的同龄人——恳请南城相关的学校接纳他们，并给予他们学籍。由于"迷途的羔羊"粉丝者众，一条不超过一百四十字的微博，却立时引起了博友们的疯狂转发和评论。那个在人们记忆中已然"死去"的高阳教授，在这条微博中很快"满血复活"：

是P大的高阳吗？他二十年前可是个牛人。

高阳是国内把某添加剂引入食品的第一人，也是呼吁终止的第一人。

高阳什么时候结婚的？他妻子是谁？他怎么被蛇咬伤了？

二十年前，高阳和当今著名经济时评人康娅谈过恋爱。康娅后来嫁给了P大的一名法学教授……

评论几乎具有"人肉"的功能。由是，我知道了高阳教授的一些过去，以及他成为隐者前的一部分经历。也由此知道了康娅曾是高阳教授的女友。至于高阳教授的两个孩子，他们都是在高阳隐居后生下的，没有人知道他的婚姻，自然也不知道这两个孩子是高阳教授与何人所生。

这些评论当然都是曾经知道高阳教授的人发上来的。对此，康娅只作壁上观，一个都没有回应。但一个在社会上消失了二十年之久的人的信息，突然由曾经的恋人发布出来，发布者无疑是一个知情者，或者一定程度上的知情者。

一个曾经牛极一时的年轻学者，在他风华正茂的时期突然选择从人们的视野中消失，成为一个无人知晓的隐居者，这是何为？

我不是一个有窥私欲的人，而是觉得在茫茫的世界上竟然找到了一个心灵的同类——关于隐居，那是日夜蛰伏于我心头的一种密念。可是，它却像西西弗斯推石上山一样难以实现。那是梦想与现实的无尽纠缠。梦想是永远的失败者。现在，有一个人帮我实现了它，这个人与我毫无关系，是陌生的他者，却是我精神的同类。

我在康娅的微博里私信给她，表示我想向她了解一下高阳教授的故事。我把自己的名字告诉她，说我是一名作家，并向她介绍了我的几篇作品。她说她看过我的作品，并提到了我的一篇小说《金臀》。她说她很喜欢这篇小说，并且记忆深刻。我很高兴，觉得这可能会为我们接下来的联系打开一扇门。换句话说，这也是我进入高阳教授世界的一扇门——这是一扇怎样的门，我还不得而知，但我确信门里一定会有别开生面的世界。

之后，我搜索了她的名字。康娅无疑是名人，这从她的博客的访问量逾数千万，每篇博客后的留言之众可以看出。现在这个时代，还有什么比经济更吸引人的眼球呢？何况康娅每篇博客除了最新的经济时评，还兼谈股市行情，分析市场走向。我随便看了她的几篇博客，不得不承认她的水平之高与见解之独到。油价、金价、股指、期货，这些都是康娅经常关注的话题。最重要的是，作为一名尚还年轻的女性（我猜她的年龄在四十岁左右），她的文章还言及本国经济与他国时政之间的关系，虽然这样的指涉比较隐晦，但无不显示出她的犀利与智识。她的文章逻辑严密，文字优美。在我看来，这样卓越智慧的女性，台湾的陈文茜算一个。我在电视上看过康娅，印象中她不算特别漂亮，但优雅大气，声音比陈文茜的要好听，磁性中略带沙哑，透着某种依稀的旷邈感，我猜她唱摇滚一定好听。于是，我在她的博客里发了张小纸条，把我的MSN和手机号留给了她，没想到她很快就加了我。

屏幕上互相招呼过后，她表示不能马上和我聊天。我理解作为名人的她，选择与一个陌生人聊天，除了时机外，还要看心情，何况我们要谈的是高阳。但我还是很高兴，表示愿意等她有空时一起聊聊。

在等待康娅联系的过程中，我又看了一些她其他的文章，并百度了她的简历。她生于1970年，与我同龄。本科学的是医学，毕业于P大。硕士与博士专业是经济学。第二学历来自美国的康奈尔大学。显然，她比高阳教授要小很多。据我所知，高阳教授是在三十二岁那年开始成为一名隐者的。如此，她比高阳小整整十岁。二十年前，这样一对年龄差异颇大的男女是怎么成为恋人的呢？

我开始发挥一个写作者虚妄的想象力，但我知道这种揣度常常远离事情的真相。这强化了我想和康娅认识的冲动。

经过一两次MSN上的聊天，康娅同意和我见一面。

"面对面彼此感受一下，也许能决定我们是否可以开始正式的交往。"语气中暗含某种居高临下的意味，有着名人的某种优越感，完全掌握话语的主动权。

"当然。"我发了个略带嘲讽的笑脸过去。权力无处不在，但我从来都是权力的反抗者。

见面的地点选在高阳教授的病房。在"面对面彼此感受"过后，我拿到了康娅给我的一些文字材料。

"这是我从他的日志中挑出的一部分内容，不全面，只是一小部分，你可以看看。另外一些，只有几页，是我涂鸦的一篇短小说。也许算不上小说，奉给作家一笑。"康娅的笑容中略带点羞怯，这颠覆了我此前对她的所有印象。从这一笑里，我看出了她的善意，人在表达自己的善意时总是最脆弱的。

我非常高兴地接过这份东西。我说："希望下次见面时，你可以接受我的采访。"我本能地觉得，康娅的背后是一座富矿。我确信我有机会有能力打开它。

笔 记

1992年5月1日

这里有一片山林，是我喜欢的那种"密林"。两年前，因为一次实验，我来过这里。那次和我一起来的，还有K。K正面临毕业前的临床实习。"这里面也有医学的前景，我可以去观摩一下。况且，那地方算远郊吧，也许是次不错的出游呢。"K笑嘻嘻地跟我要赖皮。对这点，我的导师也常常没办法。

山的阳面，是一些梯田，大多种的是玉米，也有水稻，还有一些低矮的果树，我仔细看过，那是一些南方常见的乔木，芒果、番木瓜、荔枝、龙眼之类。果树上挂着白色、浅黄色的小花，有的已经结出了小小的青涩的果实。这些，都是我在南城郊外农田里常见的。令我惊奇的是它的阴面，密密层层的，都是各种藤蔓缠绕的大树，有的藤蔓如手指那么粗，遒劲地、嶙峋地向上攀爬着，带着无限的奔赴天空的力量。我们就像来到了远古的密林里。这样的密林，常常只出现在一两个世纪前的那些经典文学作品中，有着幽远、浪漫而古典的味道。林地里铺满了厚厚的腐叶，上面生长着青色的苔藓、奇怪的菌类和一些无名的小野花。茂盛的蕨丛发出轻微的响动，我真担心里面会窜出一两只小动物。林中不时传来一阵哦喔哦喔的响声，宛如某类动物的低吼，有点阴森。

K根本就没有勇气进到里面去，她怕昆虫和蛇，尤其是那些有毒的昆虫。

我们的实验小组也没有尝试往里探寻。此次来，我们为的不是山后这片林木，而是山前那些玉米。那是些实验型玉米，就种在阳面的山坡上。这些梯田是我参与的一个研究项目，由南城一个科研所种植。梯田的租赁期是五年，一年前就到期了。但因为我们的实验还没有完成，对这片使用价值不大的山田，村里并没有收回去。村主任是个淳朴的老好人，说权当支持国家的科研事业了。但今年年底必须收回去，"村里有一些别的用途"。村主任没说什么用途，我们也不便问。实际上，项目组的工作已接近尾声，也没有再租赁这片梯田的想法。这里实在太远了，交通又不方便，要找到有公路的地方，必须经过山后的一座水库。之所以选在这里，是因为这个地方偏僻，保密程度高。

事实上，山后密林中那种哦喔哦喔的声音，就来自那座水库。那是水流的声音。密林的一侧，有条飞溅的瀑流，水声被密林切割后，就发出了那种类似小兽的低吼。水库是20世纪五六十年代人工修建的，年深月久，又因远离人居，它看起来倒更像是一个天然的湖泊了。据说当年修建这座水库，是为了把这里聚蓄的山泉水引到它的下游去，那里有些水渠，需要的时候，山泉水可以用来灌溉农田。库里的水十分清澈，因为离城远，地势高，自然不会有什么污染。水库的对面有一座巨大的花园，是南城园林局的苗圃。苗圃前侧有条公路，可以通往南城。

这片山坡被巨大的水库阻隔着，水库上没有桥，每次进山，都只能坐船过来。苗圃前方不远处，有一个村民设置的小渡口。船夫是个寡言的中年男人，靠摇橹为生，过一次渡，只收两块钱。

我打算从山后的林地中开辟出一条小路，让它直接通向那座镜泊湖一样的水库。午后水库有着一种静默的绿，它像是从天空落下的一面镜子，映照着岁月的寂静。这寂静正是我喜欢的。

想起K上船时摇晃不稳的样子。以后，我恐怕再也见不到她了。

签的合同是十年。几乎是倾尽所有，我总算包下了这片山田。除了山后的林木，它们的所有权归村里，但我仍然拥有管理它们的权力。

一个现代农夫，现代守林人。没有办法反抗时，也许只能选择逃避。

1992年7月12日

"那儿便是无限罪恶所在的地方，准备着把不能同流合污的东西一概毁灭。不久，那世界便要把这树林毁灭了，吊钟花将不再开花了。一切可以受伤的东西，定要在铁的蹂躏之下消灭。"我抄下了劳伦斯这句话。事实上，他在几十年前就看清了这一切。

我也是这样的罪人，一个毁灭者的同谋。那件事，将成为我一生中的污点。那原本只是一次实验，仅仅出于对科学的某种探求（我把它当成一种冒险的乐趣）。可他们却为了盈利，把它加进了几乎所有的食品里。无论我怎样阻止、奔走和呼吁，他们都不肯停止这种恶行。他们美其名曰：现代食品工业。这就像是打开了潘多拉魔盒，而我是始作俑者，或之一。诺贝尔发明炸药时，他肯定想不到有一天它会被用于战争。那个创造了塑料却没有找到它的可降解方法的人最终不得不以死作为抗争。那是他唯一能够做出的忏悔吧？金钱正在吞噬一切，从尼采的"上帝之死"到福柯的"人之死"，并没有花多少时间，人类就走完了自身几千年都没有走过的道路：一条急遽自毁的道路。现代人不再需要那些最古老的知识与文化所蕴含的灵性，及这灵性所指向人的精神、美德与灵魂。

我们真的已经蜕化成为一种经济的、生物的存在：实用科学的对象、工具理性的奴隶、物质的疯狂追逐者与占有者了吗？

夜晚，我在灯下一遍遍地读劳伦斯，我的灵魂为之感动，女主人公的名字是那么亲切，因为姓氏的相同，让我情不自禁地想起K。有时候在白天，我站在小说中所描绘的密林里，分不清是实还是虚：幻想着K会向我走来。

这绝望的，绝望到骨头里的想念。

1993年4月18日

她坐在那里，有一种安娴的情致。阳光照在屋前的平地上，她的影子落在地面上。她的发丝被风轻轻地拂动着，在有阳光照射的一侧脸上徐徐飘动，长睫毛上有一种透明的亮，手指有节奏地上下舞动着，她在织一件薄毛衣。线团在竹篮里跳动着，是一种银灰色的细绒线。椅子是我用从山后的林木中砍伐下来的杂木做成的。打磨的砂布和桐油都是村主任亲自送过来的。这样的椅子，我一共做了六把，尽管我知道，永远不会有六个人来坐满它们。

"我爸让我给你送点热汤过来。你先喝了吧。"她用略带本地口音的普通话说。

记不清多少次了，我总是喝着这些加了山药的热汤，主料有时是家养的土鸡、土鸭，有时是不知从哪里弄来的猪骨头。味道的纯正，让我想起那些远去的岁月。那些悠久的岁月，母亲坐在煤油灯下缝袜子，过年的时候，一家人就能喝上这样的鸡汤，吃上同样味道的猪骨头。妹妹们在母亲的膝头爬来爬去，弄得母亲总是发出轻声的叫喊，疼痛的，却又带着某种幸福的快意——显然是针又扎了手。我在灯下打弹子，嘴里自言自语地为自己喝彩或者号叫。

一些已然幸福过的时光。

多半是玲来。有时村主任也会亲自来。送汤，并顺手带上一两个下酒菜：炒花生米、卤水鸭脚，或者凉拌猪耳朵，手里提着一瓶自家酿制的米酒。

"这地，是真的种得好呢！"村主任每次来，总是要这么感叹一句，然后就打开酒菜，摆上碗筷喝酒。他其实是个寡言淳朴的人。这样的人，好像也属于我记忆中的那个年代。因了这里的偏僻、遥远，这里的一切——人，和人所倚靠的那些自然之造物，似乎都还保留着过去的那些特点。

我们对酌，总是我时不时主动聊起一两句话头；否则，那酒会喝得有些漫长和压抑。事实上，我从未有过这样的轻松。稻花的香味从山下飘来，在空中浮动着，中间夹杂了一些果树开花后的暗香。村主任的沉默，总是让我想起父亲。父亲与父亲是如此不同，那是因为男人与男人如此相异。记忆中的父亲，我其实并不愿意回忆。我的行踪，对他而言大概也是无须知晓的。他习惯了在每年的春节前收到一笔钱——数额多少会有差异——这样的习惯，他和我都已坚持了十年。

一滴快乐后的精液。于我，总是种责任。

我在阳光和风里望向她，这个情致安娴的姑娘。母亲年轻时也会是这个样子吧？

我们就要结婚了。我知道，这个姑娘将会带给我内心的安宁。

1993年8月18日

"你为什么愿意呢？"

"为什么？你又为什么愿意呢？"

我笑笑，放下手头读着的书，伸手抚摸了一下她略有些消瘦的脸。那是孕育孩子引起的。她手里不是拿着针线，就是在忙活些别的事情。天有些热，此刻的阳光是激烈的，可她总是那么安娴和宁静，仿佛时间在她的手里变成了某种单一的存在，只朝着一个方向缓缓流去。

"他说你是大知识分子，嫁给你是我的福气。"

"那你怎么想呢？"

"从小，我就没有违抗过我父亲。"

"你是为了你父亲？"

"一半吧。"

"那另一半呢？"

她抬起头来，停下手里的活计，看着我。

"我说为了你，你相信吗？"

我点点头。

"你呢？"她用少有的认真语气问。

"一半为你，另一半也为我自己。"这是真心话，她是能让我的心安定下来的人。这样的日子挺好，离群索居，有种离世的孤独与安宁。时间像洗过一样，是干净的，心也变得干净起来。那些粮食与蔬菜都以最干净的方式生长着，透着健康的生命的活力，吃起来是放心的。过些日子，我们的猪圈和榨油房就建好了，山后有砍不完的杂树和藤。

野花在树林里开着，至少眼下，和不久的将来，我们的"吊钟花"会一直开在我们的生活里。这种被遗忘的生活，是我努力选择的。它把我的生命拉长了，让我在这种拉长中体会着自己的存在：生命是这么真实、自然，如同万物生长、鲜花绽放。我感受着自己在人世间的呼吸，就像时钟在寂静中走着，每一秒都发出清脆的滴答声。

"和你一起去当野蛮人吗？"K摇着头，一脸嘲讽的笑。

K再也回不到我梦里来了。

1993年8月19日

"这就是你给我的答案？"

K的突然出现，令我感到震惊。

"我上个月刚从美国回来。一直在找你，只是一直没有想到你会来这里。其实我应该想到的。"K看着妻微微隆起的小腹。我不安地看着妻，她的神色却是安娴的、镇定的，有一种处惊不乱的安泰。这不应该是一个村姑具有的特质。一个奇女子。有着一种与生俱来的力量，某种与外界对抗的力量。我的心安定下来。

"你们先坐会儿，我去给客人泡茶。"妻笑着，搬了把我做的杂木椅子，轻轻地放在K的身边。K迟疑了一下，无声地坐下了。

"你要一直留在美国吗？"我终于找到了与K闲聊的话题。

"现在看来，我是得考虑一下。你就这么突然消失掉，连我妈妈也不告诉一声吗？你这样做对得起她吗？"

"没有人可以消失掉的，我只是选择了一种不同的存在方式。如果这样做对不起你妈妈的话，请向她表示我的歉意。"

"我不是来和你进行哲学辩论的。我和我妈妈也不要你什么歉意。你太让我失望了！我现在才知道，你是个愚蠢的乌托邦主义者，自私、顽劣。你选择在我去美国留学前不打任何招呼就消失——我记得我们之间从来就没有提过分手的话。你怎么可以这样做？"K回头望一眼屋内，压低嗓音，恐因不克制惊动玲。我平静地望着她。一切已成定局，无可更改，让远道而来的K发泄一下吧。

　　"在下决心离开之前，我记得我问过你。事实上，我早就知道那个答案。"

　　"什么答案？你问过我什么？"

　　"你说你不会和我一起去当野蛮人。你还记得吧？"

　　K的表情是迷茫的，她已不记得我们之间有过这样的对话了。但随后，她又激动起来，用手往周边指了指："这样的生活，我的确是不可能与你一起的。你以为你可以坚持下去吗？总有一天，你会发现你的隐居生活是可笑的，是一个做不下去的梦。那时，你的生活将会是一团糟。不信，你就走着瞧吧！"K气愤地说。

　　我不打算争辩。也许将来有一天我会像K所言，在不得已中结束这种生活，但至少目前看来是不可能的。我和这片山坡，以及山后的那片林地——新辟的小路可以通往水库——已经无法分割了。还有正为我孕育孩子的女人，我注定将为她守护一生。

　　K走了。

　　"记着，我还会来的！"K走时有些恶狠狠地道。

　　我笑着用眼神表示欢迎。

　　"哼，娶一个村主任的女儿！你这样的生活不会长久下去的。"K再次恶狠狠地说，头也不回。

　　我送她穿过林中的小路去水库，那里停着我亲手做的小木船。有时，我会划着它到水库那边，从那里坐车去南城。每个月，我进城取一次邮件，各种书刊、国内外往来的信函——主要是学术的，顺便把粮食和蔬果运到城郊那家批发市场去，在那里换取一些资金，再把需要的农具和种子买回来。到明年，我就不用买种子了，我正在建一个天然作物种子库。

邮箱是我向南城邮局租的。开户费二百五十元，每月只用交两元租金。

我把K送到水库对岸的苗圃前，目送她坐车回南城。

1994年2月14日

也许我可以尝试接生自己的孩子——一年多来，我养的那群羊和一头母牛生崽，都是我接的生。我甚至已经看了好几本产科方面的书，实验室里的消毒器具和药品也很齐备。但为了玲和孩子的安全，我最终还是放弃了。我得让玲的父亲，那可敬的老人安心。

孩子在医院里顺利诞下。给玲接生的那个女医生很好，总是保持着一脸和蔼的笑，有种和玲一样的安娴神情，所以我一见到她心就平静下来了。医院需要这样的产科医生。K有次说，产科医生是这世界上最伟大却最滑稽的职业："想想看，他们每天都在和人的生殖器打交道，却从那里迎来美好的新生命。"K学的是外科。"外科也一样。医者对应的就是病，病菌、病毒，一切的病原体。它们都是脏的。钱也脏。但前者令人避之不及，后者让人趋之若鹜。我还是去追逐后者吧！"K自我解嘲地说。K最终改学了经济。

一个男性的小婴孩。我用手掌托住他，他发出嘹亮的哭喊声，他哭得如此用力，哭声从那幼小的身子里震颤着迸发出来，穿透我的掌心。哦，这个哭泣的小生命，将来会怎样跟我相处呢？为什么我看着他会如此感动？我当初也这么躺在父亲的掌心里吗？哦，我是多么不愿意想象这一幕。

我给他取名为楠，希望他能像山后的那棵金丝楠木一样，长成大树。

我把儿子小心地放在玲的怀里，玲用手将他紧紧地搂住。玲的眼里有泪。我默默地注视着他们，想象着自己也这么躺在母亲的怀里。哦，母亲！那种痛又回来了，我抱住玲，想哭。

我会保护好玲，保护好我们的孩子，不让任何的意外发生。不会再有那样的意外，让儿子因为一次淘气的过失"杀死"母亲……

失去母亲，恰是对这一过失最残酷的惩罚。我这一生，已受够了这种惩罚。

去邮筒取邮件，收到K从美国寄来的明信片。节日快乐？终于意识到今天是某个节日。

有意思的是，我在这一天里做了父亲，姑且把它理解成"父亲节"快乐！

1994年8月31日

这个夏天，K来了很多次，她给我带来了福克纳的《八月之光》中文版和英文原著。我读过他的《喧哗与骚动》，尤其喜欢昆丁那一章，这本书至今仍摆在我的书架上，是我带在身边的专业书外的少量别的书籍之一。

看到这个书名，我突然想起昆丁说过的一段话，记得不是特别清楚了。我于是打开书来找，果然找到了那一段。这种从读中学起就养成的阅读习惯，一直在帮助我：在一些特别的地方，做上记号或笔记，有的地方会夹上小纸条。

"在老家八月底有几天也是这样的，空气稀薄而热烈，仿佛空气中有一种悲哀、惹人怀念家乡而怪熟悉的东西。人无非是其气候经验之总和而已……"关于《八月之光》，福克纳说：它是一个令人怡悦和唤起遐想的标题，因为它使我回忆起那段时间，领略到那比我们的基督教文明更古老的透明光泽。

我一下子就喜欢上了这本书。K不在这里的时候，我几乎每天都会读一点。孩子才半岁多一点，玲似乎总有忙不完的事，而我也比过去更忙碌。每天大量的体力活，让我的骨骼和肌肉都变得结实起来。我正在筹划着把这个向阳的山坡改成一个梯式的农场。每天总有忙不完的事。劳累过后，最好的休息方式就是睡眠。我只能在每天睡前读上几段。所以在K休假的一整个8月里，我都还没有读完这本书，也没法与之交流阅读的感受。

　　玲已经习惯了K的到来。我们三个似乎都已经达成一种默契与和谐：玲在我身边忙忙碌碌，这个时期农田里总有干不完的活；K帮玲照料孩子，有时读一会儿书——孩子躺在摇篮里的时候，她总是一边用脚有节奏地踩着摇篮，一边吃着玲为她准备的各种小零食。山坡上有吃不完的瓜果，花生和葵花子是地里种的。K手里翻着书本，嘴里哼着摇篮小调。玲和K那种亲如姐妹的相处，总让我感到困惑。她们之间，玲是大度的，有时甚至流露出对K的某种慈爱，K则显出了我以前从未觉出的那种纯洁与高尚。

　　我开始相信这一切都是环境的作用，这片山坡和它周边的空气净化了我们。这里的一切都是自然的、宁静的，它是美丽的"八月之光"，呈现着比"基督教文明更古老的透明光泽"。我想，昆丁之所以把表砸碎，不是他忍受不了时间，是因为他忍受不了他所处的环境和那环境带给他的生命的苦痛。昆丁的父亲把表给昆丁，是给昆丁"一切希望和愿望的陵墓"。那不是让昆丁好记得时间，是让他好不时地忘记片刻，而毋须花费全部精力去制胜它，因为时间反正是征服不了的。尽管人对自然显示出了其他任何物种都无法比拟的威力，但恰恰是对其自身的存在与消亡，表现出如此惊讶、震颤，而又如此懦弱，无能为力。福克纳把这比作是一场打不胜的仗。

　　我绝没有可能打胜这一仗，没有人可以打胜它。但是我可以把失败的那一刻加以延长：假定每一刻我都能感知自己的存在，听见自己的心在胸腔中安然地跳动，就算我没法战胜时间，但我可以从那些可怕的"规则"的禁锢里逃逸出来，就像从机器上掉落下来的一颗螺钉，不被时间的耗损所折断。

法布尔说，蝉的生命只有一个夏天，可它的一生都没有停止过歌唱。这句话曾让我泪流满面，我从蝉的歌唱中看到了生命的永恒。

我尝试着像法布尔一样写一本自己的《昆虫记》，遗憾的是，除了能够从作家们的描述中感受那种文字的美与力量之外，我其实并不具有写作这美与力量的能力。

K的暑假结束了，她还要去美国攻读自己的学位。"明年的夏天，我还来。"这一次不是恶狠狠的，而是带着微笑。她拥抱了玲，亲吻了我们的孩子，就随我一起踏上了那条林中的小路。

1996年8月8日

玲生下了我们的第二个孩子。这一次，没等我们来得及去医院，玲就诞下了她。当时，我正在向日葵地里劳动，玲说想来看看我，给我送壶水来。玲走着走着就不行了，只好隔着向日葵地朝我大喊了一声。

我奔过去，脱下自己的衣服，垫在玲的身子下。

孩子落在我的掌心里。

一朵落在掌心里的花！

仿佛是天意，K正从山脚下朝我们走来，她到得是那么及时。谢天谢地——我怎么忘了她是学医的。

"瞧，我来救你了吧！往后，你得叫我干妈，小东西。"K美滋滋地说。玲看看她，看看孩子，再看看我，疲倦而幸福地笑着。

1998年10月2日

K结婚了。

1999年5月1日

差不多半年了，这是K婚后第一次来。

孩子们很高兴，他们喜欢看见有客人来。蕾蕾躲在玲的后面，既兴奋，又有些胆怯，她已经不认识K了。让一个不满三岁的孩子，记住半年前见过面的人是困难的。楠就不一样了，他抱着K的腰，兴奋得噢噢叫。其实，他原本是个安静的男孩，我还没见过他这样兴奋。

"哎呀，蕾蕾你都不记得我了，我是你干妈呀！没良心的小东西，你还是我接生的呢！楠呀楠，你把我搂得太紧啦，你瞧这些是什么？都拿去！"

K递给楠一大堆东西：彩色铅笔、漫画书、橡皮泥，还有几盒巧克力之类包装精美的零食。楠噢噢叫着跑开了。K抱起蕾蕾，在她脸上使劲亲着。玲站在她身边一直笑着，对K说：他呢？她问的是K的丈夫。

K说："和他的朋友一起出去玩了。"

"怎么不把他一起带来呢？我们都没见过呢。"

K不以为然地看看我，问："我能带他来吗？"

我奇怪："怎么不能呢？"

"如果带他来这里，你还能做一名隐者吗？你难道不知道，只要我对人说出你的行踪，媒体就会跟踪而至？"K指指山后，又指指山前，"这片密林，那片你精心改建过的农场，就会成为永远的过去时。"

我愣住了，玲说："那我就和他一起搬到城里去。反正楠就快要上学了，这里没有学校。离我们这里最近的学校都有十公里，而且是山路。"

K说："是啊，住个十年八年也就差不多了，合同不也只签了十年吗？孩子们总得上学呢。"

我没有说话。孩子们上学的事也许不是问题，我可以亲自教，去城里买教材，或者我自己编写教材。

只是这样，孩子们也许会失去一些与同龄人在一起的快乐。

2001年2月14日

离上次来已经有一年多了，K的体型有了变化。她拿出给楠的七岁生日礼物。她总是记得孩子们的生日。

K弯下腰来，抱了抱楠，说："你生在这一天，将来恐怕要当个情种呢。"

"孩子呢？"玲问。

"判给他了。他说他要孩子。"K说。

"他说要孩子就给他？孩子才刚一岁呢，怎么能离开妈妈！"玲有些生气地叫道。我还没见过她这么生气的样子。

"我努力过了，不行。没办法，他就只要孩子，他说离婚就必须把孩子给他，这是底线。"K说。

"狗屁底线！孩子那么小，没有那么判的。"玲有些激动，好像失去孩子的是她，不是K。

"没办法，婚是我要离的。没有这个孩子，他会死的。唉，你们不懂。算了，给他吧，我随时可以去看孩子的。"K似乎有些敷衍我们的样子。她看起来不像是甘心的，似有难言之隐。对他人的婚姻，谁都没有指手画脚的权力。我截断玲的话，让她去给K打点热水来洗手。天有些阴冷，这个时期山上不是暖和的时候。

吃饭时，K主动提到了已经是她前夫的那个人，说他是一位年轻的法学教授，也是一位有名的律师。

"和他打官司，几乎没有胜算。何况，我根本就没打算和他打官司。" K说。

我和玲默默地听着。

"就像一个骗局，他从我这里骗走了一个孩子。" K苦笑着，看看我，"Gay！" 我看一眼玲，装着没有听懂的样子。K说英文，就意味着那是不想让玲知道的内容。但是这个词玲居然懂了。晚上玲突然问我："她怎么嫁了个变态？"

"谁知道！" 我不知该怎么回应，这种事，我没碰到过。但我知道这样的人不少。福柯就是这样的人，我读过他的《性意识史》。

2001年8月8日

K离婚后大约每一两个月会来一次。每次都会给我送来一大堆书籍，还有给玲的日用品，给孩子们的彩色铅笔、漫画书，甚至整箱的零食。

"我不能保证它们都是安全的，但我想他们也许喜欢。"

玲笑着说："是的，他们都盼你来呢，其实他们是在盼这些零食。"

这是可怕的，我不允许孩子们吃它们。这些零食的到来，会加剧孩子们和我的对立，甚至是玲和我的对立。我私下里恳求过K，可下一次来，她还是会把它们放在她的汽车尾箱里，连同那些书本一起运到我们的农场里来。

"你把这些东西带来，会污染这片山林的。" 我说。

"你放心，我走时会把它们都带走的。" 她说的是那些塑料垃圾，可孩子们会把里面的零食吃进肚子里，损害他们的肠胃。

"今天是蕾蕾五岁生日，我不能不给她带礼物来啊。你说是吗，玲？" K一边大声朝厨房里喊，一边转头对我坏笑。玲在厨房里应着，K一直在统战她和孩子们。

"我不会让你这样的日子长久过下去的。你的合同不是就要到期了吗？"K放低声音，带了些阴谋得逞的样子。

"我可以再续签一份合同的。我已经是这里的村民了，玲也是，还有孩子们、玲的父亲，我们都是。"

"那又怎么样呢？你难道要隐居一辈子？孩子们迟早是要上学的——不能因为你可以像老师一样教他们功课，你就可以剥夺他们去学校的权利。你把他们留在身边是自私的。"

"楠才七岁半，可他都已经学到小学三年级课程了，甚至四年级的数学也会一些。蕾蕾也不比她哥哥差，她已经在学习一年级的课本了——在城里，她这个年龄，恐怕只能上幼儿园中班吧？"

"除了学习知识，他们还需要和同龄人一起过集体生活。学校，才是他们真正应该待的地方。"

总是这样，K最近老是为孩子们上学的事和我争执。她似乎比玲更着急孩子们上学的问题。问题是我并不觉得这是个问题。我深刻地知道，孩子们应该待在有山川、河流，有青草和树木茂盛生长的地方。这里正是这样的地方。不然，K为什么也喜欢来呢？我有时觉得，K不是为我们而来的，她是为了这里的一草一木、一花一叶，为了山坡下的那些农作物，还有徜徉在半山腰的那些牛羊来的。

事实也是如此，K生活在城市，那里有她的梦想和追求，有她的事业和成功——她越来越成功了，玲总是指着电视机上的她跟我说："她现在是名人了。"

有时，K抱怨在屋子里没有手机信号，要跑到山顶上去才能勉强接听电话。

"为什么你们却有电视信号呢？"

是我自己在山顶装了信号接收器，只为了能让孩子们偶尔看看动画片，否则就只有把他们送到山下一公里外的外祖父家去。

我说："你忙就别来了。"

"玲还没有这样说呢！这里是我的歇脚地，我想来就来。"K生气地说。

我无可奈何地笑笑，只要她愿意，我们当然愿意给她留着这片歇脚地。

2002年4月1日

那件事……像十年前一样糟糕。

K说，那是对女性的某种物化，在国外是要遭女性主义者唾弃的。她的话令我感到羞愧。

K是在愚弄我吗？

2002年8月5日

农场的合同又续签了十年——我现在习惯把它叫农场了，尽管玲和这里的村民们还是叫它东山岭。玲的父亲早就不再当村主任了，他已经退休，有时上山来和我们一起住。可他总惦记着山下的老屋和农田，时不时会把孩子们带下山去。

这里已经初具规模，与我最初的构想没有多少分别了。我们种植的各种农作物足以养活我们全家和那二十几只牛羊。余下的，都拿到市场去换了必要的生活物资。本来可以余下更多的，但因为农场一直在扩建中，我和玲这些年收入的主要部分都用在其中了。现在，这里看起来倒更像是一个新型的现代农场了。

我在半坡上建了一个小养殖场：牛栏和羊圈分处在两层梯田的一端，一共有六头牛（其中两头是刚出生几个月的小牛崽）和十八只山羊。养殖场里面开凿了管槽，把粪便引入侧面的洼地——在那里发酵，再把形成的沼气引入我们的房舍，这样做饭的燃气和洗澡的热水就不用发愁了。沤熟的粪便是上好的有机肥，需要的时候，我会把它们引到我们的农田里去。在山林一侧的瀑流那里，我安装了一台引水器，把饮用和灌溉用的水分成两股，分别通到它们应去的地方。玲还养了二十几只鸡——屋后山林里的黄鼠狼有时会来偷叼，这让玲愤恨得要命。我在几处它们藏身的灌木丛下设了埋伏，有两只落在里面后，它们就再不敢来了。我还在树林里抓到过几只野兔，我们全家都不是素食主义者，它们自然成了我们餐桌上的美味。偶尔还会搞到一两只野鸡，自然是比野兔还要美味得多。这种时候，玲和孩子们都很高兴。弄熟后，我会让玲装一些给她父亲送去，像当初他让玲给我送来一样。

　　我最满意的是我在这里建的实验室——这几年好几篇发在国外的论文是都靠它提供的数据才完成。我和玲种的农作物有几百种，都是纯天然的——主要是为了完善种子库。实验室里还储备着各种蛇毒血清。山上有时会遇见各种蛇，大部分都有毒，比较常见的是银环蛇和眼镜蛇。我早就教过玲和孩子们如何避开蛇，只要懂得规避，它们一般是不会主动伤人的。没办法，一切生物都希望获得自然的庇护与安宁，人想要获得这种庇护，就得学会与它们相处。

　　十年下来，我几乎集齐了在国内能找到的各种农作物的天然种子——通过对它们的繁育，我获得了许多有用的数据。最重要的是，这是一种"保存"工作，是对人类所亲近的那些天然物种的保存。我知道，潘多拉魔盒已经打开，那些贪得无厌的人正在侵害我们的种子——局势比我当初料想的还要不可控。我真担心，有一天，谁来为我们人类保存种子？

　　还会有传说中的诺亚方舟吗？

　　我把孩子留在这里，也许是自私的、残酷的，但我不想把他们放进城市里去接受各种侵害和污染：食品的、空气的、水源的，还有心灵的。这也是一种"保存"工作，我想替他们把人的灵性在他们身上保存久一些，再久一些。我希望有一天，他们不要怨恨我。

还有玲，她本可以走出这座大山，去外面的世界生活，却因为做了我的妻子，而不得不与我一起守在这里。

不要怨恨我，希望有一天，他们都不要怨恨我。

离实验室不远的地方，是孩子们的课室，我每天会定时给他们授课。为了节省时间和提高效率，我不能采取学校老师采用的授课方法，我更多的是去提高他们的理解能力、分析能力和对知识的融会贯通与运用能力。

也许，我还需要买台电脑——传统的邮寄方式越来越不受欢迎了，而且也不方便。最重要的是，电脑处理数据的错误率几乎为零。

看来，我的肉身归隐了，可思维还留在现代，人越来越沦为他所处时代的奴隶。这样的感受，K恐怕比我更强烈吧，她根本就离不开城市和它所提供的一切便利：汽车、手机、笔记本电脑。每一次她来都带着这三样东西。虽然她每次都只能把车停在水库那边的苗圃边——没办法，我没有钱也没有能力给她修一条通往这里的路。

我只能用小船把她送到水库那边——那里还有我为她准备的另一只小船。她在船上再也不会摇晃了，不仅如此，她自己一人也能把船摇过来。现在，她不习惯坐摆渡的船去村里了。从那里上来要走一公里。她总是喜欢走捷径的。

可见，人就是环境的产物。

2003年12月20日

K说，过了这么多年，你的农场已经很像样了，再没有别的东西需要添置了吧？那就读读书。说完交给我一本书。

"这个人刚得了诺贝尔文学奖，南非人。他的*Life & Times of Michael·K*（《迈克尔·K的生活和时代》）得过布克奖。我在美国时看过他的一些英文原著，很喜欢。这应该是他的首个中译本——是在他得诺奖前译的。过些日子，也许会有一些他的中译本出来。我到时再买几本给你送来。"

我接过来翻了翻，书名叫《耻》，作者是J.M.库切，2002年9月由译林出版社出版的。

"他写得好极了，可惜我不是翻译家，也没有能力把它们翻译出来。"

"是吗？那我倒要看看他写得到底有多么好，能让你这么推崇备至。"

2004年1月1日

他写得真是太好了！

我在十天内把它读了三遍，我盼望能读到他的其他中译本。

露茜，一个殖民主义的替罪羊。她所承受的是整整一代殖民主义者的耻！

2004年5月1日

K来这里度劳动节假，果然带了库切的最新中译本。浙江文艺出版社出了一套库切小说文库，一共五本：《等待野蛮人》《迈克尔·K的生活和时代》《青春》《彼得堡的大师》和《伊丽莎白·科斯特洛：八堂课》。这么多作品，而且是同一个人的作品，够读一阵子了。我知道的作家不多，国外的加起来不超过十个人吧，国内的就更少了。倒是库切的小说让我从中知道了不少作家的名字。

"这人原是搞计算机的，据说大学学的是数学。这样一个人，却成了世界上最好的作家。"K兴奋地说。

我打开一本，翻到扉页，照片上的库切优雅、英俊，有一双深邃的眼睛，是个迷人的男人。照片下是文字简介：1960年离开南非赴伦敦，从事电脑软件设计。1965年到美国攻读文学博士。果然是跨界了。

"和你转行搞经济一样，都算是半途出家。你不也混得风生水起了吗？哪天也拿个诺贝尔经济学奖呗。"我揶揄道。

"你就讽刺吧！我知道自己是谁。说好听点是学者，说难听点就是买办投机者，但不是洋奴。在华尔街的那些高手们眼里，我们给他们当学生都不够格。"K聊起了经济学，说外资都在蠢蠢欲动，盯着中国这块肥肉，"怕是会有一场大洗劫呢，市场恐怕要热闹一阵子了。就看放多开，开多大的口子——开得越大，血会放得越多。"

我说："资本从来都是噬血的，资本家就像吸血的蚊蝇，从来都不愁供体。"

K笑，说："知道就好，别以为在这世外桃源你就可以置之度外。经济若是不好，你的农产品照样卖不出去，哪怕它们是纯天然的。"

我没有辩解。如果逃避可以减轻一些参与的罪恶，那也只能如此。这个世界要能简单一点多好！

玲坐在一旁听我们说话。总是这样，我和K聊着什么，玲就在一旁听着，手里做着什么针线活，孩子们的某件衣服，或者我的一只袜子，偶尔回答一下孩子们的问题。玲总是那么安宁娴静，我从来不知她在想些什么，事后问她，她就只是笑，说，能想什么呢，就是听你们说话呗，你们说的那些高深的话题，我又插不上嘴。其实，K和我一样，我们都习惯玲在一边默坐着，静静地做点什么。要是她离开我们一会儿，上厕所或者去菜地里拔蔬菜，我的内心就会感到不安，就好像自己突然丢了什么重要东西。K好像也知道这一点，所以她总是会像影子一样跟着玲。"玲，你不烦我吧？""我烦你做什么？我们都盼着你来呢，特别是孩子们。"K就搂住玲，紧紧地贴着她，露出女儿一般的情态，其实她们的年龄差不了多少。

玲只比K大不到半岁。K每次都说，以后少来，来了添乱。可K却比以往来得更频繁。玲有时也和我开玩笑："她怕是还爱着你呢。"我说："那你不吃醋？"玲就轻轻一笑，说："她来了也拿不走的，没有人能把你从我身边拿走。"玲是对的，我从来就没想过我会离开她，她就像这片山林，早就长进了我的骨头里。或者说，我早就长进了她的骨头里。

2004年6月30日

库切的小说让我的灵魂震颤，我惊讶于文学艺术竟然具有如此抵达灵魂的力量，捧读它们，让我面对这个世界，唯有保持无语缄默。真正的艺术家总能找到他们与这个世界相通的方式。K拿来的他的五本书中，我尤其喜欢《等待野蛮人》。我不得不承认，文敏是个出色的英语翻译家，她把库切笔下的那种寓言式的寒冷与绝望，精确地传送到了我的骨头里。

尝试着写下我人生中的第一首诗：

我不能看见你的样子
除非是在黑夜里
你转过身去
说让我们讴歌劳动吧
那是农牧女神与森林之神的合唱

2004年7月4日

早上我把一些山药和晾晒好的金银花、穿心莲、益母草装上小船，打算把它们运到南城一家药商那里去，这是那个药商去年就和我谈好的，价钱都在合同里写着。我把船停在对岸的码头边，园林局苗圃不远处有个小车站，那里有等送货的小皮卡。

这苗圃里一年四季都开着各种各样的鲜花，就像一个缤纷的大花园。每次经过这里，我都会情不自禁地多看上两眼。这里集中培育着供给南城的各种花木，据说里面有许多珍稀品种，每年的花市，园林局都会派人把它们拉过去展览。市里每逢有什么大型活动，活动单位也会来这里租借。

我穿过那条小路，打算抄近路去往那个小车站。透过苗圃的铁栅栏，我惊讶地看到苗圃里面的一块空地上，停着K的车——以前，她总是把车停在苗圃门外一侧的空地上。她把车停到里面去干什么呢？

以前，K每次来都不打招呼，也没法打招呼，我没有向乡邮电所办理电话申请，没有请他们帮我把电话线拉上山。事实上我们也不需要电话。玲的父亲家里装了一台，有需要的话，我们可以去他那里打。实际上，我从来没打过，也不知他家的电话号码。玲去那里打过一两次，是向乡小学咨询孩子们入学的事。我说学校那么远，你一天光接送他们，就什么都别做了，不如我自己教得了。玲只得作罢。K有时抱怨，在你这种与世隔绝的地方，我只能贸然造访了。我说，山上没有大门，你想来就来，用不着打招呼的。

一年多以前，托K给我买了一台电脑，自从有了它，我就不得不和乡上的一些部门打交道，开通了电话和网络——K嘲笑我的隐居是不彻底的："除非你不需要和外界联系，那你所做的这些研究和你的研究成果又如何作用于这个社会呢？谁也没法阻止时代的车轮向前发展，你不觉得你就像堂·吉诃德一样可笑吗？"她还给玲买了一部手机，教她如何打电话和发短信。对于这个玩意儿，孩子们倒是比我和玲有兴趣得多。玲有时会用手机给山下的父亲打个电话，关心一下他的身体，但去年春节后，老人就搬上来和我们一起住了。我带出来的这些山药正是玲的父亲上山后种下的。

我并非要刻意做一个隐居者，我只是想和一切天然的物事保持亲近，远离那些隐藏着各种人性黑洞的所谓"项目"。试想，如果我一直生活在P大，我能躲开那些可怕的"项目"吗？

自从有了手机，K来前总是要给玲发短信的，可这一次却没有。我出来时，玲也并没有说起K要来的事。K的车怎么会停在苗圃里呢？

我后悔自己的好奇心。我不该进去，这样，我就不会看见K和那个年轻的园丁在一起了。我确信那是她——那颗红痣是那么鲜艳，不会有第二个人有这样一颗红痣。那花一样的红痣，裸露在K的右腰上。它不是一朵花，可那一刻，它开在她的腰间，刺痛了我的眼睛……

小　说

她和那个园丁认识，是在一个春天的傍晚。其实，她见过他多次，只是从没说过话。每次她去看她的情人，都会把车停在那个花圃前——她不得不把车停在那里，她的情人是一名隐者，居住在与这片花圃隔着一条大河的深山里。河上没有桥，也没有公路通往那座山边。

这一天她遇上了倒霉事：车子突然启动不了了。

她不得不走下车来，向四周求助。可是，这个地方不会有人来帮她，除非她去前面的车站找人来维修。

"我来试试看。"是那个年轻的园丁——头发略欠修剪，有些零乱，但长相和身材都称得上俊美，穿着格子衬衣和牛仔裤，手里拿着扳手和螺丝刀一类的工具。他小心地钻进她的车底下，开始捣腾。十几分钟后，他从车底下爬出来，说："不知道行不行，你再试试。"

她并不抱希望。但不管行不行，他已经用行为显示了他的善意，她看着他沾满油污的手，感激地朝他笑笑，说："谢谢你！"

　　他没有说话，只朝车子挥挥手，示意她去开车。

　　她打开车门，坐上去，车子顺利启动了。一个园丁，居然能够修理汽车！她好奇地看着他，想和他聊点什么，但他的眼神阻止了她。他的眼神是平静的、冷淡的，看不出他心里的想法。这是一个怪人，一个沉默得有些孤僻的年轻人。

　　她只得再次冲他道谢，开着她的车走了。一路上，那个园丁的形象都在她的脑子里缠绕，她回想着他的样子：没有表情的脸，手上的油污，平静、冷淡得看不出内心想法的眼神。这样的眼神，从来都属于一双拒绝的眼睛。

　　下次来时，她得买点礼物去看他。不管怎样，他帮了她的忙，她应该有所表示。

　　为给他买礼物，她考虑了很久，最后决定买一部手机。不能买太贵的，但也不能买太次的，她挑了一部中档次的诺基亚。他还那么年轻，生活在一个单调、偏僻的地方，成天与各种花木打交道，他的朋友一定很少，也许还没有女朋友，否则他不会那么孤僻。在苗圃里工作，他的收入一定也不高。她不确定他是否有手机，但这部手机是刚出不久的新款，他应该会喜欢。就算不喜欢也没关系，他可以送人，反正她的心意已经到了。

　　隔了一星期，她就来了。把车停下后，她按了按喇叭，看见他从门卫室里走出来，还是那身穿着，淡色的格子衬衣、深灰色牛仔裤。他的样子有些懒洋洋的，脸上有些不耐烦的表情。

　　"有事吗？"他看看她的车子，也许以为她的车子又出了毛病。她从车里下来，拎着她的小包，笑看着他，说："可以去你那里坐一下吗？"她本来想把手机直接给他，但又觉得那样太突兀，好像他当时帮她修车是为了这点小礼物。她觉得他是那种骨子里有股傲气的人，未必会接受她这种唐突的表示，所以他们得先认识，聊上一会儿。总之，在有了一些交流的基础后，她再向他表示谢意，他总不至于让她难堪吧？况且，她以前和以后都要把车停在这里，虽然这里并非苗圃属地，但总是可以有双眼睛帮她看着。她经过这里时，也可以有个熟人招呼一下，说上两句话。

他没有拒绝她，带着她往里走了。

里面靠近大门一侧有两间小屋，外间是他的办公室，有一张简易的办公桌和一个文件柜。办公桌上堆着一些园林养护与花卉栽培方面的书籍，文件柜上也有一些。里间是他的休息室，门开着，她看见了一张床和一只书柜。床上零乱地堆放着一些衣物、毛巾被和打开的书。他注意到她的视线，顺手将里间的门合上了。

她和他聊了一会儿，向他请教了一些植物与花卉的养护知识。之后，她把手机拿出来给他："一点心意，请不要拒绝——你知道，那天若不是你帮我，我都不知道该怎么回去。"

他接过那部手机，脸上露出一丝古怪的笑："我拿着它给谁打电话呢？"

她吃惊地看着他，他没有亲人和朋友吗？他总不会像她的情人一样，也是一名隐者吧？她笑了笑，有些无奈，说："那就给我打吧，我会乐意接听的。"她拿起一支笔，写了她的手机号，放在他的办公桌上。

他没有说话，只是沉默地看着那部手机，然后把它搁在写着她电话号码的那张纸片上。

临走，她有些好奇地问："这里就你一个人？"

她一般选择在周末来，除了他，在这里她暂时还没见过其他的人。

"还有两个同事。他们平常不住这里，下班就回家了。"

"你周末也不回家吗？"

"我习惯待在这里。"他没有解释他为什么不回家，也没有说他的家在哪里。她也没有问。

　　她猜他是外地人，南城是个经济发达的城市，这里总是有很多外地人。

　　就在这一天，在隔了十年之后，她和她的情人再次发生了性关系。是她主动要求的。她在树林里把自己脱光了，几乎是逼着他做了这件事。这个念头是突然冒出来的。事后，她也奇怪自己怎么突然有了这样的念头——他们这样的关系，在旁人看来是不可理解的：他曾是她的初恋，如今他们却纯洁得如同兄妹。

　　十年前，他不辞而别，将她抛弃在喧嚣的尘世上，独自开始了隐居生活。那时，她还是个二十多岁的小姑娘。他的突然离去，一度让她对未来的生活充满了绝望。她发誓要找到他，揍他，狠狠地揍他——让他知道她有多么恨他，他对她的伤害有多深。然后，让他乖乖地回到她身边，结婚，生孩子，过日子，永不分离。

　　让她想不到的是，她遭遇了一个现实中的童话——一个残酷的童话。她找到他时，他已经和另外一个女人结婚了，他们的生活看起来是那么安适，那女人明净的脸上透着安宁与娴静，微凸着小腹——显然，她已经怀孕了。

　　那一刻，她的手失去了举起来的勇气。她不想揍他了，也没力气揍。她全身无力，腿脚发软地离开了那个地方。

　　她在国外认真读书，一心想将他忘记，她似乎也做到了，脑子里不再纠结他对她的伤害。第二年情人节前，她从国外给他寄了一张卡片，祝他节日快乐——这祝福是给他和他妻子的。

　　她是想借此忘掉他们的过去。但是，一年后的暑假，她从异国回家探亲，那些刻骨铭心的记忆又回来了。她不能控制自己去找他：她想知道他在那座大山里生活得怎样，他们果真幸福吗？潜意识里，她甚至有种诅咒和报复他的念头：在那种穷山沟里，如果他和那个女人生活得并不好，她内心将获得某种平衡——让他去过他的苦日子吧，她再也不会把他放在心上。

　　让她失望的是，他的日子完全不像她想象的那样子。那面山坡，在他的精心改造下，已焕发出一种全新的气象：一畦畦的梯田里生长着茂盛的农作物，果树上挂满各种青黄色的果实。她还记得前两次来时，那条上山的路还是有一截没一段的，现在都被重新整修过了，铺成了一条整齐的青石阶路。路的两旁，种满了各种中草药——百合、金银花、穿心莲、忘忧草，还有一些是她不认得的药用植物，都是一些南方适宜种植的中草药。金色、红色、白色的百合怒放着，散发着淡淡的清香，成群的蝴蝶在花朵上飞舞。金银花的枝蔓堆在用藤条搭建的棚架上，密密层层，开着细小的白色的花，花叶上爬满了嗡嗡的小蜜蜂——如果不是梯田里生长着那么多的农作物，不是她还记得这里原来的样子，她简直要怀疑自己到了欧洲的某个不知名的山坡园地。不远处的半山腰上，搭建了一些围栏，牛羊在一旁悠闲地吃着草。这分明就是一座小型的农场。就连山坡后面的那片密林也有了改观：在一度令她感到阴森森的密林里，大量的杂树和藤蔓被砍去了，树林里露出了亮光；各种鸟儿在枝杈间鸣叫，不时扯起两片羽翅，从空中划过，从一棵树的枝梢间射向另一相棵树的枝梢，瞬间就隐没在那些绿叶之中，只有那摇曳的枝条，指示着它们藏身的地方。他甚至还在林中开出了一条小路，修了阶梯，从那里可以通往那条水质清澈无比的大河。事实上，那是一座人工修建的水库，属于农业时代的奇迹。在今天，再也不会有这样的人造工程了。水库已经成了自然的一部分，在心理上，她更愿把它看成一条河——它像一条巨大的鸿沟，把她和她爱的那个人阻隔在两边。这是工业和农业的距离，是现代与原始的距离，是一颗心与另一颗心的距离，是此生与彼世的距离：这辈子她是别想再拥有他了！

他和他的世界，像是一块坚硬的铁板，她没有力气撬动它，也绝不可能撬动它。这世界是由那片土地和他的妻儿构成的。上帝不仅为他准备好了那片土地，还让那片土地长出一个女人来。"上帝就赐福给他们，又对他们说：要生养众多，遍满地面，治理这地；也要管理海里的鱼、空中的鸟和地上各样行动的活物。上帝说：看哪，我将遍地上一切结种子的菜蔬和一切树上所结有核的果子，全赐给你们作食物。至于地上的走兽和空中的飞鸟，并各样爬在地上有生命的物，我将青草赐给它们作食物。事就这样成了。"

　　上帝的授意。人类自创世以来就是这样过的，她还能怎样？

　　而他和他的妻，站在阳光下迎接她，脸上透着健康的红润；一个几个月大的小婴儿，睁着可爱的伶俐的黑眼睛躲在母亲的臂弯里。——从那平和的笑容里，她看到的是自己的绝望，是他们的满足与幸福。

　　一幅令她又恨又妒的图景！

　　十年来，她不断地造访他们的生活。她和他的妻子早已亲如姐妹，和他的两个孩子也成了亲人。原本，她想通过一次婚姻来结束他们之间这种奇怪的亲密关系；但是，她的婚姻失败了，他们之间那种奇怪的链条又接上了——她不能控制自己去看望他们，而且越去越频繁。

　　每次回去，都是他独自一人送她下山，再从那里到河边上船。他摇着小木船，把她送到河的对岸，她的车就停在对岸的花圃边。这条他开出的小路，她已经记不清他们一起走了多少次。十年中，那片树林在他的精心管理下，不再原始、芜杂得令她害怕，而是越来越呈现出整饬有序的生机。

　　他的妻子真的从不怀疑他们吗？还是因为他们之间根本就无须怀疑？又或许知道：就算他们偷情又能怎样呢？她是属于外面的

世界的，他们一家才是属于那隐秘之山地的。况且，那女人的眼神明镜一般，就像山下的河水一样可以照见他们的灵魂。那安娴的韵致，就是那面向阳的山坡，开满鲜花，生长着天然的作物，结着密实的果实，那是一种稳扎扎岿然不动的定力。她那宽阔饱满的胸怀，不仅可以哺育她的儿，也是他们共有的休憩之所，就像这里开阔的天空。而她那神秘的林地，怕是也像这山后的密林一般有一条让他自由穿行的小路吧？他必将是那唯一，也只能是那唯一的开辟者！

那是她永远无法撬动、坚如磐石的世界。

可是今天，她要冒犯一次，大胆地僭越一次，她要向他索要一次他从未给予她的那激越的火种：她站在树林里，把自己脱光了，露出了她那灿亮的雪白的胴体，和右腰上那颗美丽的红痣——那颗痣，花瓣似的，他曾叫它玫瑰痣。他一度无限深情地爱抚过它，他今天不可以再亲近它一次吗？

十年前，他们之间曾经有过几次失败的性行为——他不能面对她，除非他看不见她的脸——在黑暗中，或者在她转过身去的时候。该死的后位！

她说，这样子像兽，她心理上接受不了："这是对女性的某种物化和歧视，在国外，是要遭女性主义者唾弃的。"

"你的脸让我自卑，我不能看着你完成它。"她知道他仍没有摆脱童年的阴影，那种伤一直留在他的心上。

他仍然不能面对她，但这一次她却不再有受伤害的感觉。

那时，她已经三十二岁，有过一次糟糕的婚姻，丈夫是一个同性恋者——她是在孩子出生后发现丈夫的怪癖的。丈夫对她很好，但总是找各种借口不与她过性生活，最初她以为是怀孕的原因，原谅了他；可孩子出生后，这种情况仍然没有好转。她怀疑丈夫在她之外有了别的女人。于是，她开始跟踪他，直到有一天她发现了这个秘密。

她受不了，要离婚，丈夫答应了，只是提出要孩子。

"我不可能再和别的女人生孩子了，也不可能再结婚。就算是一种怜悯，求你把孩子给我吧！"

"这算是一种欺骗吗？你和我结婚，就是想从我这里骗走一个孩子？"她鄙视地看着他，心却碎了。

"原谅我！这样子，对父母……是个……交代，对我们的婚姻……也是个……纪念。"他痛楚地看着她，眼睛里竟然闪现出泪花，有些惶然无措地低下头。那一刻，她几乎无法确定他的性别。她见过他在法庭上为当事人辩护的样子，实在无法把那个冷静的名嘴律师与眼前的他联系起来。

"仅仅是为了对父母有个交代？那我呢？我该去向谁交代？再说，我们这样的婚姻，有纪念的必要吗？孩子来到我们身边，根本就是个错误！"她愤愤地说。

"不，我爱这个孩子。不管怎么说，他是我们俩生命的延续，他的生命中，写着我们两个的遗传密码。"他恳切地望着她，"我们好好谈谈，谈谈我们之间从来没有谈过的话，好吗？"

那一刻，她冷静下来。

"我自己是不愿意离婚的，但我觉得这样对你不公平，你有权利追求自己的爱情和幸福。所以，我尊重你的选择。说实话，我也尝试过，努力过，想像一个正常男人一样爱你，但是没有办法，我真的做不到。我不能，这很痛苦，生理上、精神上，都很痛苦。你能理解吗？我对不起你……我原本是怀着期待的，以为婚姻可以改变我，让我慢慢回归正常的家庭生活。但是，我还是失败了。你能宽恕我吗？"

谈不上宽恕。她同意把孩子给他，与其说这是一种理解，毋宁说是一种怜悯，因为她也并没真正爱过他。他们都是为了结婚而结婚，同时把婚姻当成了解除某种困扰的方式。唯一不同的是，她不是同性恋。

孩子被前夫带走了。她又开始控制不住地往大山里跑。

那次以后，她决定不再伤害她的情人。他们之间，永远无法找到那把性的密钥。她仍然去看望他和他的妻儿，但再也不在他面前把自己脱光。她让自己三十三岁的身子空着，让自己的婚姻空着，直到有一天，那个园丁打破她身体的禁忌。

那一次，她去她的情人那里休五一小长假，头一次把她的车停进那座花圃里，停了整整三天。返回的时候，她带着空落落的身子，去花圃里取车。下午五点钟的太阳，照在五月的花圃里，花圃里刚洒了水，大花蕙兰细茎上缀着怒放的花朵，白玫瑰散发着幽香，这些都是他精心培育出的昂贵品种。她在花地里逡巡，情不自禁地有些迷醉。

他说："喜欢吗？喜欢你可以挑一盆回去。待会儿我帮你把它放进车里。"这是他头一次向她示好。

她点点头，欣喜地看着他年轻的脸。他看起来最多只有二十五岁（事实上，他二十七岁了，比她小六岁），除了乱蓬蓬缺乏修剪的头发，他的脸和身子都十分俊美。一个孤独的年轻人。

斜阳把金光洒在他微弯的身子上，他的鼻梁挺直而秀长，睫毛密细得有些像女人，手臂上的肤色透着健康的红润，手指看上去虽然有些粗糙，却是细长匀称的。她猜他受过一定的教育。她凝视着他，被他身上那种孤独的气质所打动。她觉着自己的心跳突然快起来，空落落的身子里涌出一股热流。

她掩饰地把目光移向那盆大花蕙兰，可眼前却出现了幻象：一朵大花蕙兰的花骨朵静静地打开了。她知道那是她意念的花在开着。她装着不经意地问："你没有女朋友吗？"

他站直身子，直视着她："你看呢？"他的眼神中带点挑衅的意味。

"没有，我觉得你没有。"她突然把手伸向他的唇边，用食指在他的唇上轻轻地划了一下。她吃惊自己的大胆，心里有着某种豁出去的不管不顾。

他抓住她的手，做出一个推开的动作，另一只手却从后面伸过来，揽住了她。

那一刻，她身体里情不自禁地发出了一个呻吟。她叫了一声，就栽进了他的怀里。

他在她的耳边小声道："这里的花粉太多了，女人不适合待在这种地方。"说着把手伸进了她的衣服里。她不顾一切地解开他的衣扣。

周围的一切是那么安静。没有外人，无需掩体，也无需床。他们站着，在夕阳的红光里做爱。

她本能地觉得，他不是一个处男——他让她的整个身体里都开满了花朵。那花朵潮涌着，向上升腾着，直到开满整个苍穹。

事后，她把那盆大花蕙兰搬回了家。作为观众，它目睹了她和那个年轻园丁之间的疯狂。

接下来的几乎每一次见面，他们都会做爱。这样的关系，持续了三年多。一种纯粹的隐蔽的肉体关系。起初，她还有些担心，很怕对方会来打听她，或者进入她的生活，甚至纠缠她，这于她也许将是一种毁誉。事实上，她的顾虑完全是多余的。他不仅从不问及她的一切，也不关心她是谁。她隐隐地觉得，对方比自己更怕暴露这种关系。这种回避，更像是一种自我防护：他不打听她，只是为了防止她打听自己。

这种关系是安全的，是他们双方都认可的一种状态。

除了他的年龄，她对他一无所知。对方亦如此，从不关心她从哪里来，要到哪里去。他们都乐意保持这种身体上亲密、精神上疏离的关系。无论从哪一点看，他们的关系都不适宜进入公众的视线。

一个花工。园林局雇来的一名临时工人。每月拿着不足三千元的薪水。这是她对他仅有的了解。但她看得出来，他是一个极好的花工。他培植的那些花木，多是通过嫁接完成的，是她所见过的最独特最美丽的盆栽。那不是通过用心和勤恳就可以育成的，需要有对植物学知识的全面了解。

他们唯一一次较深的对话，是在一个夏日的午后。那时，他们刚刚做完爱，浑身都被汗水洗过一遍，风从远处的河岸边吹来，把一些花的暗香拂到他们湿润的皮肤上。他触抚着她，目光带了些凝滞，让她的心头泛起一些缠绵和伤感。她向他问起园艺学和艺术间的关系，他有些嘲讽地看着她，说："其实，园艺学和性学的关系最近。你不觉得你每次来都是想和我做爱吗？这里的空气里充满了花粉的颗粒，这些颗粒里面都含有激素，尤其是春天。明白你来我这里就想脱光衣服的原因了吧？民间有种说法，他们把那些为情发疯的人称作花疯，据说花疯病人在春天里疯得最厉害，那是因为花儿们大多在春天里开放。那些浮在空气中的花粉粒，它们看不见，摸不着，却使万物发情，包括人。你为什么来我这里？因为性。性是人最原始最本能的冲动，它可以使人脱去伪装——你平常一定是个戴面具生活的人。我猜你是一名高级知识分子，教授，或者作家。"

"不，我是学医的，曾经是一名医生。"

"那就对了，医生最容易与文学结缘。有时候，医学与文学的关系，就像物理学与哲学的关系一样密不可分。据我所知，很多伟大的作家，他们的第一身份都是医生，正是对肉身的病理追问，催生了灵魂之歌。"

"那园艺学，或者植物学呢？"她开始对他的身份产生怀疑。他果真只是一名花工吗？他会不会像她的情人一样，是另一名隐者，一名有着特殊经历的隐者？

"不，是园丁学。不是什么园艺学，或者植物学。我不过就是个会培育花卉的园丁。"他固执地说道。

"如果你执意这样表述，那么，"她想起了她的情人，小心地措辞道，"我是不是可以这样认为，它更接近于神学？园丁把种子撒进泥土里，经过精心浇灌、培育，让花卉开出最美的花来，就像上帝造物一样伟大和神奇。"她已经确定他不是一名普通花工了。

他笑起来，嘲讽道："你干脆说农民就是上帝好了。恐怕除了你，这世界上再不会有第二个人这样可笑地想了。可惜，在有些人眼里，他们却是最无足轻重的一类人。"他咧开嘴，向她露出无声的微笑。

她觉得他身上有一种天生的、非教养所致的敏感和智慧，却没有意识到，他是在用这种从未有过的谈话方式向她告别。

事后，她才知道，他是一名逃犯。一个被迫的隐者。他是北方一所知名大学汽车设计专业的研究生，难怪他会修理汽车。花卉培育只是他的业余爱好，只因为他从小就喜欢。

他杀了他的导师。原因是他的导师强奸了他的女朋友。他弄了一张假身份证逃了出来，在这个远离人居的地方做了一名花工。他忍受不了这种寂寞的不能示人的生活，选择了自首。他是在短信里告诉她这一切的，那是他发给她的唯一一条手机短信。

震惊几乎让她忘了自己的痛苦。为了减轻他的罪行，她决定动用自己全部的关系：她的父亲，父亲的下属、朋友，乃至她的前夫——充当了他的辩护律师。没有人知道，她这种竭力相助的热情从何而来，人们只把它归结为一个公共知识分子的社会担当。

所幸的是，园丁的女朋友同意出来指证死者，并提供了相关证据。但他仍然被判了二十年。

　　她仍然定期去造访她的情人。她和那个园丁之间的秘密，就这样消弭于无形，就像它从来没有发生过一样。事实上，她知道有些东西已经改变，她的身体里再也开不出那么多芬芳的花朵了。那花朵曾经在她的身体里潮涌着，升腾着，开满整个苍穹。

访　谈

　　你写的那篇小说我看过了。作为一个作家，我不会和你谈诸如虚构与生活的关系之类的话题。我只想说，这是一个不错的短篇，假如我是一个刊物的主编，我不会拒绝发表这样的小说。

　　不，我从来没考虑过发表的问题。我不想发表这样的文字。（她拂了拂额前的发丝，露出一个微笑，一个有些莫测意味的微笑）

　　那好吧，我就把它看成我们之间的一次私下交流。这算是一种友谊的开始吗？

　　当然。否则我不会答应坐在你面前。要知道，这不是一次私人聊天，而是一次采访。既然是采访，你有权发表你的采访内容。

　　谢谢！我会把整理出来的采访文字发给你看的，你觉得不妥的地方，我会尽量删去。现在我们可以谈谈高阳教授吗？那些笔记，就是你说的日志——对不起，我还是想称它们为笔记，因为它们有一些是引文和读书笔记——我都认真看过了，但还是有很多地方不明白。

当然啦，那只是他日志中极少的一部分。至于其他，我觉得有必要为他保密。这是对他和他家人的尊重。

我明白。高阳教授在二十年前突然辞去教职，选择做一名隐者，他的生活中发生了什么事吗？

是的。他发明了一种食品添加剂，具体的名字我就不说了，就叫它A添加剂吧。有一种说法是，这种添加剂是从国外引进的，是高阳第一个将他引入国内。但是，我知道这种说法是错误的。这种添加剂根本就不是引进的，是他首先合成了这种物质，并发现了它在食品生产中的用途。

你认为他选择隐居与这种添加剂有关吗？

是的。这是他隐居的最主要的原因。还有，对某些作物的基因试验，他不想参与这些实验。但是，除非不在大学里工作，否则完全回避是不可能的。

为什么你这么认为，而不认为是和你们的爱情有关呢？

不，我们的爱情并没有出什么问题，只是性生活上有点小问题。这些通过适应和调节是可以解决的。如果我愿意和他一起去东山岭生活，而不是选择去美国读书，我想我们是不会分手的。玲只是一个偶然出现的女子，她只是正好在他需要的时候出现了。不管是她，是我，还是另外某个在同一时期出现在他身边的女人，我想都不会改变他在东山岭的生活。不会。

你是说，他是先有了隐居的念头，而不在乎是和谁一起隐居？

是的。是A添加剂让他产生了那种逃避的念头——A添加剂被广泛地应用于食品工业中，这是他当初没有料到的。后来，他发现了问题的严重性，曾经极力想要阻止这种行为。他给有关方面写信，说明这种搞法的危害性；但你知道，在商业利益面前，这一切都是徒劳的。事实上，不仅仅是A添加剂，各种各样新型的食品添加剂，甚至包括他们当时正着手研究和开发的一些基因技术，都存在着不同的商业陷阱和利益欺骗。他为此感到自责。在呼吁无果后，他感到了绝望。事实上，不止是他一个人觉得绝望，当时包括我母亲在内，也只能选择沉默。

我记得高阳教授在他的笔记里提到过你母亲，说过他的不辞而别要向你母亲表示歉意的话。他很在意你母亲的意见吗？

当然。他是我母亲的学生，可以说是她最得意的门生，她曾经为他感到自豪。她把这种自豪带入家中，也影响了我——高阳那时常到家里来看望我妈妈，我们之间才渐渐有了交往。后来，我发现我爱上了他。当然，他也爱我，只是他不敢把这种爱表露出来。我相信，如果我不主动向他表白，他是打死都不会说出来的。（笑）

为什么？他是顾忌你母亲的感受，才不敢向你表露吗？

不，他是顾虑我父亲的态度。我父亲，当时已是南城主管经济的副市长。高阳不喜欢我父亲，或者说是恐惧他——他认为权势是邪恶的。他总是有一些很怪异的想法。他认为正是我父亲的推动，才导致了A添加剂在食品中的泛滥。实际上，我父亲也不喜欢他。他认为他的出身有问题，一个在苦难和阴影中长大的人，心理注定是不健康的。这是我父亲的看法。他当然不同意女儿和这样的人恋爱。

高阳教授的笔记里隐约提到过他的父亲，他们父子之间的感情似乎不太好，你所说的"苦难和阴影"与这有关吗？

是的。他的父亲，怎么说呢，是那种不负责任的农村男人吧。懒惰？游手好闲？有些堕落？这都不准确。是这样的，高阳在七岁那年失去了母亲，他下面还有两个年幼的妹妹，是一对双胞胎。她母亲死时，她们还不到两岁。在农村，一个男人妻子死了，带着三个年幼的孩子，这确实是个不幸的家庭。更不幸的是，这个男人根本就不管孩子，是高阳整天带着两个妹妹，他们吃不饱穿不暖还是次要的，重要的是他们得不到一丝来自父亲的关爱。据高阳说，那时他的父亲经常和村子里的一个寡妇在一起，有时根本就不回家。九岁那年，高阳好不容易才入读小学，可他仍是三天打鱼，两天晒网，要经常回家照看他的两个妹妹。有时，他把她们背到学校，用绳子把她们拦腰系在一棵树上，以便不时从教室的窗口看到她们，在她们哭叫时跑出教室去照看她们。这样读一读，停一停，他到十岁时还在读小学一年级。老师知道他家的情况，对此也是睁一只眼，闭一只眼。有一天，一个妹妹挣开绳子，跑到了不远处的一条河沟里。那里的水并不深，据高阳说，只是一条灌溉农田的小河沟，水深不及成人的大腿，但那个妹妹还是淹死了。双胞胎只剩下了一个。他父亲把他狠狠地打了一顿，不允许他再上学。他的一个姑姑看不过去，把他的妹妹接走了，他这才重新回到学校上学。后来，他父亲欠下了赌债，干脆卖了房子住进了那个寡妇家。高阳不想去那个寡妇家，就和妹妹一起住进了姑姑家。说起来你也许不相信，他上中学的学费和生活费都是由当地政府提供的。高阳说，那些往事是由细节堆积而成的，你没法一一去描述，除非一点点地去经历。而经历是无法叙说的，他到底经历了些什么，我知道的其实也不多。

高阳教授的笔记里一点都没有提到过这些事，如果不是听你说起，我真的一点也不知道。你刚才说到他还有一个妹妹，那双胞胎中的另一个，他的笔记里居然一点都没提到。

对，这个妹妹，其实是他心中的最痛。他很爱她，他们兄妹的感情很深，深到你无法想象——他说起她的时候，我承认我有时会嫉妒。高阳大学四年的花费全是由他妹妹提供的，那时候上大学虽然不要学费，但总会有些别的花费。他妹妹在他考上大学后，就外出打工了，起先是给人做保姆，她把挣来的钱都寄给了她哥哥。那时，做保姆一个月还不到二十块钱，不够高阳回家的路费。后来，他妹妹就做起了那种职业。高阳一开始并不知道，等他知道时，他大学已经毕业。当时，他差点自杀。他妹妹哭着求他，说她所有的屈辱都是为了让他过上有尊严的生活。她说，你想妈妈看着你受苦吗？她知道一说到母亲，她哥哥就会妥协。她说如果他们的母亲知道了也会原谅她的。高阳只得答应了他妹妹的恳求：继续读研，导师正是我母亲。

贫困在那个时代其实是一个普遍现象。高阳教授童年所受的苦难也许是比别的孩子要多一些，但他的笔记里有一句话我还是不太明白："不会再有那样的意外，让儿子因为一次淘气的过失'杀死'母亲……"为什么会有这样的句子呢？难道高阳教授还有什么不能言说的童年记忆吗？

（拿起手稿，翻到有红线标记的地方）是的，你还来的手稿我都看过了。我注意到你在这个句子下面画了红线，我也注意到你在我的小说稿上"他仍没有摆脱童年的阴影，那种伤一直留在他的心上"这句话下面也画了红线。还有其他几处，你都做了记号。你果然是一个细致的作家，对细节的注重，对句子里隐含着的秘密及深意，你都有自己的疑问及猜测。我想有些地方我可以回答你，有的地方就不能——

　　没关系，我不必弄清所有的事情，虽然我也很希望知道高阳教授的更多情况。

　　关于上面两处红线，我可以告诉你一些事。我们前面说过高阳母亲的死，是的，她是在他七岁那年死的，但你不知道他在他母亲的死上扮演了什么角色。那是一个黄昏，他当时正在家里和一只猫玩捉迷藏，不小心碰倒了一根木头。那木头被他父亲立在后屋的墙角里——打算请人打一个衣柜。他母亲刚好从旁边经过，那根木头倒下，砸在她的头上，她当即倒了下去。她母亲昏了过去，但很快又醒过来了。他吓坏了，趴在母亲身上哭。他母亲从地上爬起来后，一点也没有责怪他，只叫他以后别再淘气，然后就忙别的事去了。晚上，他母亲说头晕，就躺下睡了。这一睡，他母亲就再没醒来。是的，颅内出血。当时的医疗条件差，又是在农村，最可怕的是，他父亲发现妻子不行时已经是第二天早上。他根本就不知道发生了什么，只知道妻子在熟睡中莫名其妙地死过去了。高阳一直认为是自己"杀死"了母亲。这件事对他的童年产生的影响是无法描述的。他对我说起这件事时，全身都在发抖，我真担心他承受不了那种痛苦而崩溃。他认为他家庭所有的不幸都来自于此，他父亲的堕落、他妹妹的死、他另一个妹妹的不幸，都是母亲的死造成的。而他，正是导致这一切不幸的根源。他怎么能够原谅自己呢？他是一个痛苦的人，他精神上所承受的痛苦和重压，从来没有人知道。我也并不真正知道。我想，选择东山岭那样的生活，也许是他命中注定的。但是，我理解他，希望他获得内心的平静。而玲，可以让他获得这种平静。

你见过他的家人吗？我是指他的父亲和妹妹。

妹妹我没见过，但我见过他的父亲。他不辞而别后，我去他家乡找过他。我以为他会回家乡，但是没有，他父亲说他几年都没回去过了，他根本就不知道儿子在哪里。

"小娟离家后，他就再没回来过。他心里根本就没我，他只有小娟。"他父亲说。

小娟是高阳的妹妹。据他说，死去的那个叫大娟。他父亲那时已是一个五十多岁的老头子，头发略有些花白，但看起来比他的年龄要年轻些，不像个乡下人。他抽烟、喝茶、看报纸，说话也很文雅，不像高阳说的那种堕落、游手好闲之人。但事实上他就是个游手好闲的人。我在他家里见到了高阳说的那个寡妇，他们早就结婚了。她说，他从不干农活，所有的时间都在下棋、赌钱、打猎——他有一杆猎枪，挂在堂屋的墙壁上，那个女人指给我看过。

"主要是在河洲上打鸟和野兔。打到了就吃，吃不完的就卖，卖了钱就赌。总之，就是个吃喝嫖赌的种，天生的地主坯子。个小妈养的！"那女人边说边笑，习以为常早就盖过了怨恨，"你不知道吧？他们家几辈儿都是地主，靠剥削过日子的，这些年就专门剥削我了。"那女人的笑颜里颇有几分幽默与豁达。

我想，高阳的父亲大约就是过去所谓的纨绔子弟吧。高阳曾对我说过，他爷爷是在解放后土改运动中被枪毙的，奶奶是二房，受不了大房的气，上吊自杀了。作为六〇后的高阳，童年时期是否还经受了政治上的苦难，我是无法猜测的；但政府竟然没有歧视他，还供他读完了中小学，这恐怕只有用天然的同情心和淳朴的人性才能解释得通吧。

我知道高阳每年都给他父亲寄钱。我问他父亲最近是否收到过高阳寄来的钱——从汇单上可以查出他寄钱的地址。他说高阳只在每年年关前才会一次性给他寄一笔钱。"够花了。我没养过他，他倒是有点良心。就算滴水之恩，涌泉相报吧。"他父亲咧开嘴笑，带着一些自嘲的劲头。很怪异的一个人。

这是我唯一一次见到他父亲。关于他的家人，我知道的就这么多。

他上大学时如果能在课外找点活儿干，不是更好吗？我是说，他就不会为他妹妹的事感到痛苦了。

哦，这个，他不是没有想过，尝试过；但那个时期，还是20世纪80年代早中期，我想我们对那个时期应该还有印象——一个乡下孩子进城读大学，能够工读兼顾的机会并不多。你说呢？

是的，那的确是个艰难的时期。经济、科研、学术，这一切都还处在一个起步阶段，改革开放刚刚开始不久，很多事情都还很无序。

高阳的A添加剂就是在这种背景下研制出来的。其间，我母亲也给予了一些学术和项目上的支持，正是她把A添加剂介绍给了我父亲——原本只是一个夫妻间谈论的话题，但我父亲发现了其可能产生的经济效应，于是把它引荐给了当时南城的一些食品企业。他当时主管经济，这样做只是为了提高南城食品行业的效应，他并没有想到它们到了企业主手里，适度添加可能变成过度添加。这种局面一旦失控，导致的后果——今天，你已经看到这种后果。

是的。我知道高阳教授是通过你的微博，我记得你当时发这条微博是为了让他的两个孩子得到上学的机会，他们都找到学校了吗？

谢谢你问这个问题。他们都找到学校了，高楠现在已在美国的一所极好的大学就读，学校我就不告诉你了。他是在香港参加的SAT考试（美国高中毕业生学术能力水平考试），这个孩子的天赋让我吃惊，托福差不多考了满分，其他成绩也棒极了。他获得了全额奖学金。学习对他来说显然不是问题，他现在要学会的是如何适应社会，跟人相处，我想这是我最担心的。高蕾蕾也在南城一所私立学校上高中了。女孩子的适应能力要强一些，她平常住校，周末我会把她接到我那里。我们一起聊聊天，看看电影。有时我会带她去买衣服，她是个爱漂亮的女孩子。她基本上已适应东山岭之外的生活。

这么说，是不是意味着以后高阳教授一家人将结束在东山岭的生活呢？他妻子呢，也希望回到社会中来吗？

这个还不确定。高阳目前还在医院里，如果他的健康能恢复，我想他的生活方式不会有什么改变。玲有时会来医院照看他，但更多时候是留在东山岭。那里太需要她了，她一个人根本忙不过来。我有时会过去帮帮她。现在孩子们都有了去处，我想，她应该不太想离开那里。当然，你若想知道这一点，得去问她本人。

我可以采访她吗？我是说，我如果想要采访她，可不可以得到你的帮助？我猜你们之间的关系不错，她应该很信任你。

（笑）我可以把你这种愿望告诉她，至于她能否接受，得看她的意思。对了，我要告诉你一个好消息，高阳是被无名毒蛇咬伤的，医院已将他的血样提交给我母亲，她和她的实验室已经找出这种毒素，正在研制它的抗毒血清，高阳很可能会苏醒过来。

这太好了。希望他有好运气。另外，你提供给我的高阳教授的笔记只有2004年7月4日之前的，之后的就没有了。对于这之后你们的交往，你能谈点什么吗？

（迟疑）好吧，既然你已看过高阳在这天写过的日志，我就跟你说说我们之间的关系吧。起初我犹豫过要不要给你看这篇日志——他写到那颗红痣，说明他当天看到的是一个特别的场景，一个他不该看到的场景。但我想，让你看看也无妨，便于你理解我写的那篇小说。

其实，我也是在看过他这篇日志后，才明白他早就知道我和那园丁间的事。显然，这事给他带来了伤害。虽然他有玲，也许没有权利嫉妒，但我知道他受到了伤害。你肯定奇怪我们之间的关系：朋友？亲人？情人？我告诉你，我们一直就是情人。不管我们之间有没有肉体上的关系——是的，我们之前有过，之后也有过，我没有必要为自己立贞节牌坊，也不怕损害他在你心目中的形象。我想，这不算什么。他、玲和我，我们三个其实是一种彼此依存的关系。精神上他更多地依赖我，肉体上则更依赖玲。对这一点，玲深深地知道。她知道，我永远不可能把高阳从她身边夺走。相反，我若不去看他，他们的生活绝不会安稳。所以，从这点上看，玲比高阳更需要我。玲的智慧就在这里，她把充分的信任给我们。你能相信我们彼此相爱，却在整整十年内没有任何肉体上的亲近吗？不是没有机会，高阳和我，我们常常单独在一起，书房里、田畴上、密林中、河边的小木船上，甚至我的车上。任何时候，只要我们想，我们就能做爱。这是任何情人之间都会干的事。但是我们没有。因为我们相信，我们之间不需要偷情。我们知道，身后有一双清澈的眼睛在看着我们，就像天穹之上，上帝的眼睛在看着我们。它是信赖的、无所不知的。

至于我自己，我更需要他们。我得"还乡"，让我的心灵还乡。你能理解这种感觉吗？只有到达高阳和玲的东山岭，我才能找到还乡的感觉。所以说我们三个彼此需要。

你认为你在他们的生活中真的那么重要吗？

是的。从某种程度而言，我担当的是一个信使，也可说是一种桥梁，把他们和这个世界连接起来。曾经，我想让那个园丁秘密进入这种生活，在不被他们俩所知的情况下，让他悄悄地参与进来，但是上帝把我这种秘密的快乐拿走了。你不会认为我是个放荡的女人吧——脱光了衣服，站在开满鲜花的花圃里，勾引一个陌生的、比自己小六岁的年轻男孩？其实你不知道那是一种怎样的快乐，怎样美妙无比的快乐，一种完美、纯粹性的快乐！一个女人，她的全身都在打开，像花朵一样打开，她的每一个毛孔上都开着一朵花，从内到外，全身都开满了花朵。哦，那种感觉实在让人沉醉。它绝不单是性的高潮，它是一种美到极致的感受，就像你从黑暗中突然来到天庭底下——繁星满天！

这是我和高阳之间从没有过的——从一开始，我们的性就出了问题。在我面前，他不能放开。你一定能从那些隐含的文字里面读到什么，我想我就不说了。我猜，他在玲那里不会有这个问题。

那个园丁之后，我们的交往方式并没有什么改变。我仍然每隔一段时间就去看他们，他也仍然会送我，穿过那片树林，用小船把我送到水库的对岸。只是我再也没去过那座花圃了。

让你知道这些，算是意外收获吗？

当然！岂止是意外收获，简直就是上了一堂女性身体课——我想我得学会寻找那种让身体上开满花朵的感觉（笑）。我从来不知道，人对高潮的体验，还可以如此与众不同。我还能问你最后一个问题吗？

说吧。

你想过隐居吗？

我想，很多人都这样想过，但真正能做到的也许只有高阳。现代，正是现代人的枷锁，诅咒、痛恨，却不得不赖之以生存。也许，都市的魔咒并非来自现代性本身，而是源自我们的内心——享乐和贪欲，以及与之有关的一切。试想，假如有一天突然没有电，没有水，通信中断，我们无法去超市，无法网购，我们该怎么活下去？让我们重回原始，穿越到那久远而陌生的过去？

那也许会是人类的另一个末日。

誓　言

　　许尤佳守着婚姻这座城池，整整打了四年的保卫战，终因力量悬殊，城破而败。离婚那天，南城街头落满了枯黄的梧桐叶，就像给马路盖了一条硕大的破毯。这座城市里到处都是梧桐树，一到深秋，树叶就哗啦啦落个不停，厚厚的一层，直到把人的脚背也盖住。每天晨起，不等环卫工人把它们清走，新的落叶就重新覆了上来，赴死一般，义无反顾。许尤佳看着这一景象，眼泪不禁夺眶而出。

　　去民政局的路上，许尤佳问郑文涛："儿子跟着你，能行吗？"

　　郑文涛看着许尤佳那隐含着悲情的眼神，突然动了恻隐之心，他说："尤佳你放心，不把小涛送进重点大学，我是不会结婚的。"

　　许尤佳眼睛微微一亮，立刻在心里做了一下盘算。

　　"你说的是真的？"许尤佳口气有些阴骘地问。

　　"当然是真的。"

　　"你……发誓！"

　　郑文涛犹豫了一下，发狠道："我发誓！"

　　许尤佳说："你把这一条写进协议里。"

　　郑文涛站住了，他震惊地看着许尤佳："尤佳，你不相信我？"

　　许尤佳亦愣住了。她知道他是个守信的人，从不刺破自己的誓言。

许尤佳说："好吧，我相信你。"

郑文涛摇摇头，说："如果你担心我不信守承诺，就把这条加进去吧，再签一个补充协议也行。"

"算了。"许尤佳内心的悲哀忽然不那么重了。她看着郑文涛，一字一顿地说："我希望你能遵守今天的诺言。在小涛考上重点大学之前，只要你再婚，我就向法院申请小涛的监护权！"

郑文涛说："我说话算数。你就不用再怀疑我了，这么多年，我的性格你也了解。"

心头的痛，又烈了几分，许尤佳想：我当然了解，我太了解了！早知今日，何必当初？眼泪不争气地从她的眼中滚落下来，她说："我现在是一无所有了，容貌、青春、爱情、婚姻、儿子……郑文涛，你好狠！"

郑文涛无言。他从口袋里掏出一片纸巾递给许尤佳。许尤佳没接。她用手抹了抹，似乎触到了脸上的皱纹。即使不照镜子，她也知道自己的眼睑有些浮肿、发青，眼角的两端，有一些细小的褶痕。这褶痕与其说是时间留下的，毋宁说是她自己留下的。人的每一个表情，笑、恼、怒，哪一次不在脸上折两下？折两下，打开，再折，那褶子就留下来，越来越深，终于清晰无比，刀刻一般，镌了下来。

从民政局出来，他们每人手里已经攥了一个绿本本。

许尤佳看了看手里的绿本本，有些凄凉地笑着，说："郑文涛，如果我现在还年轻，像你认识我时那么年轻，我一定会重新选择——去抢人家的老公，那样一定很有胜利感、成就感、快感！"

郑文涛有些不快。他说："尤佳，我已经说过几千遍了。我再说一次：我们离婚，与秦小慧无关。我们是真的……不合适。"

许尤佳冷笑："我们婚后的头两年，你怎么不这样说呢？"

郑文涛有些理亏。他嗫嚅着说："尤佳，我们既然已离婚了，我希望你能……心平气和些。"他放缓了语气，努力显出自己的真诚，"你还不到四十岁，专业水平又高，人也……说实话，挺优秀的，再找个人，肯定比我强。"

许尤佳没有说话。她想，这多么像打发乞丐！把不想要的给对方，再说它是多么好的赠予——既然认为"挺优秀的"，你为什么要像甩一只烂鞋子一样甩掉我呢？她紧了紧喉咙，忍住了再说下去的欲望。是的，战争已经结束，她没有必要再和眼前这个男人干仗。只是，悲痛却像一口烈酒，一直烧到许尤佳的心里——所到之处，尽是热痛。她想，如果你早点告诉我我们不合适该有多好，至少，那时我还年轻，还有补救的机会，还可以重新选择，不至于像眼下这样张皇失措、无力回天啊！

她低头看看自己那双挽救过无数生命的手，那双职业医生的手，突然觉得自己才是个病入膏肓、无药可救的病人。悲怆感再度袭来，许尤佳望着城市上空那片铅色的天，使劲地将重新涌来的一股热潮逼了回去。

许尤佳第一次见到秦小慧是在郑文涛病房里。当时，秦小慧正把一只剥了皮的香蕉往郑文涛的嘴里送。许尤佳一看就火了，她说："他没有手吗？让他自己吃！"

秦小慧回头看见同院的许医生，对方正用一双漂亮的丹凤眼凌厉地盯视着自己，她不觉紧张了一下，握香蕉的手抖了抖。秦小慧嗓音不稳地笑了笑。她说："许医生，郑教授刚做完手术，胸口还疼，想吃根香蕉，怕他费劲，我帮他一下。"

许尤佳冷冷地道："你出去吧，我来喂。"许尤佳把一个"喂"字咬得格外重。

秦小慧像吃了一颗冷弹，仓皇地走了。临出门，又回头看一眼郑文涛，叮嘱道："郑教授，你有需要就叫我，我听到铃响就会过来。"

郑文涛说："谢谢你，小秦。"并歉意地递去一个温和的眼神。这个眼神刺激了许尤佳。她从中看出些许不妙。她帮丈夫掖了掖被子，态度坚决地说："文涛，我给王护说一下，马上给你换个护士。这丫头刚来，护理经验恐怕不行。"

郑文涛说："一个医院的同事，你这不是明摆着得罪人家小秦吗？我看她挺好的，你就别折腾了。"

许尤佳没再坚持，但丈夫的话却加深了她心里的不快——她心里本来已经很不快了。郑文涛在她评职称的重要关口，突然生病住院；而她在科室里的重要对手夏青，却在其丈夫的积极运作下，正以越来越明显的优势，博取她们科室唯一的一个副高指标。在许尤佳看来，她的对手远不如她，无论是专业能力还是学历背景，可对方却比她更有人缘；最重要的是，夏青有一个全力以赴支持她的丈夫。夏青的丈夫是个民营企业家，专营医疗器械，据说这些年很赚了些钱，上上下下都有人脉。但这些在许尤佳看来都只是软件，她更看好自己的硬件——能力与学历。她不相信院领导与同事们不看重这一点。她想，如果把她和夏青的优势分别摆放在一架天平两边的托盘里，两个人的筹码应该大致相当。也许，她这一头还应该重一点。可背后的事，谁又能说得准呢？偏巧，郑文涛在这个关口住进她们医院，不仅帮不了她什么，还给她添了不少麻烦。这么一想，她就觉得自己的这一头已经翘了上去。

其实，郑文涛也是一名医生，一名胸外科医生，但与妻子不在同一家医院。他是南城医科大学第一附院最年轻的心脏病专家。遗憾的是，他自己却患有心脏病。这看上去多少有些荒谬。

郑文涛此次住院，正是因为他的心脏。他在为病人做完一台高强度的心脏手术后，骤发心脏病，晕倒在手术台边。郑文涛在本院被抢救过来后，不得不为自己选择手术。出于谨慎的考虑，郑文涛选择了妻子所在的医院。术后，郑文涛住进了住院部的特护病房。

秦小慧便是医院安排给他的特护。

秦小慧，卫校毕业，刚分来不久，年龄未满十八岁。住院部的王护士长说，这姑娘温柔细心，推荐了她。许尤佳想也没想就答应了，及至见到秦小慧本人，又见到她心细得往自己丈夫嘴里喂香蕉，心里就很有些不是滋味。

许尤佳一贯自视甚高，因医术高明，深得病人信任。在一般同事面前，她有些清高。这正是她的致命伤。因这清高，她不知得罪了多少人。许尤佳还有个致命伤，就是说话和做事都不肯绕弯子。这种人，说穿了就是IQ（智商）高，EQ（情商）不高。这一点，郑文涛没少向她指明，可许尤佳不以为然。

她说："只有那些没真本事的人，才会削尖脑袋去巴结领导，想方设法与人搞关系。你看那些挖空心思想当官的人，有几个是专业过硬的人？"

他说服不了她，只好由着她。人说江山易改，本性难移，许尤佳要是改得了她的个性，就不是许尤佳了。好歹她有两把硬刷子，专业过硬，院里也还是重用她的。平日在家，郑文涛也总是让着她，毕竟关起门来是一家人。他一开始就让着她，从恋爱起就这么让过来了，也并未有何不适。然而郑文涛想不到，许尤佳会对一个柔弱无能的小护士如此过分，这已经不是个性问题，而是修养问题了！

那天，许尤佳进来时，秦小慧正准备给郑文涛输液，不知为什么，秦小慧一见许尤佳，心里就紧张了。她给郑文涛打输液针时，许尤佳就立在一旁看着。许尤佳的影子像条阴森的廊柱，压得秦小慧呼吸困难。她在郑文涛手臂上一连扎了三次，也没找对血管，急得她的手直抖。此前，秦小慧每次给郑文涛打针都是一针成功，这次偏怪了。许尤佳立在一旁，禁不住冷笑，她说："我真想不出你这样的人是怎么混进我们这种三甲医院来的！"

秦小慧的眼泪当即掉下来，她忍无可忍地说："许医生，请你说话不要这么……刻薄！"

许尤佳说："我刻薄吗？我这叫客气，换了我是院长，立马就把你给开了！说实话，你这水平，给赤脚医生打下手都不够格。"说着，顺手一拨，就将秦小慧拨到了一边，夺过针头，一下就找准了郑文涛手臂上的静脉。许尤佳手指轻捏一下输液管，针头那端立即回血。

秦小慧又羞又气，嘴唇颤动着，一句话也说不出来，只有眼泪像失去控制的泉涌，在她那抽动不已的白胖脸颊上乱云飞渡。郑文涛看不过去了，说："许尤佳，你太过分了！你不在时，人家小秦打针打得挺好的。一次没打好，你至于这样吗？"

许尤佳见郑文涛帮对方说话，火气更大了，她失控道："我就是看不惯这种不学无术之人，一个针都打不好，当什么护士？"

秦小慧突然把一只玻璃盐水瓶砸向地面，哭着冲了出去。

盐水瓶在地面上爆开，盐水与碎玻璃洒了一地，许尤佳和郑文涛都愣住了。等许尤佳反应过来时，她的脸都气白了。她说："一个小护士，竟敢跟我摔盐水瓶，我要让她还在这个医院里待下去，我就不姓许！"

郑文涛终于忍无可忍，生气道："许尤佳，护士也是人，也有尊严！我现在才知道，你比街上那些泼妇还不如！"他的伤口剧疼起来，似有岩浆在那里挣扎着向外涌。原以为许尤佳只是在家里对他和儿子无理，想不到她在外面对同事也是如此。

可此刻，许尤佳心里正怀着一腔怨忿。她自知对秦小慧过了头，但在郑文涛面前却不想服软。她有些讥讽地说："你蛮爱护她的嘛！这才护理了你几天，就跟你护出感情来了？"

郑文涛闭上眼睛，心里油然生出一股厌恨来。他有些恶意地说："许尤佳，就你这个样子，如果你们科有多余的副高指标，你也拿不到。"

就像被人踩了痛脚趾，许尤佳禁不住冲丈夫气急败坏地吼叫起来。她说："郑文涛，你什么意思？我拿不到副高你高兴，是吗？"

许尤佳终于忍不住，伤心地哭起来——此前，她刚刚得到职称评定的准确消息：科里的副高给了夏青。她本想来他这里发泄一下，正赶上秦小慧给他输液。看着对方一连三针都找不准位置，她心里的邪火就飕飕地冒出来，挡也挡不住，烧向了秦小慧。她想不到这种时候，郑文涛会拣她的痛处捏——他还是她的丈夫吗？

许尤佳望着一地的碎玻璃片，望着脸色发青的丈夫，一气之下冲出了病房。等她独自将心中的怨怒平息下来，重新回到丈夫的病房时，地上的碎盐水瓶碴已不知去向，病房里空无一人。事后，她才知道，郑文涛在不通知她的情况下，已经办理了转院手续，转入他自己所在的医院休养。

这件事后，许尤佳也很后悔，并试图找秦小慧道歉。让她想不到的是，事发当天，秦小慧就辞职了。这件事使许尤佳付出了代价。

得知秦小慧辞职的消息后，郑文涛决定再也不原谅许尤佳的跋扈。同时，他也在竭尽全力地打听秦小慧的下落——他觉得太对不起这个柔弱、善良的女孩子了，她还那么年轻，只因负气就放弃了赖以生存的工作，将来的日子怎么办呢？许尤佳的一次伤害，会不会给这个女孩子带来一生的不幸？

通过他的主刀医生，郑文涛很快联系到了秦小慧。他认为帮助秦小慧已是他义不容辞的责任。他拖着大病未愈的躯体去找了他们附院的院长，将事情的来龙去脉做了详尽的说明和解释，恳求院长帮忙解决秦小慧的工作问题。

"她是正规卫校毕业的，完全可以胜任护士的工作。"

这是郑文涛第一次厚着脸皮找院长说情——以往，郑文涛从不为自己的私事向院长说情，足见这件事对他有多么重要。院长点头同意了。

秦小慧进了郑文涛所在的南城医大第一附院。此外，郑文涛还拜托一位在南城职工医学院任副校长的同学帮忙，把秦小慧招进了这家医学院读医专。这就是说，秦小慧的未来，将有可能是一名医生，而不再是一位护士——对一名从卫校毕业，可能一生都只能当护士的年轻姑娘来说，这样的帮助，已经不是一次对过错的补偿，差不多是一个恩惠、一次拯救了。

郑文涛伤愈后，就不肯回家住了。他决定先和许尤佳分居一段时间，以反思一下他们的婚姻。他在医院附近租了一个单间，并对许尤佳隐瞒了这个地方。每次许尤佳打电话来问询，或者约他出去谈一谈，他都以身体不适或加班为由拒绝了她。许尤佳觉得自己的自尊心受了伤害，不再主动与丈夫沟通。她想，难道还要让我向你下跪不成？为了一个小护士，你至于吗？

然而，正是在这一段时间里，秦小慧毫不犹豫地走向了郑文涛。起初，她只是出于感激、钦佩和景仰，后来就有了更多更深的意思。秦小慧无数次担负起了病床前一个妻子应尽的义务，把药和热水递到他手里，为他煮饭、炖汤、洗熨衣服、打扫卫生。等郑文涛身体完全恢复时，他的心里已经喜欢上这个叫秦小慧的姑娘了。

秦小慧生着一张满月脸，肤色白里透红，两弯细眉，一看就是经过了加工——修过或者拔过，齐整得像花坛边的围栏。但这些都没什么特点，能让人记住的是她的一双眼睛：细细的、长长的、黑黑的、亮亮的，配合着一对恰到好处的酒窝，不笑时也仿佛在笑。

在男人看来，这是一种温柔；在女人看来，这却是媚。另外，秦小慧的肤色奇白，是那种奶白，仿佛一挤就能渗出奶汁来；虽然身材有些偏胖，但肉质嫩——这是许尤佳后来的分析。

那天，许尤佳走后，秦小慧就回到了郑文涛的病房。女性的直觉让她有种天生的敏感，她觉得许医生对她的敌意是一种居高临下、带有歧视性的敌意。自从她做了护士，就感到医生与护士间的不平等，好像她们天生就是卑贱的，就该被对方支来使去。

秦小慧是个内心要强的女孩子。她还只有十八岁，不相信自己这辈子除了做护士，就再没别的本事。这样的工作不要也罢！

秦小慧就是带着这种负气的心态去找护士长的。她递交了辞呈，并哭着把许尤佳对她的态度讲述了一遍。护士长觉得她太冲动，劝她不要草率行事。但秦小慧去意坚决，第二天就从医院里消失了。

事情很快就传开了——和秦小慧设想的情形一样，她就是要让许尤佳难堪。

说实话，护理郑文涛，她是乐意的。她事先已从护士长那里知道，他是儿科许医生的丈夫，是南城医大第一附院有名的胸外科专家、教授。她觉得他不像有些专家那样自以为是、为人冷漠，他是平常的、谦和的，懂得尊重人的。秦小慧毫不掩饰地跟他说了她当护士的苦恼、委屈和愿望，并向他打听报考医学专科的具体程序和相关信息。

郑文涛一一为她作答。

有了更多的沟通后，秦小慧就越发喜欢待在郑文涛的病房里了。

许尤佳的每一次出现都让秦小慧紧张，她不喜欢这个高傲的女人，还有些怕她。怕她，除了因她是本院的医生外，还因她是郑文涛的妻子——她承认自己对他有些动心。这时的郑文涛，三十七八岁，正是男人最焕发光彩的时期。他的学识、身份、资历以及成熟与稳健等魅力指数，在她眼里，无疑都是五星级的。但这些好感是隐藏在她心里的，许尤佳凭什么如此这般的羞辱她？

砸完盐水瓶后，她躲在洗手间哭了一会儿，但很快冷静下来：跟许尤佳干一场，看她能把自己怎么办！她倒要看看：她俩到底谁占上风？她在水龙头下掬了一捧水，洗净脸，就像什么事都没发生过似的，重新回到郑文涛的病房。此时，许尤佳已离开，郑文涛正躺在床上生闷气——他觉得自己做了手术的心脏就像要爆裂开来。秦小慧走进来，笑盈盈地看着他，眯着一对黑亮的细长眼。她的样子如此温柔、友善，郑文涛的怒气立即平息下来，他代表妻子一个劲地向秦小慧道歉。秦小慧却大胆地捂住了他的嘴，说是自己无礼，并诚恳地表示歉意；随后，她拿起扫帚，小心地扫去地面上的碎玻璃，又用拖布把地面上的残液擦拭得干干净净。

郑文涛心里涌起巨大的感动。就是这一刻，他决定转院。

他说："小秦，我要离开这里。你马上代我去办理出院手续！"

秦小慧愣了，她可怜巴巴地说："郑教授，是我不好。你就不能原谅我吗？"

郑文涛说："你有什么不好？是我们不好！小秦，你是个好姑娘。为这件事感到内疚的，不应该是你，而应是我和许尤佳。我要离开这里，不能再连累你了！"

他坚持让秦小慧叫来他的主治医生。

出院的手续办得很顺利，他联系了南城医大第一附院，医院立即派来了接他回去的车。就在他被人抬上车时，秦小慧赶来了。

秦小慧坚持要上对方派来的车。她说："这些天郑教授都是我护理的，他的情况我比别人了解，我也一起过去吧，有些情况我可以和那边的护士交代一下。"她语气中的恳切，让在场的所有人都无法拒绝。

郑文涛笑了，他说："好吧，小秦，你也送我一下。"

秦小慧的满月脸上立即透出兴奋的红晕，一双细长的眼睛也顿时流溢出黑亮的光彩，两个小酒窝情不自禁地随着笑容闪烁开来——羞涩里透着几分天真。同来的几个医生都笑起来。

其中一个医生说："小秦，你一看就是个好护士。"

秦小慧说："是吗？可是……"她看了一眼担架上的郑文涛，咽下了后面的话。许尤佳怎么说她的？说她给赤脚医生打下手都不够格！哼，这话，她要记一辈子。她记对方一辈子，也要让对方记她一辈子。带着一丝痛快，也带着一些恨意——她知道同事们一定会把这一刻的情景描述给许尤佳听！

她不是他的妻子吗？她怎么会不知道丈夫在这一刻出院了呢？陪在他身边的那个女人怎么不是她呢？秦小慧带着些许的恶意想。同时，她还想好了下一步的计划：辞职。对，制造出一点动静给她看看，让她明白一个小护士也不是那么好欺负的！

她决定辞职，还有另外一层动机：辞职前，她特意把自己的联系方式留给了护士长和郑文涛的主刀医生。她想，如果他在意她，在意他妻子对她的伤害，他一定会来找她的。那时，她就有理由跟他接近，并获得打击许尤佳的最佳机会。

从那边医院一回来，秦小慧就把在路上想好的辞职报告写了出来。在她的辞职报告里，她将当日发生的事，以及她辞职的原因，绘声绘色地写了进去——与其说这是一封辞职信，不如说是一封告状书。

果然，医院的主管领导把许尤佳找去谈了话，批评她对待护士的恶劣态度，并提醒她搞好群众关系。

"一个人的专业能力固然重要，但工作中的合作精神与合作态度更重要。明年还会有职称评定，希望你再不要错失机会。"领导的话既无情又有力，令许尤佳无地自容。

这等于是秦小慧向她扇过来的一记有力的耳光！许尤佳想不到的是，秦小慧这样的耳光还将会不断地扇向她，直至她头晕眼花，并最终招架不住。

秦小慧向许尤佳亮出的最有力武器就是青春。在郑文涛面前，秦小慧把这种武器的大方、美观、体贴、温驯与柔韧展现得淋漓尽致，就像一把好使的手术刀、一把宜舞的亮剑，每一招都指向许尤佳的死穴。

这一年，许尤佳和郑文涛结婚八年，他们有一个六岁的儿子，名叫郑小涛。许尤佳不相信郑文涛真的会看上秦小慧。秦小慧有哪一点比她强？除了比她年轻十几岁。她就没有年轻过吗？她十八岁的时候，秦小慧不仅外貌跟她没得比，处境、前途，哪一样都没得比。那时，她在南城医科大学读书，读大二，医科大学里没有多少女生，漂亮女生就更是凤毛麟角。而许尤佳就是凤麟之一，身后永远跟着一群摩拳擦掌的男生。秦小慧不过是个中专毕业的小护士，凭什么该由这样一个女孩子来打败她？她的对手，应该是南城医大里那些条件与她平行的女生——郑文涛身边不乏这样的女生。

可郑文涛为什么要找秦小慧呢？这个她羞辱过，也羞辱过她的劣质女性——一个连打三针都找不准病人血管的小护士，在她眼中就是个劣质女性。

正因为这样，许尤佳才在整整四年里都不肯放弃。在这四年里，她已经获得了副高的职称，从一名儿科主治医师变成了副主任医师，并顺理成章地当上了儿科的副主任，每周周一、三、五坐专家门诊——婚姻失利后的许尤佳，几乎成了一名工作狂。除了儿子，她不再关心工作以外的任何事。她不能去想，否则，她会发疯。整个医疗系统，凡认识他们的人，谁不知道他们的事，谁不知道她的丈夫公开和一个叫秦小慧的小护士住在一起。

她不甘心输给秦小慧。于是，他们只好维持这样一种尴尬的现状：她和儿子住在一起，丈夫和秦小慧住在一起。儿子不想失去父亲，也不想失去母亲，只好在他们两人间——不，是三人间游走。为了打赢他们两个，许尤佳不仅联合儿子、亲友，甚至动用了她历来所不以为意的"组织"的力量。她向自己的院领导反映，向郑文涛所在的南城医大第一附院的领导反映，希望借助组织的干预，来阻止郑文涛与秦小慧的关系。她的"努力"的确收到了一些效果。郑文涛受到了警告，甚至"主动"失去了他的教授职位。他辞去了原来的工作，但很快就被南城一家民营医院高薪聘用了，并得到了比原来更好的发展。如今，他已经成为那家医院的口碑与品牌——这家医院因为他而获得了比原来更大的竞争力。而她，也获得了一些同情——职称与晋升，都比原来更顺利。

但是，她仍然是一个失败者。丈夫宁可放弃一切，也不肯回到她的身边。

许尤佳最终认为，她输给秦小慧是因为她的年龄。四年过去了，秦小慧仍然不过是个二十二岁的小姑娘。而她呢？硬生生地把自己变成了一个临近不惑的老女人。一个女人到了四十，还有什么？除了一个用爱与时光垒积起来的家。可眼下，她的家还像家吗？

许尤佳是在突然之间想明白的。她给郑文涛打电话，说她同意在离婚协议上签字。郑文涛有些不敢相信。说实话，他已不指望有这一天了。整整四年了，他与许尤佳一直在打一场攻坚战。他已经筋疲力尽，不抱希望。

现在，交战的一方突然弃盔卸甲，郑文涛终于松了一口气。

八年的时光转瞬即逝。八年竟然这么快就过去了，远比许尤佳想象得要快。随着儿子高考的临近，许尤佳的心情一下子就陷入了慌乱。

八年里，她从没忘记过郑文涛当初许下的诺言，并不时地提醒他，见面时，或者在电话里——

"别忘了你发的誓！"

郑文涛无需这样的提醒，他从来没有打算在儿子上大学之前和秦小慧结婚。在他看来，和秦小慧结婚只是早一天与晚一天的事。他早已将秦小慧视作自己的妻子，登不登记只是一种形式。

但是，情况有一天发生了改变。秦小慧三十岁生日那一天，终于失去了耐心，她开始催他了。

"我们什么时候结婚？"秦小慧问，不再掩饰她的焦急。

"快了，等儿子参加完高考。"

"你总是说快了，快了，可我已经都三十岁了。"

"不是说好等儿子考上重点大学吗？他马上就要高考了，你再等一等。"

"儿子总要高考的，难道我们就不能先结婚？你倒是已经有了自己的儿子，可我呢？我已经三十岁了，为你做过五次人流了！难道我就不能有一个自己的儿子？"

"当然。我们很快就会有的。我们一结婚，你就立即怀孕，怎样？"郑文涛笑着安抚道。看着秦小慧那张慢慢有了岁月痕迹的脸，他的心有些触动。他为难地说："你知道，我对许尤佳发过誓，我不能违背。"

秦小慧生气道："发誓发誓，你的誓言就那么重要？我十二年的青春就不重要？"委屈的泪水从秦小慧依然细长却不再黑亮的眼睛里涌出，她忍不住用力搡了郑文涛一把，郑文涛当即倒地，桌上的生日蛋糕与红酒顿时都扣在了地上。

这裹挟了愤怒与抗争情绪，且已忍耐至极的胳膊，竟然如此有力！郑文涛愣住了。一向温柔、顺从的她，竟然向他动手了！他呆呆地看着秦小慧，这才意识到他们之间隔了整整二十年的岁月——他已是一个五十岁的男人了。秦小慧还有多少时间可以等待呢？

"要么，我们先要个孩子吧！等你儿子考上了重点大学，我们再领结婚证也行啊！"秦小慧蹲下来，一把抱住郑文涛，可怜巴巴地恳求。眼泪在她的眼里滚动，让郑文涛很是心痛。可是，眼下他的儿子就要高考了，他怎么能考虑再婚生孩子的事呢？

离婚、与别的女人同居，已经让他觉得对不起儿子，他怎么能在这节骨眼上考虑这些事！郑文涛推开了秦小慧，坚决地说："不行，一切都得等郑小涛考上重点大学后再谈！结婚、生孩子，都得在这之后考虑。"

秦小慧绝望了。她知道郑文涛是不会妥协的，她只有再等下去。

作为安抚，也是作为一种保证，郑文涛提出他们可以先照结婚照。

"不过，我们可以先拍婚纱照。到南城最好的影楼去拍，怎么样？"他轻轻地抚摸着秦小慧的脸，口气缓和地说。

秦小慧还能说什么呢？她点点头，叹了口气，心里说：等吧，反正十二年都等过来了，反正只有几个月郑小涛就参加高考了！

她暗自祈祷，希望郑小涛考上一所重点大学。只有这样，她和郑文涛才能顺利结婚。她十二年的等待才不会付诸东流。十二年啊！人的一生中有几个十二年？她把自己一生中最好的年华都给等掉了。为此，秦小慧专门去了南城的一座寺院里，花重金买了一把手指粗的状元香。她跪在佛像前，嘴里念念有词，不停祷告：佛祖保佑！保佑郑小涛考上重点大学……

儿子高考前，许尤佳开始变得比以往任何时候都更焦虑和烦躁。

近八年的时间里，郑文涛显然是一个誓言的信守者。她甚至想，如果他执意要在儿子读大学前与秦小慧结婚，她也拿他毫无办法——她能有什么办法呢？他们早就已经离婚。他有再婚的自由与权利，并且受到法律的保护。可他偏偏是个守信的人——绝不刺破自己的誓言，他一生都是如此。

现在，她开始感到忧惧。他们约定的期限即将届满，那时，对方将无须再信守承诺。儿子奔赴自己的前程，父亲奔赴自己的幸福。自然、坦荡，天经地义。可是她呢？

她即将满四十八岁。作为医生，她清楚地知道自己已进入更年期：她的月经变得紊乱，脾气更加易怒，情绪常陷入某种莫可名状的焦虑与烦躁之中。她身上的皮肤开始干燥起皱，乳房也在悄悄萎缩——她的乳房曾经是她的骄傲。现在，它们正在变小，失去弹性与光泽。这些是看得见的。看不见的呢？卵巢在萎缩，失去功能。她将失去女性的性征，逐渐变为中性。在她看来，只有孩子和老人才是中性的，难道她就要成为一个老人了吗？

多么可怕！可这是她不得不面对的命运——衰老，就在明天的路口等她。

八年中，她最对不起的就是她自己的身体。她耽误了自己最后的女性时光，耽误了她的性爱。没有婚姻，她最起码应该拥有充足的性爱，只可惜这样的时候太少了，留下的美好记忆也不多。她曾经与前儿科主任有过一次（现在的儿科主任是她），与院领导也有过几次。她把这视为一种报答，一种对她已获得的职位和将要获得的职位的报答；尽管他们并不这样看。他们认为她离婚了，她的生活中缺少性爱——将身体闲置起来，是一种浪费。于是他们向她提出了这样的小要求，觉得既是一种资源利用，也是一种扶困、一种给予与帮助。

但是，他们都明白，这种上下级之间的冒险游戏不能多玩，只能浅尝辄止。何况她是一个离婚女人，离婚女人的私生活最容易受到关注。他们都懂得隐蔽自己，把握分寸。所以，这样的身体游戏只有不多的几次，她并未从中获得享乐，也没留下什么有意思的回忆。

只有一个人是令她难以忘怀的。他是一个泳场的游泳教练，她是带儿子去游泳时认识他的，他们一见如故，互相交换了名片。他很快就约会她了。在一个周末，儿子去了父亲那里，她正好一人在家，接到他的电话，他问可不可以来看她。她想也没想，就把自己的住址告诉了他。放下电话，她特意冲了个澡，洗了头发，带着淡淡的浴液与洗发香波的混合芳香，湿漉漉地下了楼。她在楼下等他，初夏凉爽的风吹过来，她感到一种从未有过的神清气爽。

他骑着一辆豪华的摩托车来了，她印象中，这是一种品质高档的赛车。她想，他也许还是个赛车手，一个力量型的男人。他在她身边划了个漂亮的弧线，停下，摘下头盔，露出微笑。那一刻，她觉得自己已经被他打动了。

他跟着她上了楼。她的房子宽大，是单位分的福利房，足有一百五十平方米，他跟在她身后参观了她的房子。她宽敞舒适的卧室令他眼前一亮，但他很快就把目光移开了，并在她的书房作了一会儿停留，看了看她书架上的书，大都是些医学书，他不懂，也没有兴趣。

然后，他们开始坐在客厅里聊天。她的家洁净、整齐，没有一点多余的东西，看得出孩子的影子，但看不出男人的痕迹。这与他的想象有些距离。他以为一个离婚女人是自由的，不缺少男人的，何况她看起来还很出色。

他们随心所欲地聊着，距离很快就拉近了，一种暧昧的气息在客厅里悄然形成、聚集、弥散，且越来越浓郁地在他们周围流淌。她感受到了它的浓度，沉醉在其中，嗅到了一种久违的、迷人的荷尔蒙的气息。双方的气息默默地在体外的空间里进行着交换、融合。她感到了自己的湿润。他从她的嘴唇与眼神里捕捉到了这种湿润——他们停止了谈话，转向了另一种语言：他的手在她的身体上游走，她感受到他指尖的激情，琴键一般发出颤栗的回应。终于，他牵起她的手，带她走向爱的"泳池"。他不愧是一个出色的游泳教练，他托起她的身体，用眼神向她下达温柔的口令：仰卧、吸气、放松、游、放松、再游……她感到自己正与水融为一体，成为水的一部分。她任他在她的身体里畅游，一直游到幸福的彼岸。任他把她的内部变成另一个泳池，一个精子的泳池。

整个过程，她是陶醉的、忘形的，甚至发出了醉心的叫喊。他的畅游不仅显示着力量的完美，而且包含技巧，富于经验。

他们的关系差不多持续了一整年。几乎每个周末，他都会过来陪她一起度过，他有着旺盛的精力，他们聊天、吃饭、嬉戏、做爱，既像恋人，又像夫妻。这种水乳交融的感觉，甚至使她产生了爱情的幻觉——试想，如果没有爱情，他们之间又怎么可能达到如此极致的和谐与统一呢？

她知道他有一个漂亮的妻子，是文化宫的一名舞蹈老师，他们也有一个孩子，是个女儿，比她的儿子要小一点，漂亮得像一个小妖精。她从他的手机视频里看过她的照片。看到他如此地钟爱自己，她以为他会和他的妻子离婚，和她结婚。她不知道的是，他的妻子每个周末都去舞场兼职做舞蹈教练。周末准时来陪她，只是因为他的妻子不在家。他并非不爱他的妻子，更未想过离婚的事。

这一年里，她是幸福的，身体也享受到了充足的性爱。为了能和他一起度过周末，她拒绝所有的周末加班，而且每到周五晚上，就想着先把儿子送到他的父亲那里去——她甚至忘了郑文涛发过的誓言，忘了她的对手秦小慧。她心里装满了爱情，以及对婚姻的美好期待。

有一天，她认真地向游泳教练说出了她的想法和要求。

她赞赏地望着他完美的胸肌与背肌，向往地说："我们相爱有一年了吧？我现在一天都离不开你了。我想天天都和你在一起。和我结婚，好吗？"她拉起他的手，眼里满怀期望与热情。

他望着她笑了笑，未做回答。第二天，他就在她的生活中消失了，消失得干干净净，就像他从未出现过一样。他留下的精液还在她的身体里，在她的床上散发着淡淡的甜腥味。可他的手机号变成了空号，她再也联系不上他了。

她去他工作的泳场找他，人家说他辞工了。她问泳场的工作人员："他去了哪里？"

"也许去了别的游泳馆吧。南城这么大，谁知道呢？"

显然，他在逃避她。既然他不想再见她，找到他又有什么意义呢？她不是乞丐，不会向别人乞求爱情与婚姻。这段经历使她明白：一个年过四十岁的离婚女人，想要一段美满的婚姻，无疑是做白日梦。

她似乎看到了她那不明朗的未来。比她差的，她看不上；比她强的，也看不上她。那些条件好又离异的男人，好不容易才从一个黄脸婆那里挣出一个自由身，又怎么会再陷入另一个黄脸婆的囹圄呢？她已经年过四十，是一个十足的黄脸婆。她不再对自己的再婚抱有奢望。

此后，经人介绍，许尤佳又遇到过一个丧偶者，条件与她还算相当，有一个在外地上大学的孩子。第一次见面，是在这个男人家，对方的房子与她的差不多宽大。遗憾的是，从他们一开始见面，这个人就对她的话题显得心不在焉，他的注意力似乎都在别的地方；准确地说，是在她的身体上。果然，他们还毫不了解，他就向她提出了性要求——这是一个患了性饥渴的男人，她想，他应该被送到动物园去。

她打定主意不再结婚。她的注意力又重新回到郑文涛与秦小慧身上，是他们毁了她的生活，毁了她的幸福。她原以为她已经忘掉了对他们的仇恨，其实不，它一直就在那里，在她的心里。她只是把它暂时锁了起来。现在她又想起它来了，于是把它重新取出来，翻看、把玩，像翻阅一本内容熟悉的日记。每读到那些刻骨铭心的章节，她都会忍不住血流加快，内心悸动。

　　郑文涛对儿子的高考是完全有信心的。读高中后，郑小涛的成绩就一直排在年级前三十以内，高三时曾一度冲进年级前十，他所在的学校又是南城最好的中学之一——每年高考，前三十名的学生无不考入国内排名最靠前的几所大学。

　　胜利只是短时期内的事。为了儿子的学习，郑文涛甚至重新拿起了高中的课本与复习资料，与儿子一起备战。

　　为了他的一句誓言，秦小慧已经等了他八年，他觉得对不起秦小慧。离婚的那天，他就对秦小慧说过："如果你不愿意，可以随时离开我。"

　　可秦小慧说："我不是为了和你结婚才和你在一起的。"

　　"那是为什么？"

　　"为了爱你，也为了得到你的爱。"

　　她的语气轻松，表情十分认真，不像是假话。

　　他相信了，并且善意地提醒她："可你现在还年轻，有一天，你也许会改变想法的。"

　　"那就等想改变的时候再离开你。"

　　"你难道不在乎婚姻？据我了解，没有一个女孩子不想让自己所爱的人娶她。"

　　"在乎啊。可我更在乎你爱不爱我。"

　　"爱你和娶你，你愿意选择哪一种？"

"都愿意。但是，如果在爱我和娶我之间只能有一种选择，那么我选择让你爱我。"她笑着，努力做出不遗憾的表情，但实际上眼神里有遗憾。他读出了这种遗憾，并为此感到内疚。他抱住她，说："没办法，小慧，我对许尤佳发了誓，不把儿子送进一所好大学我不会再婚。请原谅我现在不能娶你，但是，有一天我一定会娶你。只要你能……"他松开她，看着她的眼睛，那双细细的、长长的、黑黑的、亮亮的，还透着少许少女单纯的眼睛，咽下了那个"等"字，说，"这个时间至少是八年。八年，可不是一段很短的时间，你真的能等吗？"

"能。"她点点头，故意用一种轻松的口气道，"不就八年吗？八年我也才三十。这年头，三十岁没有嫁出去的老姑娘多的是。"

她真的等了他八年。用她的顺从、无声和不可思议的耐心，等他。这漫长的等待，消耗着她的青春，她与他一起消耗，也与时间一起消耗。直到她的眼角终于现出了细小的纹路——当她微笑时，它们会悄然泛起，然后清晰地在她的眼角拉长、漾开、聚拢、逃窜。它们是跳荡的，和她的笑容一起，在她的脸上跳荡。于是，他看到了时光的无情，看到了自己内心的无情。他所能做的，就是对她好，全心全意的好，像父亲对女儿，也像丈夫对妻子——他其实已把她当成自己的妻子。

三十岁的生日过后，她终于急了。谁能不急呢？别说她急，他也急，他知道她想要一个自己的孩子，他们已经流掉五个孩子了（其实只是胚胎，但他愿意把他们叫作孩子）。他们都是学医的，她医专毕业后，又自考了本科，如今也已是一名有经验的内科医生。他们并非不懂得避孕；相反，他们太懂了。可她仍然怀了好几次孕——那种时候，她总是像个贪嘴的吃不饱的孩子，总是让他狼狈不堪就办下了坏事。谁让她比他小了整整二十岁！她那白嫩的似掐得出奶汁来的肌肤，那孩子气的一张满月脸，孩子气的撒娇——这一点，许尤佳永远都不会，也不屑。可秦小慧会，她会把一张年轻的、朝气蓬勃的脸埋进他的怀中，像个调皮的孩子一样往里拱，一直拱到他心动、心软、心颤为止。这个胖乎乎的小肉身子，比任何有经验的女性都更懂男人，更懂他。他总是一次次地败下阵来，心甘情愿地做她的俘虏。于是，想让她不怀孕都是不可能的。

怀孕，对一个女性身体的影响是不可估量的。如果正常的怀孕总是被非正常的终止，这种影响就会是可怕的。因为没有结婚，他们不得不几次对那个想要来到他们身边的小生命下毒手。他们真是天底下最残暴无情的狙击手，整五个啊，说出去谁能相信呢？有时想起这些事，他为自己所受的教育感到羞愧。

他想，幸亏他们都不是基督徒；否则，他们真的会下地狱！所幸，这一切就快要结束了。现在，他心里存不下任何人，也存不下任何事，只有儿子郑小涛和他的高考。为了让儿子平静地迎接高考，郑文涛特意带他到他们医院做了一次体检，查验了他身体的各项指标与健康状况：一切正常。同时，他还为儿子专门列了一个膳食计划，让秦小慧严格按照这个食谱执行。考前半个月，他又特意向医院告了半个月假，在家里陪伴儿子，并亲手照料他的起居。

他用过来人的身份提醒儿子考前的注意事项，为他提供一些考试经验，并把近十年的高考试题都认真看了一遍，帮儿子分析了各种可能性。为了不让郑小涛有压力，他每天在晚饭后陪他出去散二十分钟左右的步，用轻松的语气和儿子聊天。

儿子长得越来越像他了。这种像，与其说是外貌上的，毋宁说是气质与神韵上的。郑小涛身上有一种安静的气质，有一种这个年龄的男孩子所不具备的定力：上网，却基本不聊天，也极少玩游戏；看娱乐节目，但不会因兴奋失控；关注网络上的热门事件，谈过后便付之一笑。儿子的种种表现，既让他高兴又让他担忧——早熟？抑郁？创伤性人格？但他很快就否定了自己：儿子的眼神是明朗的、健康的，袒露着一个男孩洁净的内心。

郑小涛也感受到了父亲的爱、温暖与力量。他心情平静，对即将到来的高考充满自信。散步时，他甚至和父亲谈到了母亲。他说，他不知道父母之间发生了什么，为什么离婚，但他理解他们。他说他已经长大了，知道感情的事很复杂，也许父亲在这件事上并没有太大的过错，但母亲毕竟是这桩婚姻的牺牲品。

"人到中年，被丈夫遗弃是很可怜的。妈妈很可怜。她也曾经是你的妻子，如果我去外地上大学，请你帮我照顾她。"

看着儿子发红的眼睛，郑文涛的内心震颤了。儿子用的词竟然是"遗弃"。也许在一个长大的儿子眼里，母亲才是真正的弱者。他忽然明白了儿子与母亲之间的感情：儿子生命的那一端，连着母亲的子宫，世界上还有什么感情可以超越它？一个生命，从母亲的子宫诞下后，他只是在身体上脱离了它，精神上、情感上绝不可能脱离它。母亲，正是子宫的隐喻，一个孕育生命并诞生生命的子宫的隐喻；否则，它就只能代表性别。

郑文涛的眼睛湿了。他说："小涛，爸爸不是遗弃了你妈妈，不是。而是因为，因为……"他寻找着准确的词语，可是，他找不到，没有一个词语或句子可以帮他来清晰表达。于是，他只好从十二年前发生在病房里的那一幕开始讲述：那个被砸碎的盐水瓶，以及后来发生的一切。

他说："小涛，请理解和原谅爸爸，如果你妈妈是个没有受过教育的人，如果她只是在家里对我这样，我可以忍受。可那是在单位，对别人，对比她更弱小的同事。爸爸发誓，当时我和秦小慧只是一种纯粹的护理关系。那个场景，让我从你妈妈身上看到我平常看不到的那一面——这让我对我们的婚姻感到害怕。"

"可是，可能我妈妈当时只是因为心情不好，你不是说她没能评上职称吗？"郑小涛有些无力地为母亲辩护道。

"是的。但是，一个人不管心情多么不好，都不能把自己的不快发泄在无辜者的头上，尤其是对一个弱者，更不能使用差辱的语言。要知道，这是一种人格缺失！小涛，有一天，你也会恋爱、结婚，会有一个与你朝夕相处的女人，爸爸希望你能从她身上看到一种美德、教养，并从中获得一种满足感与幸福感。"

郑小涛想起了自己的童年。回忆起母亲的一些往事，她的确有着让人不快的坏脾气，每当她在外面遇到不顺心的事，回家后总会借故找他发泄，骂他不是个听话、懂事的孩子，有时还动手打他——只因为任何一个小孩都可能犯的小过错。那时，他也觉得无辜，觉得愤怒，但他没法反抗。因为在母亲面前，他是个弱小者。于是，他找到了比他更弱小的目标：邻居家的一只猫。只要受了妈妈的气，他一定会找机会向它发泄一下。

的确，和母亲在一起，他是紧张的、警惕的，有时甚至是惊慌的——不知道母亲的恼怒什么时候会降临到他头上。在他进入青春期，开始更像一个大人之后，他仍然摆脱不掉这种紧张，虽然母亲不再向他动手了。

而父亲却不同。在父亲的身边，他从来感受不到那种紧张。父亲的身上有一种与生俱来的安静的气质：平和、宽容、克制，从不对任何事情流露出惊诧。他不认为这与受教育有关——母亲难道没有受过同样的教育？

他更愿意相信这是一个人与生俱来的性情。但是，母亲是爱他的，她把全部的爱都给了他。因为爱他，她至今没有改嫁（他认为这是母亲没有改嫁的原因）。他知道一点那个游泳教练的事，这是记忆中母亲离婚后唯一的一段异性交往。他们最终分手了，妈妈并没有嫁给那个男人。而父亲却不同，从离婚前他就和秦小慧在一起，直到今天，他们一直像真正的夫妻一样生活在一起。在郑小涛看来，这和结婚没有两样。虽然秦小慧对他不错，但他不喜欢她。她如此年轻，他没法把她和人到中年的父亲看成一个整体。

他说："过去的事，已经过去了，妈妈就算有一点不是，但不是原则上的问题。"

不是原则上的问题？郑文涛异常震惊地看着儿子。那么，什么才是原则上的问题？在他看来，许尤佳那天的作为，恰恰是原则问题！

他没再向儿子作辩解，也没和儿子理论。他想，每个人看问题的方式都不一样，感受痛苦的方向也不一样。这正是不同的原则。

郑小涛高考的前三天，郑文涛接到许尤佳的电话，说考前这三天，想让儿子住到她身边去。

"看不见儿子，我连着几夜都睡不着了，今天还差点给病人开错了药。"

"不是说好考前半个月，让儿子住在我这里，我好好辅导辅导他？我特意请了半个月假照顾他，你还有什么不放心的呢？"

"我没有对你不放心。不知为什么，可能是担心儿子的考试，我就是睡不着。"许尤佳语气沉郁地说。

"尤佳，你太紧张了。我们的儿子成绩那样好，他高考不会有问题的，你要有信心。"郑文涛安慰道，还特意使用了"我们的儿子"这样亲近的语气。自从离婚后，他们就都没有再用过这样显示"共同"的字眼。提到郑小涛时，他们不是用"儿子"，就是直接用他的名字来称呼。

许尤佳听出来了，她的内心出现了瞬间的柔软，但很快，就被另一种更理性的情绪取代了。她说："郑文涛，我就是想儿子，这三天，你就让他住到我这里来吧，我也可以请假。我是他妈妈，会照顾好他的。"

郑文涛犹豫了一会儿，答应了："好吧！有什么需要，给我打电话。"

"我会的。"许尤佳道，心里松了一口气。

"那等儿子放学后，我让他收拾一下，把他送去你那里？"郑文涛问。

"好的，我在家等他。待会儿我就去请假。"

郑文涛没再说什么。他想，考前让儿子和母亲住在一起也没什么不好。天下哪有母亲不牵挂自己的儿子呢？何况在这么重要的时候。

儿子的到来使许尤佳异常欣喜。她请了一周的假，准备陪儿子考完试。这期间，郑文涛和她的联系前所未有的频密起来，他们时常交换对儿子饮食、起居方面的意见——为了不影响儿子的学习，许尤佳还拔掉了家里的电话线，手机也设置成了振动模式，并将与郑文涛的交流方式改成了手机短信。

这一点，郑文涛完全赞成。一有时间，他们就坐下来发短信。谈的都是关于郑小涛的种种。但郑文涛还是坚持每天晚上与儿子通一次电话。为了不让儿子感到紧张，他总是努力把他的镇定与平和传达给儿子，有时还和儿子来点小幽默。他相信这样做会有好处。不仅如此，他还总给许尤佳发短信，叮嘱她千万不要有紧张的情绪："你的情绪会感染给他。"

许尤佳觉得他操心得有些过头了。她想，你真的如此希望儿子考上一所好大学吗？她想，如果我不希望呢？

从母亲的角度出发，她当然希望儿子考上一所好大学。可是，她不止是一个母亲，更是一个被遗弃的妻子，一个与自己的前夫有着某种特殊约定的前妻，一个心里盛满了不甘与仇恨的女人。这不甘与仇恨，时常烧灼着她的心，令她想起自己的差耻与不幸。她怎么能忘记呢？她的对手不是一个，而是两个，是郑文涛与秦小慧。

在这场旷日持久的博弈中，她眼看就要完败。现在，她唯一的武器就是那个约定。这就像一场力量不均等的拔河，输掉是肯定的，但她要尽量拖延自己输掉的时间——儿子还年轻，还有机会，可她没有多少时间和机会了。她必须最后再拼一把：死前也要咬上一口。是的，动物们都会这样做。她不求能赢，但拖住他们，就是胜利。她在心里对儿子说，妈妈只有对不起你了，请原谅妈妈的自私……

　　无疑，许尤佳是一个医术高明的医生。她在利尿类、抗胆碱类、平喘类、甙类几种药物中反复进行着选择（主要是考虑它们的毒副作用），最终选定了一种最无害却最有效的药：吡烷酮醋胺。这种俗称脑复康的药，具有激活、保护和修复脑细胞的作用，能提高学习记忆及思维活动的能力。这种药主要适用于那些脑动脉硬化、脑血管意外、一氧化碳中毒所致的记忆及思维功能减退的病人以及低能儿童，但晚间服用此药会引起烦躁而使人进入兴奋状态。儿子每天睡前都会喝一杯热牛奶，这是他从小就被她和郑文涛培养出来的习惯。

　　6月6日晚，郑小涛临睡前喝了妈妈递过来的热牛奶，像往常一样躺下，准备安静地进入睡眠。

　　但是，他惊讶地发现自己竟然无法入睡。他想，难道是自己紧张了？可他没有理由紧张呀！他的准备是那么充分，并不为明天的高考担心——他完全相信自己有能力闯过这一关。他尝试用各种方法让自己入睡，数数、背口令，可一切都不管用。午夜时分，他起床拉了一次小便，又摸到客厅里去喝了一杯水。怕吵醒母亲，他做这一切都是小心翼翼的。但是，母亲还是从卧室里探出了头，用担心的口吻问他："小涛，你还没睡吗？"

　　他赶紧撒谎："哦，早睡了，起来上个厕所。"

　　回到床上躺下后，他感到了一种莫名的烦躁，因为无论他怎样努力，他都睡不着，且随着时间的延后，这种感觉越来越强烈，到后来，他简直对自己感到愤怒了。他不停地揪自己的头发，真想一拳把自己打昏，这样他就可以入睡了。

大约在凌晨四点左右，郑小涛又起床小便了一次，这一次躺下后，他才慢慢感到了一点睡意。当睡眠真的开始向他袭来时，他依稀记得窗外的天空已露出了淡淡的曙色。他蒙眬地想，天都亮了，也许已经五点了……然后，他就不管不顾地沉入了睡眠中，像一只吸饱了水的棉球，终于坠入容器的底部。

许尤佳七点时分准时叫醒了儿子——这个时间是儿子、她和郑文涛共同商定的叫醒时间。

郑小涛被母亲叫醒时，只觉得头上就像被人打了一闷棍，又累又乏。他感到自己的睡眠时间似乎比一个午觉还要短，想起昨夜的糟糕情形，他的心里顿时涌上一团阴影；但他没流露出来，他不想母亲为他担心。

洗漱完后，郑小涛强打起精神吃了母亲做的早餐，有牛奶、两个煎得很嫩的鸡蛋、一碗放了瑶柱的菜粥。早餐很有营养，看起来也很可口，但他吃进嘴里时却味同嚼蜡。这些早餐都是他平时爱吃的，可以想见，为了给他准备早餐，妈妈很早就起床了，这让他的心里更加感到难过：他的身体太不争气了，居然在考前几乎失了一整夜眠。

八点时分，郑文涛已经开车在楼下等他们。上午考语文，下午考数学。他打电话给许尤佳，提醒她千万别忘了带儿子的准考证（这样的事在历年的高考中都有发生），带两支以上灌满蓝黑墨水的钢笔，一些必要的文具：削好的铅笔、橡皮、尺规（为了稳当起见，他在车里又另外备了一套）。许尤佳微笑着一一答应。为了不把当日中午的时间浪费在路途上，郑文涛提前几天已在考场附近的一家酒店预订了一个房间，打算让儿子考完语文后，在那里午休一下，顺便为下午的数学考试做点准备。

几乎所有的一切，郑文涛都考虑到了。当儿子和许尤佳出现在他的眼前时，他还是从儿子的眼里读到了一丝不易察觉的惊慌，这让他的心里有种不祥的感觉。出于一个医生的敏感，他开口问儿子道："昨晚睡得好吗？"

郑小涛勉强地点点头。

郑文涛用充满信任的目光看着儿子，微笑地说："别太在意，像平常那样考就是了，爸爸相信你。"

父亲的话让郑小涛的情绪好了一点，他也笑着说："我知道，都考了多少次了，还怕这次考？"

郑文涛点点头，爱抚地搂了一下儿子的肩，就钻进车里，把车发动了。这是许尤佳第一次坐郑文涛的车。她与儿子一起坐在后座。一路上，她看着前面郑文涛的背影，心想，他们多么像一家三口！他们原本是一家三口的，现在却不是了。他们三个人今天所以能这样坐在一起，只是因为郑小涛的高考。

悲哀从心底卷上来，黄尘一样拂满她的胸腔。她想，她昨晚所为，对儿子也许是一场犯罪，但对郑文涛却不是：它只是一次正义的惩罚！对，这个男人欠她太多了，他不应该在她付出了青春后，把她像一只烂鞋子一样扔掉！她想，尽管你考虑得万无一失，但你还是有一样没有考虑到。

把儿子送进考场后，许尤佳和郑文涛就分头走开了。郑文涛把车开到那家酒店的停车场，在给儿子订的房间里躺了一上午。事实上，他前一夜也失眠了。因为担心儿子的考试，生怕有什么考虑不到的事，他几次起来上网，查阅各种信息，并做了详细的考前备忘录。

此时，他可以放心地睡上一觉了。他设置好了手机闹铃，然后十分香甜地睡了。十一点十五分，铃声准时叫醒了他。他打电话给许尤佳，问她在哪里，要不要开车来接她。许尤佳说不了，她就在考场附近的一家公园里，走过去不到五分钟。郑文涛说，那好吧，我们在考场门口见，把儿子接出来后我们一起吃饭。

许尤佳未置可否。儿子进考场后，她就进了附近这家公园。今天，公园里的"游客"格外多，他们都是考生的家长。显然，进来的人谁也没有心情游览公园的景色，他们的脸上几乎都是同一种表情：凝重中略带些忧郁。尽管公园里的树木很多，但可以坐又可以蔽日的地方却并不多。他们大都选定一个地方，长时间地站着或坐着，姿势固定。夏日酷烈的阳光打在他们的脸上，增强了他们脸上的庄严感。这些家长们充满一致的表情和姿势，令许尤佳稍稍感到了不安，想到自己行为的卑劣与不端，她不觉感到羞愧：她还像个母亲吗？有她这样做母亲的吗？如果儿子知道是自己的妈妈对他做了手脚，他会不会恨死了她？可是一想到郑文涛和秦小慧，她就把自己的罪过推到他们身上：不是我要这么干的，是你们俩逼的！对儿子犯罪的不是我，是你们！

她内心矛盾而复杂，阳光把她的额头晒出了汗。她的手绵软无力，头也有些晕眩和发胀。她想起自己也是一夜未眠，又想起自己一大早起来为儿子准备早餐，她自己却忘了吃。她想，我这都是怎么了？疯了吗？

许尤佳在内心反反复复地问自己，终于一阵困倦袭来，她睡着了，直到她被自己的手机铃声惊醒：是郑文涛打来的。儿子上午的考试就要结束了，他们得去考场前汇合。

十一点半后，儿子从考场上出来了。郑文涛一见到他，早上那种不祥的阴影又浮了上来，儿子那双明朗的眼睛从来不懂得欺骗。他尽量装出轻松的样子朝儿子挥了挥手，闭口不问儿子的考试。许尤佳却不一样，她一见面就问儿子考得怎样。

郑小涛摇摇头，说："不怎么样。"

"不怎么样？"许尤佳着急道。

郑文涛从后面拉住许尤佳的手，在她的中指上用了一下力。

他说："尤佳，我们先去吃饭。"然后又赶上一步，揽住儿子的肩，说，"爸爸的经验是，考完一门就忘掉它，一心一意地对付下一门。"

郑小涛点点头，一种委屈漫上来，他觉得自己就要哭了，他不明白自己考试时是怎么了，脑子到现在还是混沌的，都不记得自己做了些什么题。作文也一塌糊涂。考试时他根本没法集中精力，只觉得困，想睡觉。他强忍住眼泪，没有告诉父母他前一夜失眠的事。他想，中午他一定要好好睡上一觉，把上午的失利补回来，毕竟数学是他的强项。

午饭郑小涛只胡乱吃了一点，就回父亲预订的房间睡了。看着郑小涛沉睡的模样，郑文涛想，幸亏自己英明，提前订了这个房间。他想，儿子一定是考前太紧张，昨夜没睡好。

中午补过一觉后，郑小涛洗了个冷水脸，又喝了一杯加冰的可乐，就上了考场。果然，他下午头脑清醒，试题做得异常顺利，数学考得好极了！见到父母时，他脸上露出了开心的笑，郑文涛立即明白儿子的数学考得不错。

这一刻，许尤佳也感到了某种庆幸：儿子没全考砸。但是，一种恐慌感很快就袭击了她：儿子如果走了，去外地上大学了，她该怎么办呢？郑文涛马上就可以圆他的再婚梦，可她呢？

她不禁悲愤地想：郑文涛，你别高兴得太早，我是不会成全你和秦小慧的！

同样的事又发生了一次。郑小涛的好心情没有延续到这个晚上的十二点，他又失眠了，情形与前一天晚上一模一样。

可以想象第二天上午的理科综合考试是个什么样的结局。连续两夜失眠造成的恐慌情绪，加上困倦与思维迟滞，郑小涛在物理和化学这两门强项上又失利了。这个打击对他是致命的——下午的英语，即使他尽全力去奋战，也将于事无补。这是肯定的：他将与他愿望中的好大学失之交臂。

全部的科目都考完后，郑小涛才哭着告诉父亲他连续两个晚上失眠的事。郑文涛异常震惊，他责问儿子为什么不早点把这个情况告诉他——他是医生，知道怎样用药物的方式帮儿子调节睡眠。

"至少，你应该告诉你妈，她也是医生。"

"可我怕你们担心。"郑小涛痛苦地说。

郑文涛无法说出自己的心痛——儿子是多么优秀啊，他本来应该有很好的前途！可他却考砸了！

"你是不是太紧张了？还是有什么其他原因？"

郑小涛摇摇头："我根本就不紧张，但不知为什么，就是睡不着，连着两个晚上都是如此。"

"那……是你妈妈太紧张了？是她把这种紧张传递给了你？"

"也不是，妈妈把我照顾得很好，她也没有给我压力。"郑小涛继续摇头。

"考试前，爸爸给你检查过身体，你身体的一切指标都完全正常。连续两夜失眠，只可能与你的精神状态有关。也许考试的结果并不像你预料的那样悲观，等分数出来后再说吧。实在不行，我们明年再考。"郑文涛安慰道。

一个月后，儿子的分数出来了。事实给了他们残酷的打击：郑小涛的分数刚够二类本科线。而他的志愿里根本就没有填一所这样的大学。这就是说，弄不好，他可能连二本也上不了。

这样的结果令他们每个人都感到很悲伤，包括秦小慧。郑文涛说了，他们结婚的事恐怕还要再往后推一年，他必须把儿子送进一所好大学。

"他完全有能力上一所好大学！"

这一宣布，令秦小慧感到愤怒："我们结婚，与郑小涛的高考有什么关系？你是成心拿这件事作为不娶我的借口吗？郑文涛，你以为我非要嫁给你不可吗？"

"你冷静点，小慧。小涛这次考砸了，我们不能再让他受打击了。结婚的事，再缓一缓，好吗？就一年！一年后，不管小涛考得怎么样，我们都结婚！我发誓！"

秦小慧冷笑道："发誓？把你的誓言留到许尤佳那里去发吧！别以为我会和那个泼妇一样，拿你的狗屁誓言当回事！"

秦小慧已经三十一岁了，她再也无法保持三十岁以前的冷静。

"小慧，你也不讲道理了吗？"郑文涛冷静地问。

秦小慧镇定下来——她感受到了郑文涛话里的力量。她这副样子，与当初的许尤佳有什么两样呢？她不知道郑文涛最看重的是什么？

秦小慧伤心地哭了，委屈的，也是无奈的。她把头埋进郑文涛的怀里，一直哭得心脏都紧缩成了一小团，她甚至感到它疼痛的痉挛。

悲伤的还有许尤佳。她的悲伤是由衷的——她付出的代价太大了，大到牺牲儿子的前途。儿子的考分出来后，她哭得差点闭过气去，她的痛苦那样真实：肝肠寸断、撕心裂肺。那一刻，她感到了痛，与儿子的心连在一起的痛。她深深地知道，她是儿子的罪人。对儿子的愧疚，强化了她对郑文涛与秦小慧的仇恨——如果不是他们，又怎会有今天的一切？

第二年高考来临前，郑文涛没有同意许尤佳让儿子住过去的请求。

这一次再不能有闪失了。他必须亲自安排儿子的起居，掌握和了解儿子的全部状况。

"尤佳你就放心吧，儿子我会照顾好的。今年肯定不会再有问题了。"他在电话里安慰道。

许尤佳意识到，这一天迟早要来临。还能有什么办法阻止这一天的到来呢？秦小慧已经三十二岁了，她那么有耐心，看起来她还有耐心等下去。她仍然不急不躁，似乎她依然只有十八岁。许尤佳决定放弃了，她必须学会面对；况且她是母亲，从内心里希望儿子有个好前途。

许尤佳说："那，你明天送儿子去考场？"

郑文涛说："是的，我亲自送，你放心。儿子会考好的，你——别太着急。啊？"他和许尤佳之间已以好多年不用这种语气了，不知为什么，这一刻那个"啊"字竟然脱口而出。

许尤佳说："那好吧，我明天就不去了。"许尤佳的脸颊上出现了一丝痒痒的感觉，她用手摸了一下，是一颗泪。

晚上，她和儿子通了电话，心情平静地睡了。她睡得那样沉，有一种垂死的感觉。第二天一早，她准时起了床，给郑文涛发短信。郑文涛回复她，儿子昨晚睡得很好，早上起来精神饱满，已经吃了早餐。

他说：我们马上就要出发了。你别担心。

她也回复：好吧，愿儿子考试顺利。

他用手机上的标点给她回复来一张笑脸。

许尤佳合上手机盖，想起了去年的今天。她想，她当时真是疯了，怎么敢对儿子做那样的手脚呢？她可是儿子的妈妈啊！既然这是一场打不赢的仗，她何苦还要打下去呢？用一个人的誓言去遏制对方的行为，是不是太卑鄙了？

她草草地吃了早餐，决定还是去儿子的考场看看，即使她不能给儿子什么帮助，去看看也好，像其他那些有子女参加高考的家长一样，在考场的外面等候一下也好。她还记得公园里那些家长的表情和样子，他们脸上的凝重与庄严。她今天也会是这个表情吧？也许还多一点轻松，因为她觉得她的心终于有一点释然了。

她打了一辆的士上路，一路上车辆很少，通往考场的路段都实行了管制，为了孩子们的高考，如今的城市有了更多的人性化之举。她很容易就到了儿子的考场前。考场外面，人头攒动，考生和送考的家长们挤成了一团，但很快又被巡警们分流开来：拿着准考证的考生们被分成一队，家长们则被分成另一队。一队向前，另一队往后。许尤佳没有挤进人流中，而是站在远处的马路边观看，她的目光在人群中搜寻，希望看见儿子的身影。她找了一会儿，没有看见儿子。她拿出手机，想给郑文涛打给电话，想了想，又放弃了。

就在她回头准备往外走的时候，她看见了他们：郑文涛、儿子和秦小慧。他们三人有说有笑地往队伍里走来，许尤佳的血液凝住了：秦小慧来干什么？她凭什么送她的儿子参加高考？她有什么资格来送他？

许尤佳的呼吸变得粗重起来。突然，她看见秦小慧捂紧了口鼻，皱起眉，脖子一缩，身子往前一拱——吐出一口酸水。她掩饰似的，立即把一团纸巾堵在了嘴边。郑文涛迅速地揽住她，只见她脸色发白，全身无力似的靠在他的怀里。

孕吐！

凭着女性与医生的本能，许尤佳立即得出了结论。秦小慧怀孕了！儿子高考还没开始，她就迫不及待地怀孕了？就在他们的儿子为高考而战时，他——郑文涛，却和秦小慧在为未来的新生命而战？为什么上天待她如此不公，她已经绝经了，秦小慧却在怀孕？凭借医学的想象，她看见郑文涛的精子前呼后拥地穿过那条狭长的通道，肆无忌惮地占领秦小慧那片阴暗的、潮湿的、褥热的盆地，其中的一颗，无耻地钻入那巨卵的壳，在那里生根、发芽……而她那曾经水草丰茂的湿地，如今却已经是一片荒芜的戈壁！

愤怒的心跳，伴着强悍的耻辱，激出一股热流涌进她的眼眶。她的视线模糊了。她听到内心有一个声音在疯狂地呐喊：别让他们得逞！

你们休想得逞。许尤佳悄然转身，含着泪离去了。

对秦小慧此次怀孕，郑文涛没有像以往一样提出异议。

秦小慧是故意的，郑文涛很清楚。就算内心清楚，他也无话可说——就像无法阻止花儿开花一样，他也无法阻止秦小慧怀孕。老实说，他对郑小涛无微不至的关爱，引起了秦小慧的嫉妒。她也想要这样一个儿子，一个郑文涛种下的儿子，一个郑文涛用爱呵护的儿子。

她不相信，她就不能有一个他的儿子。她在他们医院仔细检查过了，她的身体还没有大的毛病：一侧的输卵管有少量积液，但另一侧依然畅通；子宫内有一个两厘米左右的肌瘤，但不影响着床与受孕；宫腔的一侧有少量阴影（人流后遗症），但肌层回声均匀，双侧附件未见明显占位性病变。虽然此前做过五次人流，因此带来的损害一次比一次严重，但只要她好好爱护它（她无比怜惜地想到她那受难的子宫），再怀一个孩子完全可以。

她想，只要怀上了，她无论如何也要把他生下来——难道郑文涛还要再当一次杀人凶手不成？上帝果然垂怜她，她真的怀上了，就在两个月前。想到腹中的孩子，她对郑小涛也多了几分关爱——他是她孩子的哥哥，他们有共同的父亲。她为郑小涛煲汤、做饭，做最清淡却最有营养的饭菜，像母亲一样在每晚把一杯温热的牛奶送进他的房间。她从他的眼神里看到的是客气和冷淡，但她不管。她只管付出，不求回报。

她想，她何必计较郑小涛对她的态度呢？要不了多久，她就将有自己的亲生儿子了（她想当然地认为它是儿子）。到那个时候，她的儿子自然会爱她，像郑小涛爱许尤佳一样。

　　那天早上送郑小涛去高考，是秦小慧自己要求的。她说："我跟你们一起去，我也想送小涛去高考。"她心里想的是她腹中的宝宝——宝宝送他的哥哥去高考。

　　郑文涛看了看她的小腹，她最近孕吐厉害，跟着去干什么？

　　"小涛，我也去送你，行吗？"她可怜巴巴地看着郑小涛问。

　　"那就都去吧。"郑小涛轻描淡写道。这一刻，他想到了自己的妈妈，他多么希望此时是妈妈站在他的身边，陪他一起去的是许尤佳，而不是秦小慧。

　　郑文涛不再反对。于是，"一家三口"上路了。秦小慧抚着自己的小腹想：我们现在是"一家四口"了。她是多么幸福呀！

　　郑小涛进入考场后，郑文涛就带着秦小慧去了他们预订的酒店，他像去年一样，为儿子订了一个房间。他们在那里休息。这一次，郑文涛一点也不担心儿子的考试。他昨夜也睡得不错，儿子早上的神情已告诉他，这一次肯定胜券在握。此刻，他心情轻松，看秦小慧的眼神也有了格外的温情——他突然想和秦小慧做一场爱。

　　他把她扑进怀里，她咯咯地笑着，骂他："你疯了！这一次你别想，我们的宝宝要重点保护。"她的意志坚决，动作与眼神都不给他半点余地。

　　他放弃了，悻悻地说："你想让我当和尚啊？想憋死我啊？"

　　她笑了，说："对，你这次必须当和尚，你必须憋下去，憋到我们的宝宝和你见面为止。"

　　他笑着说："见面时恐怕还不行，你那时还在产床上坐月子呢。我得爱护产妇。"

　　秦小慧美美地笑了，她说："就是，不到满月，你别想尝到荤。"

他故意逗她："去别的地方尝尝也不行吗？"

她举起一只肉乎乎的胖拳头，说："你敢！难道你还想去许尤佳那个老女人那里尝荤？"

他觉得她那"老女人"的字眼有些难听，于是收起了脸上的笑容，说："不要对别人那么残酷，有一天你也会老的。"他想起许尤佳，觉得应该给她打个电话，告诉她儿子已经进考场了，考前的状态不错。

他掏出手机，打给许尤佳，他说："尤佳吗？"

电话那头没有声音，只有一声粗重的呼吸，然后就挂断了。他没有多想，认为她也许不方便接电话，也许是不想接他的电话——她以前也经常挂断他的电话，只要是她不想听的时候。

秦小慧一直拿着遥控器不时地换台，只要是关于婴幼儿的节目，她就停下来，连婴幼儿做的广告也不放过。郑文涛想，一个想当妈妈的女人，真傻得有些天真，智商好像突然回到了自己的婴孩时代，似乎是为了和肚子里的胎儿走得更近些。

他心不在焉地看了一会儿电视，等着儿子考试的时间过去。两个半小时终于过去了，他到考场前与儿子会合。儿子的眼神愉快而轻松——他知道儿子已经顺利地考完了第一科。语文尚且如此，数学就更不用担心了，它一直就是儿子的强项。在去年那场糟糕的考试中，他的数学仍然取得了出奇的好成绩，如果不是理化失败，他完全可以上一所最好的理工大学。

他们开心地吃了午饭，然后他把儿子留在房间里休息。他给许尤佳发了一条短信：儿子上午考得不错。

许尤佳没有回。

郑文涛没有理会，他和秦小慧在酒店大堂里坐了一会儿。正午的太阳光很烈，今年夏天似乎比去年更热。郑文涛又带着秦小慧在附近的一家商场逛了逛，主要是为了享受里面的冷气。怕秦小慧累着，他把她又带回到酒店的大堂，只等时间一到，就回房间叫醒儿子。

但没等他们回房间，许尤佳就打来了电话。她说她也赶过来了，就在考场外面候着。郑文涛说，天这么热，你干嘛还赶来呢？！

许尤佳说，别忘了我是郑小涛的妈妈。

郑文涛没说话，他怕许尤佳敏感，以为他不要她来见儿子。

许尤佳说："你待会儿带儿子过来，我跟他说几句话。"

郑文涛说："好，你在考场入口处的那家SEVEN-ELEVEN便利店门口等着。我带小涛过来。"

电话挂断，秦小慧问："许尤佳来了？"

郑文涛点点头："她肯定是担心儿子。也是，哪个妈妈今天不在考场外候着呢？"

秦小慧知趣地说："那我下午不跟你们去了，我在房间里等你们。"

叫醒儿子后，郑文涛又检查了儿子的准考证、数学科所需的各种尺规与文具，一切都准备好后，就送儿子去了考场。他想，许尤佳看到儿子的神情如此轻松，应该不会再担忧了吧？

看到烈日下等他的妈妈，郑小涛跑过去抱了抱她。看着妈妈鼻尖上冒出的汗粒，他心疼地责怪道："妈，天这么热，你来干什么？"

"妈来看看你呀，来给你鼓鼓劲。"说完，微笑着把一杯冰豆浆递到儿子手上。豆浆杯子里早已插好了吸管。郑小涛感动地接过来，幸福地一饮而尽，然后和妈妈挥挥手，带着自信走进了考场。

郑文涛目送着儿子矫健的背影，回想他刚才与许尤佳拥抱的情形，心里充满了感动。他替许尤佳感到欣慰。

但是，郑文涛怎么也想不到，儿子在考试开始半小时后睡着了。他的试卷只做了不到三分之一，困意就排山倒海地向他袭来，他的脑子像一团糨糊，很快就趴在桌上睡着了。监考老师两次叫醒他，但是没有用，他意识模糊，根本就不知道自己在哪里，在干什么。

郑小涛的数学试卷只完成了三分之一。当他头脑不清、神情木讷地随着人流走到父亲的身边时，一向细心的郑文涛脑子里忽然有了一个恐怖的念头——他想起了许尤佳给儿子的那杯冰豆浆，联想到儿子去年在考场上的情形，他的头脑顿时一炸：医生的本能，使他意识到发生了什么事。他的血朝心脏一阵狂涌，那做过手术的心脏猛地一阵痉挛，他嘴里不由自主地发出了一声痛苦的呻吟。他绝望地仰头向天，差点吼叫出来！

许尤佳呀，你是怎样一个女人？虎毒还不食子啊！你怎么可以如此拿儿子的前途开玩笑！

郑文涛阴沉着脸，把儿子带去医院做了尿检。果然，他从儿子的尿液里检出了高浓度的安定！

拿起儿子的尿检报告，郑文涛疯了一般的往许尤佳家赶去。此刻，如果许尤佳就在跟前，他真想将她撕碎，撕成一个个血腥的肉块！途中，他冷静下来，儿子的考试还没有结束，他要把许尤佳怎样？他真要把她怎样吗？把她怎样又能改变儿子下午的考试结果吗？他把车速放慢下来，停在路边，喘了几口气，禁不住趴在方向盘上失声痛哭起来！有一刻，他被自己的恸哭声吓住了，不觉愣怔了一会儿，又继续痛哭。

郑文涛不知道自己哭了多久，他的心脏开始剧痛起来。手术这么多年，他的心脏头一次出现这样的剧痛，他本能地觉得它又要出问题了，如果他再不控制自己的情绪。他蜷曲着身子，从备用药箱里取出救急的药——这些年来，他以为他已不需要这些药了。

他在路边坚持了一会儿，决定不去见许尤佳了。他怕自己干出冲动的蠢事。儿子明天还要考试，他必须全力以赴；否则，他将一辈子都无法原谅自己。

他努力让自己的呼吸平顺，直到心脏不那么痛了。

他拿出手机，拨通了许尤佳的电话：

"许尤佳，告诉你，下午……儿子的数学试卷……做了不到三分之一。你如果不想儿子今后恨你，请你……在他高考完毕前，不要……再在他的眼前出现。"

许尤佳怔住了。她心虚地问："你怀疑我……"

"你在那杯冰豆浆里放了什么，你不知道吗？我从他的尿液里，检出了高浓度的安定。尿检结果……就在……我手里。"他的语速越来越慢。

许尤佳小声地辩解道："可那杯豆浆，我是买的呀。"她意识到自己的辩解有些无力。

"你不想我告诉儿子吧？我现在终于明白，儿子去年高考……为什么会出问题。许尤佳，你是个疯子！魔……鬼！变……态！你这个……烂……女人！你会……遭天谴的！"他吃力地用这一辈子从未使用过的脏话骂。

电话那边没有声息，但也没有挂断。显然，许尤佳已默认一切。

"你不就是……想看我……结不成……婚吗？我真……蠢啊，怎么会对你……这样的人，信守誓言！告诉你，儿子……一考完，我就和秦小慧结婚。结婚！"他的声音越来越低，他听到了自己语气中的呻吟。

许尤佳挂断了电话。

第二天的考试，郑小涛并没有发挥出他的水平——他似乎已意识到了什么。他眼神里的忧郁说明了这一点。

郑文涛绝望地想，如果儿子自己都不想好好考了，他还能有什么办法？就算再给他一年时间，经历了这样的挫折，任谁能好好考呢？他没有把真相告诉儿子，但儿子显然已知道了真相。

儿子的无言与沉默，已经说明一切。郑文涛想：是我毁了这一切，毁了儿子的前途。

高考的结果出来后，郑文涛有种心死如灰的感觉。郑小涛的分数比前一年更糟：只够专科的分数线。这就是说，第二天的考试，他根本就没有认真考。以他的水平，就算数学考零分，也不该是这个成绩。可见儿子受到了怎样的打击！

郑文涛还没来得及和儿子深谈，他已经想好，要和儿子好好谈一次，也和许尤佳好好谈一次，和秦小慧好好谈一次——他对自己的心脏很了解，它现在的状态，没有人比他更清楚。但郑小涛没给他机会。得知分数的当晚，他就从南城消失了。之后，他给他们每人写来一封信——信是通过电子邮件寄达的，他找人查了发送的IP，是南部一座沿海城市。

在给父亲的信里，他说他不想成为他和母亲之间互相仇恨的牺牲品。他说，既然他考不上好大学是妈妈的愿望，那么他决定帮她实现它。因为他爱她，不管她怎样伤害他，他都是她最爱的儿子，也永远是最爱她的儿子！

在信的最后一段，他这样写道："对一个人仇恨的强度，是由她受到伤害的深度决定的——足见你对妈妈的伤害有多深。没有一个母亲会用自己儿子的前途去祭仇，想想吧，我的妈妈为什么会这样做？！因为我深深地知道，她有多么爱我！爸爸，请原谅妈妈，不管她对我做了什么，请别去惩罚她！千万！请答应儿子的请求。爱你们的儿子。"

读完信，郑文涛泪流满面……

在给母亲的信里，只有短短的两句话：

"我愿意暂时离开你们，以消解你们之间的仇恨。妈妈，我爱你，请为我好好地活着！一定！请耐心地等待那一天，儿子会把你接来身边，再也不离开你！"

看到这封信，许尤佳晕了过去。

我死有余辜。许尤佳苏醒过来后想。可我不能死，为了儿子的爱，为了报答这伟大的爱，我不能死！她觉得她必须活着来接受命运的惩罚。此后，她患上了严重的抑郁症，必须依靠药物才能获得平静。

秦小慧是在抢救郑文涛时出事的。那一天，郑文涛突发心衰，她急着去找药，不小心就撞到了桌子角上，不偏不倚，正好撞在她的小腹上。当一股热流从她的身体里涌出时，她惊恐地睁大了那双细长的黑眼睛，她想：这是报应。

她失去了腹中的婴儿，不仅失去了婴儿，还失去了子宫，那诞生生命的宫殿。术后，她又去了南城的那家寺院，再次花重金买了一把手指粗的"赎罪香"——这是她取的名字。事实上，那就是一束状元香。她跪在那个表情严厉的老尼面前，诉说了这十三年里发生在她、郑文涛和许尤佳之间的事情。她恳求老尼收她为徒，老尼长叹一声，点头同意了。老尼说，人心里有了仇恨，就比妖孽还可怕。秦小慧深以为是，决定从此摆脱尘世的妖孽。

秦小慧离去后，郑文涛又带着那颗衰弱不堪的心脏活了几个月。临终前，他无比遗憾地看着他和秦小慧的婚纱照——那是在南城最好的影楼拍的。照片上的秦小慧幸福地依偎在他的怀里，笑得十分开心。他想：她到底没有做成他的妻子。自始至终，他们没有领结婚证。儿子出走后，他突发心衰，为了抢救他，秦小慧失掉了他们的孩子。那个天使一般的婴儿，它最终没有降落人间。

一个永远的天使。

情人心态

在深秋的某个雨天，谢亦站在有风的窗口凝望，那是她自己的窗口，褪了色的淡黄色木窗框显得有点破旧。窗口朝北，窗台上放着一盆六月雪，这小灌木在寒冷的深秋依然绽开着稀疏的几朵小白花，但已经失去了六月里那绿衣披雪的盛景。

谢亦站在六楼的窗口，透过雨雾凝望雨中行走的人群，她的脸色有点苍白，漆黑的眸子透出一种冰凉的味道。街上流动着各色各样的雨伞，谢亦可以看见雨伞下那些行走的人们，他们行色匆匆，摆动着手臂，两条腿很滑稽地在马路上交替移动，这使他们看上去不像人，更多的像一些蠕动着的头部奇大身体奇小的动物——在谢亦空洞的目光里，他们旁若无人地蠢蠢移动着。

谢亦从早上七点起床——那时从窗口只能望见几个匆匆行走赶去上早读课的中学生和一两个早起买菜的行人——就一直站在窗口，她的水獭皮围脖很保暖，但是流动的冷空气和深秋的冷风还是使她的双腿发冷发硬，关节一直在隐隐作痛，这都是熬夜的结果。她还有胃病，不过，这会儿谢亦的胃很老实，它没有像往常那样在她的腹腔中翻跟斗、摆积木一般瞎捣乱。她的目光被风吹冷了，眸子略显僵硬，这时有一个人走进她的视野。这个人没有打伞，穿一件深咖啡色的皮夹克。谢亦伸了下脖子，很困难地眨了下生涩的眼睛，那个人就忽然消失在伞流中了。谢亦迅疾地将头探出窗外，在那些流动的雨伞中努力地寻找，当那个人在伞的夹缝中再次出现时，谢亦发现他不是董哲。于是她再次以同样的姿态站立在窗口。

电话铃忽然炸响，谢亦惊吓得全身抖动了一下，差点摔倒——这已经是她第N次被自己的电话铃声吓着了，总是在她过分沉溺于某件事或某个念头时，她的电话铃声就会响起。谢亦用冰凉的手抚了抚胸口，俯在电话机前犹豫了一会儿才拿起听筒。

带着某种沮丧的预感，她听见了电话那边董哲的声音。

"我来不了了。"

谢亦怔了一会儿，一股热血就往脑门上冲去。

"你每次都是这样，你说不来就不来，难道我没有自己的事吗？为什么我一定要听任你的摆布！"谢亦忍不住冲董哲叫道。

"谢亦，不要这样。对不起，我是真的脱不开身，你知道的，我有多么想你！你是知道的。"

谢亦顿时无力地坐在了床沿上，一丝心灰的感觉一下子攫住了她。

"可是我已经延误两天了，你至少应该早一点打电话来，我不至于这么空等啊！"谢亦想哭，她本应该在两天前起程去南方的S市，她的画展将在那里展出，一部分还要参加拍卖。

"谢亦，真的对不起，我……"

没容那个内疚的声音解释完，谢亦就狠狠地挂断了电话。同样的声音、同样的腔调，她已经听过很多遍了。第一次听到时，她还能从那种内疚和乞求的语气里感受到某种慰藉与甜蜜，她似乎一下子就理解了他那种为难心境，她想，他是想见我的，只是脱不开身而已；于是心里便开始悄悄地期待，期待下一次的见面和那种耳鬓厮磨的亲密。但这样失约的次数一多，谢亦最多也就只剩某种伤感和失落了。

可是，现在谢亦心里却涌起一股莫名的仇恨，她恨恨地想：董哲，你不过是电视台一个臭制片的，凭什么给我制造这种焦头烂额、心急如焚的绝望情绪！这样骂时，她又忍不住在心里暗恨自己的卑贱与奴性。受虐狂，全天下有多少这样的贱女人？这些女人全他妈的受虐狂！好好的老婆不去当，却偏要去做人家的情人。自己难道不是这样？三十年中，她就这样一次一次地错过了给人家当老婆的机会。

董哲是怎么走进她的生活的？谢亦回想起来竟有些困惑。一切都仿佛是一个阴谋，董哲用一个阴谋就将她挟制在他的小手下。这个有一双像女人一样白细且柔软小手的男人，仿佛天生就是玩弄手腕的。

董哲，你下地狱去吧！谢亦在心里诅咒道。一种疼痛的感觉从心尖掠过，直抵她的大脑，她不无痛苦地想起那个注定一切的周末夜晚。

那时谢亦正在她的房间里作画，电话铃的炸响差一点让她吓掉了手里的画笔。那时已经是深夜零点多，对于已进入大龄，生活中却没有男人的谢亦来说，一般是不会有谁在这种午夜时分给她打电话的，她不禁有些疑惑地提起听筒。

"喂，请问是谢亦小姐的家吗？"一个低沉的男中音娓娓传来，没有一点电流的嗞嗞声，声音很清晰，柔和而有节奏，语气的抑扬都恰到好处。

"我就是谢亦。"这样动人的男人的声音，在这样安静的午夜闯入谢亦毫无准备的耳膜，让一向注重感觉的谢亦禁不住也在声音里渗进了一点柔情的成分。

"很抱歉此刻打扰你，我是电视台的制片董哲，在一个要立即送往文化部去参评优秀文化市的专题片中有几个镜头是关于你个人的，你愿意配合我一下吗？"

对方的语气中又添进了一些体贴与尊重，且不着痕迹地流露出一种温情和歉疚的味道，像丈夫对深夜等待的妻子解释迟归的理由一般，由不得谢亦不感动地想要看看那张神秘的脸，到底有着怎样生动的表情。

"需要我怎样配合你呢？"谢亦柔声问。

"也就是拍拍你得过大奖的那些画吧。当然，这些画前一定要有你的形象，最好是你工作时的情景。如果能借用一下你的工作室就再好不过了——那样更有现场感一些。"听得出对方语气中含着笑意，谢亦似乎已从声音里看到了对方的微笑。

"那好吧，什么时候拍摄？"

"明天。因为带子下星期一就得送走。对不起，我恐怕得占用一下你的星期天。"这话虽表明了一种歉意，但谢亦却从中听出了那种身在电视台工作的人常有的那种跋扈和自信，仿佛是在暗示着她，给你这么好的机会出名，你还不愿意吗？又仿佛是告诉她，你不配合也得配合，这是市委领导下达的特殊任务，征询你不过是我尊重你。

谢亦脸上禁不住浮现出一丝复杂的笑意。

"那好吧，明天上午九点我在我的工作室等你。"

放下电话，回想刚才和那个陌生的摄影记者或曰制片人之间的通话，心里突然充满了一种莫名的渴望——那个声音背后隐藏着一张必须借助想象才能完成的面孔，这面孔宛如停留在她的构想中的一幅画，令她充满了渴望完成的冲动。某种莫名其妙的温暖感觉在她心中悄悄地弥漫开来，一个陌生的男人在安静的午夜，用一种温情的方式邀请她和他一起完成一件与他们自身关系并不重要的工作，他说："你愿意配合我一下吗？"而她并不知道他是谁，长得什么样子，她却问对方："需要我怎样配合你呢？"

谢亦把这种温暖的感觉带进了她的笔触，她欣然将画布上未完成的最后几笔涂成了暖色。这一切都好像一个暗示——她原本是要将这几笔着上冷色的，而这一幅充满了冷色基调的画，便因了这几笔暖色而有了一些令人想入非非、意犹不尽的意境和味道。

总之，在谢亦看来，它是那么成功的一幅画。以致她在自己的房间里走来走去的，不断地从各个角度去欣赏它，从远到近、从近到远，乐此不疲。

那天晚上，谢亦睡了一个两年多来不曾有过的好觉。她从睡梦中缓缓睁开双眼时，视线正好落在镶在天花板上的那面镜子上，她惊讶地发现自己的嘴角还藏着一丝微笑，这真是一个奇迹。她的睡眠一直不好，这几年已经完全养成了通宵作画的习惯，她总是在天亮时分放下画笔，然后再洗一个热水澡，便光着身子钻进自己的被窝。她喜欢光着身子睡觉，喜欢光着身子在房间里走来走去——她的房间里到处是镜子，这些镜子总是真实地反映出她身体的各个部位，她可以从各个角度认识自己的身体，她的握惯了画笔的手指极善于捕捉这种"身体的感觉"，她熟悉自己的每一寸肌肤、一粒痣或者一个细小的胎记，她充满感情地抚摸它们，在那些她喜欢的地方，她的手指总是忘情地流连，在想象中将所有的柔情揉入指端。常常是曙色透过浅紫色的窗纱洒在她的床前，而作为一个对光感有着极好的把握的出色画家，她会打开床头那盏橘红色的顶灯，让热烈而温暖的红光斜洒在自己雪白的身体上。正对着床镶在天花板上的那面大镜子会真切地把这一切呈现在她的眼前，这使她对自己的身体充满了迷恋与激情。

她在极端的自恋中抚摸自己，完成自己，把欲望逼进自己的内心，然后在自我抚慰中睡去。由于缺少阳光的照耀和过分的内敛，她的脸上总是呈现出一种病态的苍白。并不是她不懂得爱情，多少年中她一直在寻找，可多少出类拔萃的男人与她擦肩而过，却没能抓住她那梦幻般飘忽的视线。

这种有些自闭也有些自虐的生活就这样一直延续下来。而昨夜她居然能在自己的卧室里，在自己那张宽大的床上，从午夜睡到天明，这真的让她吃惊不已。

谢亦高兴地踢开被子，第一次不开灯，对着自然光欣赏自己的身体。几秒钟后，她舒服地伸了个懒腰，并从嗓子眼里发出了一声惬意的哼声，然后起床穿衣服。

洗漱完毕，她煮了一壶自己研磨的咖啡。上好的咖啡豆是一个爱绘画的朋友从西德给她带回来的，她用朋友送的器具粉碎后，一点点煮来喝，真有喝来嫌少的感觉。她喜欢煮咖啡时的那种感觉，满屋子的香味，且在房间里长久地弥漫，这比喝在口里的感觉还要好，令她感到温暖而陶醉。

随便吃了一点东西，谢亦就走进画室，开始坐下来等那个叫董哲的电视摄像记者。离约定的时间还有不到半小时，谢亦一边一小口一小口地啜着咖啡，一边在灯光下仔细地欣赏着昨晚刚完成的那幅画。

她不知该怎样给这幅画命名。谢亦眯缝起双眼想象着给这幅画的最后几笔涂上冷色的情形，她发现那将是一种截然相反的效果，那样这幅画将是一幅失败的画。而现在，那几块暖色像是在传达某种信息似的，使这幅意境抽象的画具有了某种神秘的动感和勃勃的生机，唤醒着人的某种欲望与激情，就像一个暗示。谢亦忽然想出了这幅画的标题：暗示。对，就叫它《暗示》。谢亦立即挥笔在画布的空白处写下"暗示"二字。

放下画笔，谢亦心情很好地拉开了厚重的窗帘。平常画室是密闭的，她总是在灯光下作画。画室里装着各种颜色的灯，她的每一幅画必须达到在各种色光下都令她满意的效果。现在，她在自然光下欣赏这幅叫作《暗示》的画，心里充满了一种愉快的感觉，它丝毫也不比墙壁上那几幅获过大奖，参加过国内外各种画展的作品逊色。至少她自己这么认为。

敲门声在九点准时响起。谢亦拉开门的一瞬，脑子就开始了分析与判断。门外站着两个年龄相仿的男人，他们都是中等个头，年龄大约都在三十出头，一个肩上背着摄影包，一个手里提着工具箱。谢亦猜测那个肤色略深、表情冷峻的男人是董哲。

"你好，我是董哲。这是我的助手于之。"肤色白皙的那个开口介绍道。他的表情淡淡的，与昨晚电话中那种温情的印象相去甚远。这不禁使谢亦感到某种失望。

这时他们已经走进了谢亦的工作间，董哲将手中的摄像工具放在了地毯上。地毯上洒满了颜料，显得脏兮兮的，谢亦注意到董哲在放下摄像工具时犹豫了一下。

"地毯很脏了，本来想换，想到换了很快又会变成这个样子，所以就免了。"谢亦自嘲地笑笑，客气地解释道。

董哲心不在焉地说了句没关系就开始认真地打量起她的画室来。他皱着眉头似乎在思考什么，他打量墙壁上的画，谢亦注意到他只是在打量而不是在欣赏。他不断地偏起头或是挪动双脚，谢亦知道董哲是在寻找拍摄的最佳角度，这纯粹是一种职业化的行为。相反，那个被董哲称作助手的于之却在专心致志地欣赏那幅墨迹未干的《暗示》。谢亦从他那炯炯发亮的眼神中断定他已经从画面上获得了某种感觉。

"你现在站到那幅叫《暗示》的画前，你只要拿着画笔站在画前作沉思状，然后再根据我的需要进行配合就行了。"董哲的语气里充满了一种冰冷的命令的味道，仿佛现在他不是在恳求她配合他完成自己的摄制工作，而好像是她请他来为自己进行某种宣传。谢亦心里滋生出隐隐的不快，她努力想从这熟悉的音色中去寻找昨晚那种温情的感觉，却发现那是徒劳。不管怎样，她还是很感谢眼前这个不近情理的男人昨晚给她的那种感觉，让她完成了眼前这幅优秀的画作。这是无疑的。但董哲的态度还是让谢亦产生了某种抵触的情绪。她想，这个男人骗了他，他的动机很明显：故意制造一种

101

温情的感觉来骗取她的信任，以达到完成自己工作的目的。

这种情绪支配了谢亦的行为，在拍摄过程中，她和董哲的配合显得很僵硬。董哲肯定意识到了这一点，他和于之小声地交换了一下意见，同时交换了手中的器材。这时由董哲执灯，于之进行拍摄。

于之利用自己对绘画的理解，并配合手势的暗示，很快就完成了拍摄。整个过程只用了半小时，显然谢亦更能与于之达成某种默契。

接下来的情形发生了明显的转变。董哲请谢亦一起去电视台观看拍摄效果，谢亦本来想拒绝，却不知为什么又答应下来。他们一起上了电视台的车。一路上，董哲显得很活跃，与刚才的样子判若两人。他一边开车，一边不停地讲笑话，语言机智而又幽默，弄得于之哈哈地笑个不止，这使得坐在后排的谢亦担惊受怕——真怕他会打错了方向盘。可董哲并没有出现她担忧中的情形，他不仅表情认真，而且镇定自若得好像这些故事已被他复述过无数遍了，再也激不起他笑的欲望。这使谢亦对他的控制力充满了惊奇。这种惊奇让她再一次对董哲生出某种好感来。

董哲很顺利地把车开回了电视台。于之在车停稳后还在笑骂："你他娘的，每次和你出去，你都要让我肚子痛一场。"谢亦也很放松，一路上没少被董哲的故事搞笑。

在电视台那间幽暗的制作室里，谢亦坐在一旁默默地看董哲和于之进行剪辑和制作。她观察到董哲的手指异常灵巧，他的一双手就像女人的手一样小巧而灵敏，在操作那些机械设备时显得游刃有余，不到一小时，他已经将整盘带子制作完毕。

这是一个专题片，是要送到文化部用于评选优秀文化市的。市政府和文化局指望它能争取一笔财政拨款来扩大本市的文化建设。作为在全国已有影响的青年画家，谢亦显然是一个颇有分量的筹码。而作为市文化名人，谢亦对自己充当这一筹码抱着一种欣然接受的态度。只要能对市里的文化建设有所作用，她不在乎自己充当什么角色。

制作的效果令谢亦很满意。看完样片后，谢亦答应留下来同他们一起吃饭。

他们吃饭的地方是一家叫作"红黄蓝"的西餐厅。谢亦很喜欢这个富有色彩感的名字，它一下就让她看到了那些熟悉而又亲切的颜色。

从小姐们那种暧昧的眼神中，谢亦看出董哲是这里的常客。他们三人被安排在楼上的一个KTV包间，董哲熟练地打开了墙角的影碟机，请谢亦点歌。谢亦翻了下点歌单，发现自己除了会唱《南泥湾》《我的祖国》和《九九艳阳天》之类的传统歌曲外，对当下流行的那些歌曲，尤其是年轻人最喜欢的港台歌曲，竟一首也不会。她对那些曲子的了解，只止于"似曾相识"——它们常从街头巷尾的噪声里冲出，钻进她的窗子缝里而被她的耳朵所接收。从某种程度上说，她离这个社会太远了，远得除她笔下的画外，一切都与她无关。

相反，董哲和于之却对那些歌熟悉得像专为他们而写。他们模仿那些歌星的唱腔，有板有眼地唱着，在谢亦听来，这与她从自己的窗子缝里接收到的完全不一样。她第一次觉得这些歌其实很好听的，并不像她以往所认为的只是一些伤害她耳膜的噪声。

在这种氛围的感染下，谢亦也拿起话筒唱了一首《九九艳阳天》。谢亦小时候练过小提琴，还练过戏曲唱腔，她的音色很纯粹，没有任何沙哑的杂音，除了有点跟不上节奏外，她唱得简直不比专门的歌唱演员差。这使得一旁的董哲和于之充满惊奇。

"你要早有名家指点，肯定已是红遍全国的歌唱家了。"董哲夸张地说。于之也在一旁附和与肯定。尽管他们说得有些夸张，不过有一点是认真的，那就是她的歌唱得的确出乎他们的想象。这种感觉让谢亦很快乐。

在于之去洗手间后，董哲忽然对谢亦说："我们唱一曲《天仙配》，怎么样？"他不无调侃地看着谢亦，"其实我五年前就认识你。五年前，我给你摄过像，那一次你的画在国内得了金奖。你当然不会注意为你摄像的人，虽然他在电视上为你狠狠地吹嘘了一通。"董哲使用的是一种玩世不恭的自嘲语气，"那一次我还写了这辈子最出色的一篇新闻稿。新闻部的主任说，你小子总算够格当文字记者了。我说我是受了一种神秘力量的指引才写出这篇稿的。他说你小子是不是看上咱们那年轻漂亮的女画家了呀，我说可惜我已经把我的女朋友给'枪毙'了。既然'枪毙'了人家就得娶人家，我可是个良心不坏的大好人。不过，今天，老天总算遂了我一点心愿，我终于可以跟我心仪已久的女画家单独坐在一起体味体味了。"说完他咧开嘴发出一种古怪的笑声，这笑声足以表现他的玩笑意味，并消解他话语中的任何真实性。

谢亦只能把它理解成为一种玩笑。

"能跟我们的女画家单独待一会儿，是我这一生最大的愿望了。"董哲继续调侃道。他的眼神放肆地盯着谢亦，透出一种挑战和征服的意味。

"是吗？今天上午您不是完全可以单独到我的画室来摄像吗？"谢亦讥讽地问道。

"这就叫有贼心无贼胆。万一冒犯了谢亦小姐，将我轰了出去，那我岂不是都没法交差了？那不是自砸饭碗吗？"

这时，于之进来了。谢亦想，董哲不仅狡猾，还知道怎样狡猾可以不让人讨厌。这个油腔滑调的家伙，她分明不是他的对手。

于之说："你们为什么不唱歌？"董哲说："谢亦小姐不喜欢听我唱歌。"并冲于之做了个鬼脸。于之说："谢小姐肯定是不喜

104

欢听你说话，你没有吓着她吧？"董哲说："那我们就打牌，跑得快，怎么样？"

谢亦未置可否，与此同时，董哲已从自己摄影包里拿出了一副扑克。谢亦想，跑得快就跑得快吧，总比你坐在这里油腔滑调地拿我开心好。

第一局，谢亦就跑慢了，她剩下的牌最多。

于之说："不行不行，谢小姐输了得来点小惩罚。"

董哲说："那还不简单吗？让谢小姐自己决定惩罚的方式。"

谢亦说："反正不能打钱。打钱就是赌了，我决不参与赌博行为。"

董哲想了一下，说："这样吧，谁输了就被打手板，输一张被打一下，怎么样？"

于之心领神会地看了一眼董哲，立即响应道："行，输家不许赖账。刚才这局就免了。"

谢亦觉得这样挺好，就没有反对。

第二局，谢亦赢了，于之输了三张牌，谢亦在他的手掌上打了三下，觉得挺开心挺好玩的。

第三局，谢亦又赢了，董哲输了八张牌。谢亦于是狠狠地在董哲的掌上打了八下，她感到很痛快，很有一种报复的快感。

第四局，谢亦又赢了，董哲这次只跑了一张牌。她不禁有些疑惑，怀疑他在搞鬼。她打开他的牌检查了一下，发现他有很多次出牌的机会却没有出，显然是故意让她赢的。谢亦很生气，说："谁要你让？输也要输得有志气。这次不算。"

再出牌，谢亦就输了，而且一下输了九张牌。董哲默默地看着谢亦伸出的手掌，却没有打的意思。谢亦说："你犹豫什么，打就打，打肿了我又不怪你！"

董哲说："这次你先欠着，下次一起结清。"

谢亦想，这样也好，如果下次她赢了，正好可与他抵销。最好是她能赢九张以上，这样她就可以反过来打他了。

结果是谢亦又输了，按规定，于之在谢亦的手掌上轻轻地打了两下。

再下一轮，谢亦又输给了董哲好几张牌。谢亦气鼓鼓地说："都结清吧，让你打！"

"我不打你的手，我只握一下，行吗？"董哲并没有等到谢亦的许可，就伸手握住了谢亦的手，接着他又伸出另一只手，将她的手捧在手中，轻轻地揉了两下。

谢亦感到自己的心跳突然加快，一股热血直涌上头顶，但她努力地克制着，装着不在意的样子将自己的手轻轻抽出。

于之立即说："不行不行，下次我赢了也要握谢小姐的手。"

董哲说："于之，你吃什么醋？谁让你不知怜香惜玉，居然打谢小姐的手？"谢亦并不知他们是唱双簧，只知接下来的几盘，她老是输，而董哲老是赢。董哲就提出换一种惩罚方式。谢亦正希望如此，就说："打手没劲，换吧。"

董哲说："如果我再赢你，就向你提一个小要求，当场兑现，你不准耍赖。"

谢亦心想，于之在此，量你也不敢怎样，便答应了。

没想到，接下来谢亦就被"关了的士"——一张牌都没跑出去。谢亦叫道："你们肯定耍了阴谋，联合起来算计我！"便要看两家的牌。看来看去，她确实没有一次出牌的机会。

董哲说这一次惩罚要升级，还没等谢亦醒悟过来，他就扳住她的下巴吻了下去。他的舌头霸道地、强有力地伸进了谢亦的嘴里。谢亦只觉得自己像一摊泥一样，不争气地滑进了董哲的臂弯里……不知不觉中，她回应了他的舌头，血液像奔涌的潮水，一浪一浪地拍打着她的心脏，终于冲出堤岸，淹没了她的呼吸。当她终于从这种失去理智的疯狂中清醒过来时，于之已侧过身去，正在埋头拨弄影碟机的按钮，悠扬的音乐响起，是一曲轻柔的华尔兹。

谢亦心里不禁恨恨的，恨自己的不由自主，恨眼前这两个男人的恶作剧；尤其是董哲，他一开始就在设计打败她、征服她。她咬牙切齿地说："你设计欺负我，算什么本事！"

董哲不愠不恼，毫不掩饰地用一双温情的眼睛注视着她，他说："我吻了你，我不赖账。我给你立个字据，好吗？你可以拿着这个字据任意处置我。"

"那你就立一张！"谢亦生气地喊道。

董哲果真掏出了笔，在一张纸上写道：我吻了谢亦，用舌头。因为我喜欢她。又看了看一直抿着嘴在一旁偷笑的于之，继续写道：于之作证。然后签上自己的名字，署上年月日，郑重其事地递给谢亦。

谢亦只觉得哭笑不得，她将字据收起来，大声说："我要复印两份，一份寄给你们台长，一份寄给你老婆。"这样说时，谢亦发现自己已经一点也不生气了。

董哲说："随便你。我喜欢你，五年前如果我没有枪毙另一个女人，我肯定不会让你像现在这样从我怀里走开，永远不会。"那种自信的眼神似乎在向谢亦表明：我已经失去了让你做妻子的机会，不能再失去让你做情人的机会。

而谢亦作为董哲情人的角色，也就在这一刻被注定了。

现在，谢亦站在窗口，心里有种冰凉的悲哀感。实际上，这悲哀并不是源自董哲的失约，而是源自她对自身的怜悯与蔑视。这种蔑视在她的不断强化中达到了无以复加的程度，她怎么可以这样毫无自尊地爱一个并不优秀，有妻子，而且分明只是为了征服她和占有她的男人呢？而她，无论以怎样怀恨和诅咒的心情想着那个男人，以及那个男人对自己演绎出的荒唐爱情时，只要他一出现，她就会立即臣服在他的温情下。她用最虔诚的心情等待他，用最放浪的姿势迎接他，用最无耻的动作和他做爱。总之，与他在一起时，她总是极尽所有的疯狂与放荡、卑贱与奴性。所有曾经有过的骄傲与尊严，曾经用最严肃的态度对待的那些对意义的追寻，都在那个小手男人的不经意和随意之中被肢解了。这难道就是爱情的真正内涵？

　　夜幕在谢亦的胡思乱想中悄然下垂。路灯亮起时，谢亦离开了她的窗口。她将窗子严严实实地关上，将窗帘严实地合好。她不想开灯，房间里的光线很晦暗，甚至暗得都有点儿像午夜时分。这种感觉的提前来临使她感到恐惧。她不禁缩紧了有些僵硬的身子，将自己的身体融入房间的幽暗里。

　　傍晚的市声从窗缝里钻进来，像利刃一样割伤了谢亦的耳朵，此时又是一个车流与人流的高峰。在这个周末的夜晚，人们怀着不同的渴望，在匆匆地赶往自己的家或匆匆地逃往家外，一些场所开始了它们一天中最热闹的时分。

　　缩在黑暗中的谢亦感到了胃的剧痛，她的肚子终于开始造反了。她从床头的饼干盒里摸出几块饼干，有一下没一下地嚼起来。暖壶里的水早就凉了，她就着夜光喝了一点就躺下了。

　　黑暗中，谢亦打了两个喷嚏，冰凉的额头渐渐有种疼痛的感觉，疼痛越来越清晰，她想自己是感冒了。车流渐少了，人声淡去，谢亦想起高中物理学中的一个概念：R_0。R_0代表分子间的距离处于平衡状态。她想，这种距离状态也是人最需要的。一个男人和一个女人其实就是物理学中的两个分子。所谓爱情，在多数情形下，其实就是一道不等式。那种R_0的状态是很难达到的。没有责任与义务、互不伤害、互不干扰、没有痛苦也没有约束的感情是构不成真正的爱情的，那只是一种游戏，是死亡的另一种形式。

她回想起自己与董哲相识的全过程，觉得一切都像是一个阴谋。她既是这个阴谋的受害者，又是执行这个阴谋的同谋者。从严格意义上说，她并不爱董哲，她被他吸引，是因为他身上有种毫不掩饰的邪恶力量和对女人天生的征服欲。正是这种邪恶最大程度地激发了她身体的欲望。生命中这种可怕的邪恶，不正是我们浑然无觉而又与生俱来的罪吗？

　　在迷迷糊糊的思想中，谢亦慢慢地闭上了眼睛。

　　一阵惊心动魄的电话铃响，吓得谢亦猛地从床上坐起。她下意识地打开床头的灯，看看腕上的表，时间已过了十一点。她猜想电话是董哲打来的，犹豫着不想接。可那台红色的电话机固执地在铃声中跳舞，顽强地响个不停。提起话筒，她惊讶地听见儿时的好友小娟的声音。

　　"我睡不着，想来想去不知该给谁打电话，想到你是一个人，所以就打给你了。"小娟在那边说。

　　小娟在电话里说起她的丈夫居然背着她在外面找情人，说男人们怎么那么虚伪，婚前说的是一套，婚后做的又是一套，说她的丈夫经常彻夜不归，让她在这样周末的夜晚独守空房，说到最后，竟骂起了全天下的坏女人，都是她们让这个世上不再有安全的爱情和婚姻。谢亦在这边听着，只能苍白地安慰几句。

　　谁知那边小娟却说，谢亦，你是没做过别人的老婆，你当然不知道被丈夫背叛的滋味。你都老大不小了，还是别挑来挑去了，赶紧找个男人嫁出去吧。

　　"只要他对你好，肯天天陪你，不去外面乱来，你就结了算了。"

　　谢亦不觉感到好笑。她想，女人们的逻辑多有意思。"只要他肯天天陪你，就结了算了"，不结婚，怎么知道他会不会是一个肯天天陪你的男人呢？等到结了婚，才知现实是个悖论。何况她从来就没想过要一个男人来天天陪自己。天天陪着，她还不疯吗？她哑笑着挂了电话，在灯光下默默地躺着。

她忽然想起要跟董哲说点什么，告诉他一切已结束？食指在话机上犹豫地按下那熟悉的几个键，临了又压下。说不说又有什么意义？

一丝冷风从窗子里钻进来，谢亦打了个寒战。她拔掉电话线，把电话推到一边，用手摸摸自己滚烫的额头，真的已经发烧了。吃了一把药，就将发抖的身子裹进被子里，亮着灯，从天花板上的镜子里看自己。窗外已经安静下来，偶尔有女人的高跟鞋敲击在马路上，发出有节奏的声音。在谢亦恍惚的眼神里，沉默的电话机慢慢变成一团模糊的红影。她关了灯，在黑夜里躺着。

夜，越来越安静。静谧中，每一个声响都是那么清晰，室内的钟声，隔壁房间里那对新婚夫妻做爱的声音，远处突兀的一声婴儿啼哭，偶尔发出的一声夜行货车的长鸣，将夜的和谐尖利地划破，而夜又如合拢的水一样复归于宁静。

谢亦在高烧的迷乱中度过了她在这个城市的最后一个夜晚。飞往南方S市的机票是第二天下午两点的，那是一张永远的单程票。

谢亦的画在那里展出得很成功。

金　臀

　　刘教授最近卷入了一场性骚扰事件中。

　　据媒体报道，性骚扰的对象是刘教授家的钟点女工章某。媒体的报道，引起了社会的广泛争议。有说是道德问题，有说是心理问题，也有说是犯罪问题——骚扰者犯了罪，被骚扰者更犯了罪，因为她公开敲诈了骚扰者一万块钱。对此，南城人众说纷纭，尤其P大人，更是争论不休。作为P大一名形象良好、品格高尚、教学成绩突出的年轻教授，P大人认为，刘教授不太可能对他家的钟点女工有性骚扰行为。这也许是一种诬陷或炒作，就像干净的湖面上总有人会恶作剧地扔些垃圾；因为过于明澈与洁净，人的心里会莫名其妙地生出些许破坏之意。

　　然而，让人失望的是，刘教授却公开地承认了。首先是他在自己的妻子、P大的教师丁敏面前做了坦率的承认；其后，在系主任向他质疑此事的真相时，又点了头。

　　事情的经过是这样的：一天，刘教授授完课回家，看见自家的钟点女工小章正在为他家打扫卫生，就微笑着向她点点头，进了自己的书房，开始给他新带的两名研究生批改作业。女工在打扫完客厅后，就进了刘教授的书房，对此，刘教授视而不见。女工像往常一样在书房里忙忙碌碌，用湿布擦拭书房的桌椅、地板和墙壁。刘教授改了一会儿作业，站起来想去一趟洗手间。他还没走到书房门口，就看到一个突兀的景象：一对浑圆的屁股当空立着，饱满、性感而漂亮！女工小章正弯腰搬着一件什么重物，身子几乎是垂直地落下去，只露出裹在黑色紧身裤里的两条圆直的腿，和一对让刘教授目瞪口呆的屁股。说实话，这个姿势、这个屁股，在刘教授看来，不仅非常性感，还非常美。几乎是下意识的，刘教授伸出右手，摸了上去。随后，他听见了女工小章的一声尖叫。

小章说，你干什么你？

刘教授吓得收回了手，无比尴尬地看着小章，如梦初醒道：对……对不起！刚才你弯着身子的样子很……美，我就……对不起！刘教授一迭声地道着歉。

对不起？你说对不起就行了？想不到你一个堂堂的大教授也……这么流氓！

刘教授只得继续向女工道歉，他也不太明白自己刚才的行为。说实话，这位小章女工长得并不美，也不算年轻，她是个三十出头的女人，南城本地人。据她自己说，下岗后她做过生意，贩过鱼，还当过走鬼，根本就是一个没有什么文化也没有任何魅力的女性——至少在任何一个受过教育的男性看来是如此。那么，刘教授怎么就……了呢？刘教授困惑着。

小章女工这时更大声地斥责起来：你这是性骚扰！是欺负弱势群体！一贯沉默寡言的小章女工，嘴里竟然冒出了弱势群体这样的词，让刘教授顿时羞愧不已。小章突然冷笑着说，我要告诉丁老师！冷汗从刘教授的头顶上冒出来，他感到全身一阵发软。他恳求地看着小章，说，小章，你可千万不能告诉丁老师，你知道，她的身体不好。算我求你了，好吗？小章说，你摸了我的屁股，你说怎么办吧？刘教授一时有些无助。他说，你说怎么办吧，只要你不告诉丁老师。小章犹豫了一会儿，突然道，你赔我一万块钱，这事我就不说了，跟谁也不说！刘教授说，好吧，我答应你。

事后，刘教授真的赔给了小章一万块钱。让刘教授想不到的是，这件事最后还是闹开了，不仅妻子丁敏知道，系领导知道，很多无关紧要的人知道，还变成了一个在媒体讨论的公开事件。

　　这件事当然不会是刘教授闹出来的，甚至也不能算是女工小章闹出来的。或者说，不是小章故意闹出来的。要怪，只能怪小章的丈夫。那天，当刘教授背着妻子在书房里给小章一万块钱时，小章几乎有些不相信。那一刻，她甚至有些羞愧和不好意思去接。刘教授说，你拿着吧，既然答应过你了，就要兑现。小章只好接了，并把它放进了自己的包里。

　　小章做完活离开时，本想把这一万块钱还给刘教授，想了想，还是没有。刘教授的性格，她多少是有些知道的，这个人说话和办事都很认真，言必行，行必果。这样的人，在这个社会已经很少见了。只是小章没有料到，他会认真到如此程度，还真给了她这一万块钱。说实话，她当时说出那句话，是有些恶作剧的，有一点吓吓他的意思。她讨厌男人对女人动手动脚，尤其是像刘教授这样一个正人君子，也干出这种动手摸女人屁股的事，她心理上有些接受不了。可刘教授真这么做了，她又觉得自己有些不该。钱已经拿了，再还回去反而不好。刘教授一定会以为她要把事情说出去。为了让他放心，她只好算了。一路上，她也在想，回家怎么对丈夫说这一万块钱的事。她和丈夫是一对恩爱夫妻，丈夫也是一名下岗工人，下岗后在南城一家出租车公司开车，每个月有两千多块的收入，她在外面做钟点工，每个月可以收入近千块钱，日子过得不算好，但也还过得去。他们的儿子刚上小学，在P大附小，学校还是刘教授介绍的。P大附小属市重点，按规定要收取一定数额的赞助费，因为是刘教授介绍的，学校就没收。按理，她应该感激刘教授才是，怎么被他摸了一下屁股，就把对方搞得如此下不来台呢？

　　回家后，小章把这一万块钱交给了丈夫，并把经过如实说了。她做梦也想不到丈夫会恼羞成怒。丈夫对她破口大骂：贱人！你是不是和他上过床了？她委屈地说，没有，他真的只是摸了我的屁股！丈夫气哼哼地骂：哼！摸几下屁股就给你一万块钱，你那屁股是金屁股？傻瓜才会相信！丈夫接着冷笑道：难怪他会帮儿子找学校，我说呢！小章本是个正经女人，听丈夫这样冤屈她，一时百口莫辩，气得哭起来。可不管她怎么辩解，丈夫也不相信她的话。她只得冲丈夫叫道：你要不相信就去找刘教授对质！丈夫愣了愣，吼道，对质就对质！老子今天不上门找他问清楚，老子就不是男人！

小章的丈夫拽着妻子踢开刘教授的门时，刘教授正在书房里和自己的两位研究生谈话。刘教授的妻子丁敏刚从图书馆回来，正在帮刘教授整理资料。小章丈夫一进门就开始怒骂，粗嗓门立即惊动了对门和楼上楼下的邻居。事情不胫而走，很快就传到了系领导的耳朵里。

事后，丁敏有些不相信地问丈夫："你真的摸了小章的屁股？"

刘教授点点头，说："当时她正弯着腰搬东西，我看不见她的样子。"

丁敏怀疑地看着丈夫，伤心地问："看不见她的样子，你会去摸她？"

刘教授沉默了，他没法跟妻子讲清楚当时的情形。

丁敏又问："那一万块钱，你从哪里来的？"

刘教授说："找刘莎借的。"

丁敏顿觉心灰意冷、万念俱灰。

在人们看来，刘教授是个道德主义者，或者说是一个道德完美主义者。尽管刘教授自己不这么认为。他并不喜欢所谓的完美。在他看来，世界上的任何物质都不是完美的，更没有人可以堪称"完美"。但这只是刘教授一己之看法，并不影响他在人们眼中的完美形象。

说刘教授是一个道德主义者是有根由的。刘教授是P大生物系的研究生导师，副系主任，不仅长相英俊、一表人才，而且年龄才四十出头，就已经出版了十来本专著和译著，发表了上千篇论文，手上不仅带有几位硕士研究生，还有两名博士研究生。在P大这样的全国重点大学中，像刘教授这样的人堪称卓越。然而就是这么卓越的一位教授，却有一个奇丑无比的妻子。这样的丑，与残疾无异。丁敏老师的脸，一边大一边小，因为右脸上的肌肉萎缩，颊骨向外刺出、凸起，使得她的右脸就像塌方似的，出现一种奇怪的凹陷。由于右脸塌陷，肌肉萎缩，致使她一侧的嘴角也向上歪斜，右眼则显得呆滞无光。只要稍加注意，人们就会发现这只眼睛是不会眨动的。当丁老师眨眼时，一定是一只眼睛闭上了，另一只眼睛却睁着，就像一个调皮的孩子在向人做鬼脸。实际上，丁老师的右眼几乎丧失了视力。最可笑的是，丁老师走路时，会不时地向左右两边摇晃，就像喝醉了酒似的。正因为如此，人们很少在白天里看见丁老师在校园里行走。人们看见她时，多半是在生物系的资料室里。丁老师是刘教授的助手，这是新系主任上任后刘教授向系里申请的。一度，人们非常想不通这么一对反差巨大的夫妻，是如何在一个屋檐下生活的。然而，当人们了解了这对夫妻的婚姻史，目睹他们稳定而安宁的幸福生活后，人们最终把刘教授归结为一个道德主义者。

据说，刘教授的妻子丁敏年轻时，是P大生物系的第一号美女。那时的刘教授还不是刘教授，是刘讲师。刘讲师从P大博士毕业，刚刚留校任教不久。虽然同在一个系，但当时的刘讲师与丁老师还不是很熟，刘讲师与丁老师熟起来是通过他的师妹刘莎。刘讲师叫刘玉瑞，与刘莎曾经受读于同一名导师。而刘莎与丁敏是大学同学，且是闺中密友。丁敏本科毕业后，因表现优异，留校任教。刘莎则分回故乡安徽的一家研究所工作。工作了一年后，刘莎就开始怀念在南城生活的日子。南城一年四季树木常绿、鲜花怒放，即使在冬天，也可以穿上露膝的短裙，尽情地展露她那一双美腿。刘莎的一双腿是她最为得意的，颀长、笔直、匀称，既不显粗又不显细。不像有的女孩，腿虽长却不直，又或者腿虽直却太细，再或者腿不细却短。还有一些女孩，更是生着一双弯曲的腿：不是内弯就是外八，这种腿最难看。而刘莎的腿，就像两根秀美的玉茎，白、嫩、长而且圆润，以至有不少人怀疑她练过舞蹈。实际上，她的腿是天生的。她的母亲、她的姐姐都有一双好腿。刘莎不知道的是，她的屁股更好看，圆而饱满，向上微翘着，在腰际那里形成一个美好的弧度。刘莎抱怨内地的冬天埋没了她的一双美腿，便发誓要重新考回南城来。经过一年的准备后，刘莎顺利地考回了母校读研。

刘莎的导师就是刘玉瑞的导师。他们一个读研一个读博，成了名符其实的师兄妹。他们的导师甚至和他们开玩笑道，你们俩都姓刘，莫不是亲兄妹吧？刘莎笑笑，眼睛亮亮地看着刘玉瑞，说，那我以后就喊你哥了。刘玉瑞也笑笑，未置可否。刘莎回母校读研后，就经常去找她的大学同学丁敏。丁敏虽然做了P大的老师，但在刘莎面前还是有些自卑，于是也一边教书一边考研。丁敏读研后，两个人的来往就更密切了，刘莎经常跑到丁敏的教工宿舍去留宿，两个人搞得像同性恋。刘莎和丁敏说得最多的话题自然是她的师兄刘玉瑞。通过刘莎的描述，丁敏的印象中渐渐有了刘玉瑞这个人。

刘莎研究生毕业后终于进了南城的一家研究所，这样她来P大的时候就渐渐少了。以后再来时，她的身边就多了一个人：她的师兄刘玉瑞。在丁敏看来，这样的双出双进，等于是向她宣告了他们的恋爱关系。尽管他们之间并没有任何亲密的举止，但丁敏还是把刘玉瑞当成了刘莎的男朋友。这种认识一直持续到刘玉瑞博士毕业也留校任教，他们同事一段时间后。

丁敏发现，刘玉瑞和刘莎之间并不是恋人关系，他们没有背着人私下约会。从刘玉瑞的口中知道，每次他们来她这里，都是刘莎去"请"的他——说请，还不如说是强拉。刘玉瑞是个性格谦和、本质善良的人，对谁都是有求必应，何况刘莎还是他的师妹。于是，丁敏就有了一个大胆的计划：约刘玉瑞去看刘莎。果然，刘玉瑞也没有拒绝丁敏，每一次他都陪同丁敏前往刘莎所在的研究所。去过几次后，刘莎就不再找丁敏了，丁敏给她打电话，她也很冷淡，每次请她聚会，她都找理由拒绝。

三个人之间的来往，渐渐变成了两个人之间的来往：有时是刘莎和刘玉瑞，有时是丁敏和刘玉瑞。丁敏因和刘玉瑞同在一个学校，又同在一个系，来往反而多一些。两人都是俊男靓女，才貌相当，渐渐的，周围的人就把他俩看成了一对恋人。两个人来往多了后，丁敏就有了恋爱的感觉，她觉得自己真的在爱着刘玉瑞了，看刘玉瑞的眼神就有了变化。实际上，刘玉瑞也看出了她这种变化，但他不想伤害她，只好装着不知道。

有一天，丁敏过生日，以前每年的这一天，刘莎都会来陪她过生日，但这一次，刘莎不仅没有来，而且连个电话都没给她打，她就知道刘莎在心里恨她了。于是她就只请了刘玉瑞一个人。刘玉瑞果然来了，还给她买了一盒生日蛋糕，圣安娜的，很好的牌子。丁敏很高兴。生日是在她的宿舍里过的，丁敏买了烧鹅、白切鸡一类的熟食，还拿出了一瓶红酒。两个人正吃喝着，刘玉瑞的传呼机忽然响了。刘玉瑞从腰里摸出传呼机，看了一眼，对丁敏说，我去回个电话。丁敏用下巴指了指桌上的电话机，说，你就用我的电话回吧。刘玉瑞犹豫了一下，说，我还是去外面打吧。丁敏极有涵养地一笑，点点头，说，等你回来吃蛋糕。

刘玉瑞出去回电话了，丁敏已经猜到这个传呼是谁打的。几分钟后，刘玉瑞回来了，他的脸色似乎有点尴尬，但还是做出没事的样子，坐下来继续陪丁敏喝酒。丁敏说，是刘莎吧？刘玉瑞点点头。丁敏笑着说，你干吗不叫她过来？今天我生日，她应该知道的。刘玉瑞说,我说了,她说今天有事,来不了。他抬起头看看丁敏,补充道,她让我代祝你生日快乐。丁敏笑笑,说,谢谢!也谢谢你来陪我。说完,给刘玉瑞斟满酒,和他碰了碰杯。刘玉瑞一口喝了,似有些闷。

丁敏不知道刘玉瑞和刘莎在电话里说了什么,但她本能地有种危机感,觉得与刘玉瑞之间应尽快确定关系。她知道,论长相,她比刘莎要漂亮。她的五官生得精致,不像刘莎那样相貌平平,脸上还生着几粒雀斑。但刘莎生得白,皮肤就像象牙玉一般晶莹透亮,而且她的身材姣好,有一双美丽的长腿。最重要的是,刘莎的性格比她大胆,敢说敢做,不定哪天就先将刘玉瑞拿下了。这也是她最担心的。

两人又喝了一会儿酒,刘玉瑞的传呼机又响了。这一次,刘玉瑞没有回电话。他心里生着刘莎的气,觉得她不应该这么小气,大家都是朋友,有话应该当面说。此前,刘莎在电话里大骂丁敏是卑鄙小人,趁机挖她的墙脚,并命令他马上离开丁敏的宿舍,到他们研究所里找她。他觉得刘莎这样做有些缺乏涵养,不讲道理。不管怎样,他和丁敏是一个系的同事,而他也并未向刘莎挑明恋爱关系,怎么能说人家是挖墙脚呢?尽管他心里也是喜欢刘莎的,相比于丁敏,他更喜欢刘莎身上透出的女性风情。

刘玉瑞埋头喝着闷酒,而丁敏则在一旁安静地看着她,眼神里充满了对他的关切与理解。丁敏说,要不,你去回个电话吧。

他看看她,摇了摇头。

这天晚上,刘玉瑞的传呼机响了一次又一次,最后终于绝望地平息了。刘玉瑞喝完了那瓶红酒,就有些醉了。红酒上头,慢劲,他终于因头晕在丁敏的沙发上躺下了。醒来时,他发现丁敏趴在他身上,正在吻他。她的吻轻轻的,在他的脸上探来探去,像一只小狗的鼻息,弄得他痒痒的。这是他第一次被女孩子吻。他有些忘情地享受着她的吻，最后终于忍不住抱住她回吻起来。

这一夜，刘玉瑞是在丁敏的宿舍里度过的。不知道算不算她诱惑了他，总之，他们之间有了男女之间的那种私密关系。天亮时，他才发现，他还没有陪她吃蛋糕，却先把她尝了。他有些愧疚，也有些遗憾：原来男女之间突破这层关系，竟是如此简单。事后，他也有些后悔，觉得应该给刘莎复电话。兴许，他和丁敏间就不会发生那种事了。他决定忘掉刘莎，或者说忘掉对刘莎的非分之想，只把她看成自己的师妹。

他和丁敏公开了恋爱关系。但是，不幸很快就发生了——丁敏在一次剧烈的头痛之后检查出来患了脑神经瘤，而且是巨型脑神经瘤。医生说，如此巨大的脑瘤，必须尽快切除，否则会危及生命。医生并未指出切除后的后果。检查是刘玉瑞陪丁敏去的。丁敏无比惶恐地看着刘玉瑞，问：真的要做手术？她想问的话其实是：真的要开颅？刘玉瑞说：当然。他想，这件事得先让系里和丁敏的家人知道。

系里和丁敏的家人当然也是支持丁敏手术的。丁敏手术后就成了后来的样子。因为瘤子巨大，加上所在位置特殊，她失去的，不只是健康和美丽，还有小半块颅骨——术侧的颅骨去除后，表面就只有一层软软的头皮，用手摸过去，就像初生婴儿的头皮一样软——比婴儿的还软。更为恐怖的是，因为切瘤时也切除了部分脑神经，丁敏右脸上的肌肉开始慢慢萎缩。她每天照着镜子，绝望地看见自己一侧的脸一天比一天地凹陷下去，成为一处惨不忍睹的塌方工程。

她被彻底毁容了。毁了容的丁敏老师再也不能登台讲课。让她绝望的还有，她和刘玉瑞的关系——她都毁容了，他们的爱情还能有什么结果呢？

对丁敏而言，这无疑是比死还沉重的打击。丁敏想到了死。与其丑陋地活着，还不如美丽地死去。遗憾的是，她现在连死也不能美丽。早知如此，真不如不做那个手术。丁敏老师痛不欲生。

除了不能面对自己的学生、同事和领导，她不能面对的还有刘玉瑞和刘莎。事实上，自从她被诊断出患有脑瘤后，刘莎就又一如既往地来看她了，仿佛她们之间什么都没有发生过。而丁敏却把刘莎的造访看成是对她的轻视和嘲笑——她们之间终于失去了可比性与竞争性，她们不再是一个段位的对手，她无须再和刘莎对弈就已经一败涂地。

一场疾病取消了她参赛的资格，她主动退出了。

丁敏不再理睬刘玉瑞。为了护住自己的尊严，她装作坦然地接受了刘莎的友情，她故意当着刘莎的面叫刘玉瑞刘老师，而把刘莎改口叫莎莎。让她困惑不解的是，刘莎也不再像过去那样管刘玉瑞叫师兄，而叫刘老师了。丁敏看得出来，刘莎是在刻意与刘玉瑞保持距离。不管刘莎是不是故意做给她看的，但丁敏从中感受到了刘莎的善意。她想，人在弱者面前保持一种善意，也许是一种本能吧。她接受了这种善意，心也变得柔软了，每当只有她和刘莎在场时，她总是暗示她和刘玉瑞已经没有任何关系。她的潜台词，刘莎是听得懂的，她也读懂了丁敏的善意。但刘莎更没有勇气去爱刘玉瑞了，她觉得自己如果这样做，就是夺泥燕口，与弱者争食。她突然感到了自己的不幸，比丁敏更大的不幸——她失却了爱的权利。她不能再爱自己想爱的人，否则，她就会背上道德的污名，就会一辈子看不起自己。

刘莎甚至比丁敏还要痛恨这场疾病，它同样剥夺了她的竞技资格。她失去了对手，也丧失了与丁敏对弈的可能。她也主动退出了。

而刘玉瑞，他是决意要娶丁敏的。他认为，如果他不娶丁敏，就等于变相地充当了谋杀她的"刽子手"，这种戕害对她而言，将比疾病本身更严重，也更残酷。而他，将一辈子生活在不安与负疚中。在他看来，人一生中最不能担负的就是这两种情绪。他知道，若选择退出，没有人会责怪他，但他会责怪自己。人一生也许会遭遇命运的种种戕害，但只要不是人为的，就是可以避免的。所以，无论丁敏怎样回避他、冷落他，刘玉瑞都没有打算退出。

刘玉瑞的坚持终于赢得了丁敏的心。他们结婚了。因为丁敏的坚持，他们没有举办婚礼，只是请了一些朋友聚了聚。虽然只是个简单的形式，刘莎还是兴高采烈地提出要给丁敏当伴娘。刘莎亲热地叫刘玉瑞哥，叫丁敏嫂子，俨然一个快乐的小姑子。

实际上，从他们的聚会上回去后，刘莎哭了。是夜，她一个人躲在自己的宿舍里，喝了大半瓶白酒，醉得一塌糊涂，直到第二天中午才醒来。她的一位女同事来叫她，发现她一个人靠在床头呆呆地望天，她目光呆滞、面色苍白、表情疲倦。这是一种失恋女孩子特有的表情。其时，刘莎业已二十七岁，不算小姑娘了。她突然决定把自己嫁出去，最好是嫁出南城，离南城越远越好。她想，这样就简单了，她不用再考虑丁敏的感受，考虑刘玉瑞的感受，考虑她自己的感受。

这一切，刘玉瑞和丁敏当然不知道。他们是事后知道的，知道时，刘莎已经把自己嫁出了南城。她跨了一道海峡，与海口的一名建筑设计师结婚了。他们是旅行结婚。刘莎只是把这一消息通过传呼台告诉了刘玉瑞和丁敏。

刘玉瑞与丁敏的婚姻，把他推向了一个道德主义者的位置。人们看他的眼光，逐渐怪异起来，有怀疑的，有不解的，也有欣赏的。这一切，刘玉瑞都能坦然面对。让他愤怒的是，由于不知什么人的报料，竟招来了南城的一家媒体。一名记者往刘玉瑞的办公室打电话，表明他要采访刘老师的这段婚姻佳话。这件事使刘玉瑞恼怒不已。他第一次在电话里冲陌生人发脾气。他生气地说，你不觉得你们这样干挺无聊吗？留着版面好好关注一些民生问题吧！他"啪"地挂了电话，黑着脸离开了办公室。真是八卦！岂有此理！他在心里愤愤地骂道。

他没把这事告诉妻子。告诉她只会伤害到她的自尊。事实上，他所做的一切，只是遵从自己的本心，他从不认为与外界有何关系。他想，如果每个人都能把精力省下来，去做点有意义的事，这个社会肯定会进步许多。

婚后，学校为丁敏办了病休。她不用上课，却照拿学校发给她的工资，这使她内心十分不安。为此，她对丈夫诉说了好多次，想向学校申请给她减工资。最让她忐忑不安的是，随后学校普调工资，她的工资又跟着涨了两级。这把她的精神彻底摧垮了：她的身体一下减重了好几斤。她凹进去的脸显得更薄了，仿佛被人用刀整块地削了去。刘玉瑞十分心疼，劝她对这件事不要太在意。他说，如果你实在觉得不安，就把它们捐出去，捐给希望工程，这比退给学校要好一些，你觉得呢？他想起了上次那个媒体记者给他打电话的事。他们像苍蝇一样讨厌，没准被他们嗅到什么，又要来干扰他们的平静。丁敏觉得丈夫说得很有道理，于是打电话向一家福利机构问到了一所希望小学的地址，开始按月往那里寄钱。

他们的婚后生活是平静的，但也有些小小的麻烦。比如，丁敏走路会两边摇晃，经常会像刚学会走路的孩子一样，磕碰到身体，刘玉瑞便把家里所有带棱角的家具都包上海绵或者橡皮，后来干脆将家具全换了。又比如，丁敏晚上睡觉时，右眼是睁着的，她却浑然不知，他总是假装比她先睡，然后在她睡熟后，用手帮她悄悄合上。因怕她知道后感到羞愧，他总是先抚摸她的脸，然后才轻轻抚上她的眼睛。还比如，丁敏的头部缺了一块颅骨，他和她做爱时，从来不敢太用力、太忘形，他总是小心翼翼地提醒自己：小心她的头！小心她的头！还有，丁敏术后就不愿出门了，她怕自己的脸吓着校园里的学生，所以从来不敢在白天走出家门（她要读的书都是丈夫给她从外面带回来），所以她的身体严重缺少光照，面色有些苍白，骨骼也体现出缺钙的特征。这种种的小麻烦，刘玉瑞都必须用心地去应对。

　　一年后，刘玉瑞升了副教授，并带了四位研究生。其中有两名是女生。她们发现自己的导师总是一下课就匆匆赶回家。她们每次上导师家，都发现导师不是在做饭，就是在洗衣服或拖地（他们那时还没有请钟点工），她们觉得奇怪，问导师，师母难道连饭也不会做吗？他笑笑，说，她会切到自己的手。她们就明白了，师母为什么走路会两边摇晃。她们开始轮流到导师家干家务。师母对她们很好，总是对她们微笑着，尽管她笑起来很丑，但她们还是很感动。导师的婚姻她们是知道一些的，天长日久，她们就对自己的导师产生了由衷的敬意，其中的一名，甚至爱上了导师。但这种爱在导师夫妇的爱面前显得那样渺小和卑微，让人情不自禁地想把它藏起来。就这样，几乎每一个刘玉瑞的女研究生最后都会爱上他。她们觉得他是真正的谦谦君子，他所有的行为都是出于本心和本质，而非如外界所传言的"傻"或"伪善"。也曾有学生尝试诱惑他，她们含情脉脉地向他表示爱意，或者大胆地投怀送抱，但她们的计划没有一次得逞。对此，她们的导师从不看轻她们，相反，他当面感谢她们的爱。他说，爱是无罪的，但如果伤害到他人，就变成了有罪。他总是对不同的女研究生说同一句话：我接受了你，就伤害了丁敏。她们的青春与美貌，总是在他高尚的人格面前黯然失色。对此，她们并不把他看成柳下惠，柳下惠被打上了道德教化的标志，是人格博弈的结果，是伪善。柳下惠根本就不能跟她们的导师比。在她们的眼里，导师是真正的君子，其本质是高洁的、与生俱来的。

人们逐渐接受了他的这种一贯。因为学术成果突出，加上他独特的人格力量，他很快就升了教授。在职称的晋升上，系里从来就没有人跟他争。他们一方面怀着同情，一方面也怀着敬意。

他们的孩子丁丁是在婚后第三年出生的。丁敏怀孕后，也意识到阳光的重要性。可她没有勇气走到阳光下去，刘玉瑞于是牵着她的手下了楼。他把她带到阳光充沛的草坪上，或者校园的人工湖边。一开始，她总是披着长发，低垂着头，紧紧地靠在他身边，后来见他神色坦然、说笑自如，她的表情也自然起来。也有学生看见她时，眼里露出惊异之色，但他们都是正在接受高等教育的人，能够很快收起这种惊异，泰然自若地与他们擦肩而过。丁敏的心情慢慢好起来。原来，长得丑并不是什么见不得人的事，只有做了丑事的人，才见不得人。

丁敏怀孕期间，刘玉瑞对她照顾得格外仔细。他们的儿子生下来又健康又漂亮，他们都松了一口气。生完孩子的丁敏，不再在乎自己的长相，因为儿子并不因为她特殊的长相就不喜欢他的母亲。他整天在她的怀里咿咿哦哦，只要是别人接过去，他就会放声大哭，而一旦回到她的怀里，就立即含着眼泪笑了。这情形几次把丁敏也感动得哭了。刘玉瑞也比过去更心疼她，他觉得妻子真的很伟大，她行走不稳的身体要把一个七斤重的婴儿生下来有多么不易啊。挺着一个那么大的肚子，她居然一次都没有摔倒过，可见她暗中付出了多少努力！

孩子上幼儿园后，丁敏也有勇气上街了。自从她的脸变形后，她就没有走出过校园。市内又增添了那么多摩天大楼，几年之内，南城出现了如此大的变化，令丁敏感到吃惊。但是随后的一个场景，也让丁敏受到了深刻的刺激——他们夫妻俩牵着儿子的手，一起经过一所小学时，正逢孩子们放学。几个孩子看到丁敏的奇特相貌，居然一直追着她看，他们一边看，一边好奇地议论，毫无顾忌——丁敏这才意识到自己的形象在孩子们的眼里有多么恐怖。儿子对她的爱，几乎让她忘了自己有着一张可怕的残疾的脸。她想，如果自己今后出现在儿子的同学面前，他们会不会也追着她看，甚至嘲笑他有一个如此怪物般的妈妈呢？

这个情景并没有使刘玉瑞感到难堪，他只是和颜悦色地劝开了那几个孩子。面对丈夫，丁敏深感内疚和羞愧。她十分歉意地对丈夫说，这些年，真是难为你了！这件事后，丁敏决心去整容。

丁敏先后一共整了三次容。整容几乎花去了他们所有的积蓄。事实上，他们也没有多少积蓄，丁敏一直给希望小学寄钱，丁丁的出生又花去了不少。对此，刘玉瑞并未说什么。他什么也不敢说——如果他表示支持，丁敏也许会以为他嫌恶她的长相；如果他表示反对，又担心丁敏认为他心疼家里的钱。于是，他刻意做出了一种淡然姿态。实际上，他是希望她去整形的，无论怎样，昔日美貌如花的丁敏，不应该是现在这个样子。这个样子对她过于残酷。追求美是人的一种天性，不仅是她自己，他和儿子也希望她能变得美一些。

经过三次整形后的丁敏，看起来终于有些像正常人了。这使他们全家都很高兴。这给了丁敏不少自信，她想出去工作了。她一遍又一遍地问丈夫，你觉得我这个样子可以上讲台了吧？这个问题让刘玉瑞感到很为难，因为他不是校领导，没法决定这件事。他只好说，我去系里给你问问吧。正好这时系主任退休，系里改选新系主任，谁都看得出来，刘玉瑞最有可能当选。生物系有两名副系主任：刘玉瑞和一名姓陈的教授。刘玉瑞并不太想当系主任，但陈教授却把他看成了潜在的对手。因为学生多、课时多，刘玉瑞正打算向系里申请聘一名助手，他想到了妻子丁敏。事实上，她这些年等于在充当他的助手，他的很多成绩后面都有她的付出。但她不这么认为，她认为自己不是在为学校工作，只是为自己的丈夫工作。

投票的结果出来后，刘玉瑞果然比陈教授多两票。于是刘玉瑞主动找到陈教授，说了自己的想法。他说，丁老师虽然离开讲台已经几年了，但一直没有放弃自己的专业。我打算向系里申请一名助手，丁老师是我的妻子，比较熟悉和了解我的工作，我想就聘她当我的助手。至于系主任，我希望由你来担当，你知道，我家里的事儿比较多。陈教授立即明白了他的意思，他说，这事儿，还是由你和系里商定吧！

　　商定的结果，当然是刘玉瑞主动放弃担任系主任一职。陈教授上任后，也兑现了自己的承诺：立即下文，同意丁老师回系里上班，担当刘玉瑞教授的助手。这对新系主任陈教授简直不算一件事，丁老师担不担任刘教授的助手，系里都不会少发给她一分钱。多一个人出来为系里工作，却不需要增加开支，这有什么不好呢？

　　但这件事的意义对刘玉瑞和丁敏却不一样。刘玉瑞认为自己第一次干了件不那么光明磊落的事，多少有种"交易"在里头；但为了让丁敏开心些，他也只好这么干了。对丁敏而言，意义就大了，这表明她重新开始工作了。从此，面对学校发给她的工资，她可以问心无愧地领取，而无须为这些钱寻找"出路"。丁敏老师高兴极了。她开始每天准时上下班，人们每次见到她，都发现她在勤恳工作：她不是在系资料室里，就是在刘教授的工作室里。

　　刘教授的性骚扰事件见报后，人们对刘教授的各种看法和说法多了起来。有人认为刘教授是个伪君子，内心实际上比任何人都肮脏，连家中钟点工的屁股都敢摸的人，私生活绝对好不了。也有人认为，刘教授不过是个有着真性情的男人，是男人就有七情六欲，一个大教授，敢摸钟点工的屁股，说明他热爱女人，性欲正常。还有人认为，刘教授的妻子丁敏实在缺少女性的审美价值，刘教授性欲长期受到压抑，摸一下钟点工的屁股并不奇怪，毕竟钟点工比丁敏更有女人味。这些说法，刘教授并不太当回事，他认为一个人的境界决定他想问题的方式，怎么想是别人的事，他没有必要去理会。

但是有一种议论却令刘教授极为愤怒：有人说他多年来与自己的多位女研究生关系暧昧，说他长期玩弄自己的女研究生，还说她们如果不让他玩弄，他就不让她们毕业，或者拿不到学位。这种说法简直太恶毒了！他想，人心怎么可以这样邪恶呢？这样的话，亏他们想得出来！这不是要遭天谴吗？他想，他一个人遭受污名倒也罢了，可他的那些女研究生，她们是多么纯洁和善良啊！她们中有的是爱过他，可没有一个人受到过他的伤害。她们理解他，尊重他，帮他照顾妻子，干家务活，他的学术成果中不仅有丁敏的贡献，也有她们的贡献，他感谢她们还来不及，怎么可能去伤害她们？

他想不明白人们是怎么了，他们到底与他有何深仇大恨，要如此诬陷他。他摸了小章的屁股是不应该，他已经道过歉了，向小章、小章的丈夫、丁敏，以及全社会所有知道这件事的人。他的道歉是通过公开媒体发出的，并表示自己愿意接受惩处。可是杜撰出一些莫须有的事件，并且伤及无辜，就太恶劣了，就不是他一个人的罪了。

正在他深感痛苦之时，刘莎给他来电话了。刘莎也看到了报纸上的新闻。

"这件事是真的吗？"刘莎问。

刘教授说："是。"

刘莎生气了。刘莎说："你就是为了这事儿要一万块钱？"当时给他寄钱时，她没有问他的用途，他也没有说。

刘教授又说："是的。"

"你为什么要这么干？你不知道那种女人的素质低下？一个钟

点工啊，你真让我失望！"刘莎用妻子一样的口气质问和埋怨道。

刘教授说："我也不知道。当时我在书房里给学生改作业，她在书房里搞卫生，我一转身，就看到了她那个样子。"

"什么样子？是她诱惑你的吗？"刘莎急切地问。

"不，她是无意的。她当时正弯着腰干活，我只看见她的背影，不，是半截背影。那个背影很美，就像……你的一样。"他想说的其实是"屁股"，不是"背影"。

刘莎听懂了。她叹了一口气，说："你呀，真是傻啊，一辈子都在干傻事。"

刘教授沉默着。刘莎又问："当时就你们俩在？丁敏呢？"

"就我们俩在，丁敏去资料室了。"

"那你为什么要承认？这件事你不承认有谁会相信？再说，她又没有任何证据，毕竟当时的情形，除了你们俩，谁也没有看见。"

"如果不承认，那不是当众撒谎吗？"刘教授反问。

"当众撒谎又怎么了？当众撒谎的人还少吗？连陈水扁都可以，你为什么不可以？"刘莎不满道。

刘教授淡淡地问："你觉得我会吗？"

刘莎沉默了。

"小章说的是事实，我应该承认。"刘教授说。

"真是一根筋，活该！"刘莎在心里骂道。她气呼呼地问："既然如此，你为什么还要给她一万块钱呢？"她的语气更像妻子了。

"她答应我给她一万块钱就不告诉丁敏。"刘教授叹了一口气，"可是，她的丈夫知道了，找上门来闹，事情就成了现在这个样子。"他想起那些恶意的中伤，心里又感到一阵隐痛。

刘莎说："要不，我去看看你吧，也看看丁敏。她的心情怎样？"

"不，你最好别来。她的心情最近非常坏，各种谣言太多了，对她也是一种伤害。你来，只会更加刺激她。"刘教授拒绝了。

刘莎沉默了一会儿，就挂了电话。她现在担心的不是刘玉瑞，而是丁敏。这些年，丁敏应该是意识得到她的存在的。她和设计师结婚后不到一年就离婚了。她不能忍受设计师身上的粗俗与陋习。设计师喜欢在图纸上漫天要价，收受别人的礼金和回扣。他总是暗示找他出图纸的商家：这张图纸我稍微动一动，你们就会蒙受极大的损失。或者：这图纸我再动一动，可以让你们降低很多成本。她曾经指责他这是缺乏职业道德。可是他说这就是行规。"现在谁还讲职业道德？我不收，别人比我收得更多更狠。那些商家心里清楚得很。这些地产商，比什么人都黑，你不收他们的，他们也照样坑蒙百姓的钱，克扣平方数，以次充好，他们干的昧心事你都没法想象。"设计师振振有词。她终于明白设计师的财富是怎么来的了。几乎每一个请他设计图纸的开发商，最后都会送他一套房子。因此，他在全国各地至少有五套以上的房子。这在当时，可是一笔不薄的资产。结婚时，设计师用两套房子换了现在这套大房子，然后再用第三套房子卖的钱给这套大房子搞装修。设计师说，现在房地产这么发达，我们的房子以后只会越来越多，它们就是我们的定期存款，你什么时候想花钱了，我们就把其中的一套变现。她觉得设计师这样敛财，迟早要出事。她不想要那么多的房子，也不需要花那么多钱。她提出和设计师离婚，这使设计师很恼火。他说："你真是有病！放着这么多房子不要。有多少年轻女孩想嫁给我，你还不愿意。"她想说，她和那些女孩子不一样，但她什么也没说。她知道设计师喜欢她的身材和皮肤。他不止一次地说："你的身材是女人中最完美的建筑设计，我设计的最完美的建筑图纸也不能跟你比，而你的皮肤，就是这座建筑的外观。"设计师一边说，一边抚摸着她的皮肤。设计师说："这样的身材配上这样的皮肤，就是一座最完美的人体建筑。拥有你这样一座建筑，是像我这样的男人一生中最幸福的事。"他欣赏地看着她，就像看着他手中的图纸。

她不想成为他的图纸。她最终还是和他离婚了。她什么也没有要，这让前夫无比遗憾。他眼睁睁地看着一座到手的"人体建筑"在他手里丢失，真有一种痛失最爱的心痛。

她和刘玉瑞的关系是在她离婚后开始的。离婚后，她给刘玉瑞发了一封电子邮件，说了自己的生活。刘玉瑞给她回信道，说他马上要到海南来参加一次学术会议，正好可以看看她。他说他和丁敏都很担心她，让她对生活要有信心，不要太难过。这封信让她感到很可笑，难道他们觉得她过得很糟糕吗？兴许，他们还以为是设计师不要她呢——他们万万想不到，是她不要设计师。

几天后，刘玉瑞真的来了。他穿着雪白的短袖衬衣、米黄色的薄灯芯绒裤子，还是那么潇洒英俊、风度翩翩。他的儒雅与风范仍然让她着迷——比过去更着迷。婚姻并没有把他打垮，一个日日需要他照顾的妻子，仍然让他充满生机。在她的单身宿舍里，她不顾一切地扑进他的怀里，放声大哭。刘玉瑞没有推开她，他以为她是难过和伤心。他怀着一丝疼爱搂着她，在她的背上轻轻拍着，却不知她是因幸福而哭泣。她哭了一会儿，开始用潮湿的脸蹭他的胸。透过薄薄的衣衫，他感到了她潮热的鼻息和嘴里呼出的热气。他想推开她，双手却不听话地搂紧了她。突然，她隔着衣衫，一口咬住了他的乳头，他一阵晕眩，失去了控制。

也许是结过婚的缘故，刘莎主动得有些疯狂，有些不顾一切。这种不顾一切，直接导致了刘玉瑞的不顾一切。事后，刘玉瑞对自己的行为有些困惑，为什么他坚守了这么多年的理性，会在见到刘莎的这一刻土崩瓦解呢？这只能说明，她一直就在他心里，只不过自己一直在刻意回避这种存在。

晚上，他们去了海边。夜幕下的大海一片黝黑，无边无际，像一个巨大的诱惑，海浪声此起彼伏，宛如一种危险的召唤，刘玉瑞不时涌起一种纵身跃入大海的冲动。身边的刘莎让他感到了一种危险，他害怕自己会沿着这种危险走下去。刘莎宛如一只安静的母兽，伏在他身边，脸贴着他的胸口，听着他的心跳，应和着海浪的起伏，默默地体会着一生中从未有过的安宁与幸福。

"那天晚上我为什么就不复你的电话呢？"他望着像海一样有些黝黑的天空，自言自语地问。

刘莎说："你是说丁敏过生日的那天晚上？"

刘玉瑞用手拍拍刘莎的背，表示默认。

刘莎说："这些年，你一直在懊悔，对不对？"

刘玉瑞说："如果那天你来了，就不会发生后来的事。"

刘莎有些明白了。她说："就是从那天起，你和她之间有了亲密行为，对吗？"她刻意避开了性的字眼。

刘玉瑞再次拍拍她的背，以示默认。他说："那天我喝醉了。给你回过电话后，心情突然很坏，几乎喝完了丁敏买的一整瓶红酒——你知道，我是不能喝酒的。"

"是她先诱惑你，就像我今天一样，是不是？"

"人的身体有时是不太听大脑的话的。"刘玉瑞在夜色中笑了，"不管是那天和丁敏，还是今天和你，其实都是在犯一种错误。"

刘莎叹口气，说："我不会伤害丁敏的。你和她好好过吧，我只想你每年能来海南看我一次，陪我几天，能让我像丁敏一样感受你，就够了。仅此，我别无所求。"

刘玉瑞听了，内心感到一阵辛酸，他内疚地说："你知道，当时的情形，我不可能不和丁敏结婚。"

刘莎说："我也觉得你不能不和她结婚，即使你退出，我也会反对。这件事，你没有错。"

刘玉瑞真诚地说："刘莎，你再找个人结婚吧。有时候，婚姻不一定都要有爱情。"

刘莎说："我也这样想，试试看吧。"

说是这么说，但刘莎之后却再未嫁人。这成了刘玉瑞多年的一块心病。那次刘玉瑞回南城后，内心就多了一种不安，他害怕自己会因为某种力的拉拽而向一个可怕的方向滑落，他需要借助一种力量，一种更强大的力量来拉住自己，与之抗衡。他开始说服丁敏要一个孩子。

他说："我们要一个孩子吧！"

丁敏担心地问："可是我的身体……行吗？我们的孩子会不会有问题？"

他说："试试看吧，应该不会有问题的。"

他小心地和丁敏做着爱，好像她的体内真的有了一个需要他百般爱护的孩子。没多久，丁敏真的怀孕了。他比之前任何时期都更关心她了。每天，他除了工作，几乎所有的时间都陪在她身旁，做她想吃的东西，买她想吃的水果。他最担心的是，她会因脚步不稳而摔跤。每天，他牵着她的手去学校的草坪上晒太阳，在学校的林荫道上散步。夜晚，丁敏起来小解，他也总是牵着她的手。丁敏内心充满了对他的感激，觉得自己十分幸福。

这期间，他与刘莎偶尔通通电子邮件。语气仍像过去一样，但刘莎每次似乎欲言又止，好像对他藏着什么心事。丁敏怀孕两个月时，刘玉瑞还是把这事通过电子邮件告诉了刘莎。他不知道此时的刘莎，肚子里其实也怀着他的孩子。刘莎复信祝贺他们，然后一个人悄悄地把孩子做了。

一直到他们的孩子丁丁出生，刘玉瑞都没有再见过刘莎。他再见刘莎，是在丁敏生完孩子后，刘莎从海南赶来看望产后的丁敏和他们的小宝宝。沉浸在初为人母幸福中的丁敏，丝毫也没注意到刘莎的失落与痛苦。她们像往日一样聊着天，丁敏向刘莎诉说着刘玉瑞对她的好与关爱。她描绘着他们生活中的一些小细节，语气里充满了快乐和幸福。

刘莎满脸微笑地倾听着，她的内心在流泪、流血，表情却是一副快乐着好友的快乐，幸福着好友的幸福的样子。她笨手笨脚地帮他们抱小孩，不小心把婴儿的粪便弄得满身都是，这让丁敏乐不可支。

丁敏说："刘莎，你赶紧再找个人结婚吧！有个孩子多幸福啊！"

刘莎笑笑，说："我才不想要呢，否则我还不整天都得穿这种沾满屎尿的脏衣服？"

丁敏笑了笑，说："等你有了这样的一个小东西，你就会觉得他的屎尿都是香的。"

刘莎掩饰地笑笑，心里想，如果我当初自私一些，你还会有眼前的幸福吗？如果我现在自私一些，你就会马上失去这种幸福。不过，想归想，刘莎从来也没有打算抢走丁敏的这种幸福。

刘玉瑞后来每年都会去海南出一两次差。刘莎也只有这时才能毫无顾忌地和刘玉瑞在一起。他们避开人群，在郊县的海边找一处房子，在那里安宁地生活几天。刘玉瑞也矛盾过、挣扎过，但刘莎不嫁人，他就不能终止这种一年一度或半年一度的陪伴。双方像君子一样恪守着自己的承诺，因为丁敏的存在，以及后来丁丁的存在，他们都没有跨越这种既定规则。他们的相聚，总是每年一次或者两次——绝不会有三次，也绝不会一次都没有。

刘莎不嫁人，是因为她根本就没打算再嫁人。她认为就这样拥有刘玉瑞就足够了，她玩笑着对刘玉瑞说，我就这样与丁敏分一杯羹算了。她并没有觉得自己有多可怜和不幸——她认为自己是在守一种底线，并因此而获得某种道德上的优势。她觉得她的好朋友丁敏才可怜和不幸，丁敏不知道她这样做，全是为了爱护她，为了不让她再受到生活的伤害。

几年中，丁敏也隐隐有一种感觉，刘莎一天不嫁人，她的内心就不能获得绝对的安宁；不管丈夫对她有多好，她都觉得刘莎还在丈夫心里的某个地方——刘莎就在丈夫的心里看着她，洞悉她所有的脆弱与不安。丈夫每次去海南出差，她总是有种可怕的担心，但是，她从来不敢当着丈夫的面说出这种担心。一年中，他总是要去好几个这样的城市出差。不能因为刘莎在海南，她就怀疑丈夫对她不忠。何况刘莎是她的朋友，是丈夫的师妹，她从来就没有来侵扰过自己的生活。

刘教授的"性骚扰"事件渐渐演变成了一个法律事件。小章的丈夫上诉了。小章的丈夫上诉，主要是因为他已经把自己弄得下不来台了；所有认识他的人，都在谈论这个事件，妻子也已经跟他提出离婚。

他们原本夫妻恩爱，现在弄得要分道扬镳，他觉得自己实在损失惨重。损失的不仅有名誉、夫妻感情，还有家庭。他好端端的一个幸福家庭，硬生生地给刘教授的性骚扰破坏了。有人给他出主意说："你干吗不去告那个流氓教授？他把你搞得妻离子散，你就要把他搞得身败名裂。他一个大教授，你一个的哥，看谁输得起！"

于是，小章的丈夫真的去告了。小章丈夫的告，还不是瞎告，他请了一个专门的律师。律师姓姜，姜律师对这个案子很感兴趣——这个案子就像是一个噱头，一个可以使他扬名法律界的噱头。因为在我国大陆范围内，所有的法律条文中，目前都没有"性骚扰"这个词。①有关两性之间的性侵犯定罪的法律表述，只有"流

----

① 2005 年 12 月 1 日，《中华人民共和国妇女权益保障法》正式施行，首次将"禁止性骚扰"明确纳入法律规范。

氓罪""强奸罪"等等，而这与性骚扰大不相同。姜律师觉得如果能就这个案子在法律界展开一场有关立法的大讨论，并能最终达成立法的目的，自己就算是名垂青史了！而刘教授是一个有社会知名度和社会影响力的人，发生在他身上的性骚扰事件，显然比一般人的更能引起社会关注。就算最终不能达到立法的目的，但至少会引起立法界的关注，而作为承办本案的关键人物，他无疑将会成为一个社会与媒体都将关注的知名人物。

姜律师一想到这个，就感到格外兴奋。他认为自己这么多年来，终于找到了一个办案的兴奋点。因为律师的介入，媒体也变得更兴奋了。他们连篇累牍地报道着刘教授性骚扰事件的进展。这使刘教授所在的P大感到了压力。P大的压力，又使刘教授和他的妻子丁敏感到了更大的压力。P大生物系的领导建议刘教授暂时停止给研究生授课，等这件事（案子）结束后，学校再做出"安排"（处理）。这等于是宣告了对刘教授的初步处理。而刘教授工作的暂停，也意味着丁敏老师工作的暂停，因为她是刘教授的助手。

毕竟这件事事关P大的荣誉，刘教授能理解学校做出的决定。

但是，随后发生的一件事，终于让刘教授崩溃了。刘教授的儿子丁丁是一个十一岁的男孩，正在P大附小上小学五年级。刘丁丁同学有一天放学回来，忽然对他的父亲刘教授说："我的同学都说你不是刘教授，是流氓教授。我以后再也不会叫你爸爸了。"

儿子的眼神充满了愤恨与仇视。刘玉瑞教授第一次意识到这件事的严重后果。

"你同学真是这样说的吗？"刘教授有些绝望地问。

"你的事都上报纸了，难道还能有假？你说，你是不是摸了小章阿姨的屁股？"丁丁对父亲大声斥问。

刘教授不相信地问："你的同学看到了报纸？"在他看来，小学生是不会对报纸上这种无聊的花边新闻感兴趣的，儿子的同学怎么会知道这件事的呢？

"他们不看报纸，他们的爸爸妈妈不看报纸吗？何况他们大都是P大教职员工的子女！"丁敏从书房里出来，冷不丁地冒出这么一句。

刘教授沉默了。是啊，他怎么没想到这一点呢？丁敏已经好些日子不理他了，自从那件事上升到法律的层次后，丁敏就再没和他说过话了。此前丁敏和他说的最后一句话是："既然你嫌弃我的身体，我们就离婚吧。做不了夫妻，做同事也好。"刘教授很无奈。他说："我没有嫌弃你的身体，也从没想过和你离婚。"当时，丁敏冷笑了一声，她不对称的脸上，充满了对他的轻蔑。现在，不止是妻子，儿子也开始轻蔑他了。这让他感到绝望。

他的儿子果然说话算话，再也不喊他爸爸了，也不再主动和他说话。儿子看上去受了深深的伤害，小小的年纪，脸上就开始出现忧郁的神情了。这是他过去从未见到的。一直以来，即使是他母亲那种不佳的形象，也没有使孩子的脸上有过这种郁色。可见他犯下的过失多么重！

有一天晚上，刘教授坐在书房里发了很久的呆，然后就做出了一个决定。他来到卧室里，妻子丁敏已经睡了。他拧开床头灯，看见妻子熟睡的样子，妻子的一只眼睛闭上了，另一只仍然睁着。他很想帮她合上，又怕弄醒了她。于是帮她拉了拉毛巾被，关了灯。他小心翼翼地来到儿子的房间，小家伙睡得很香，面色平静，脸上没有白天的那种忧郁。他欣慰而怜爱地摸了摸他的脸，走了出去。他想，人也许只有在睡梦中才能摆脱掉世间的种种烦恼吧？

刘教授再一次走进了书房。他打开电脑，开始上网。他打开谷歌的网页，然后输入"自杀"二字，点击搜索，共有四千六百七十万条。其中有一条叫：自杀是病。还有一条是对"自杀"的解释：自杀是指个体蓄意或自愿采取各种手段结束自己生命的行为。自杀作为一种复杂的社会现象，学者们对其分类有不同的看法。19世纪末，法国社会学家涂尔干因其对自杀原因的解释和分类倍受学者的重视。涂尔干认为，自杀并不是一种简单的个人行为，而是对正在解体的社会的反应。由于社会的动乱和衰退造成了社会文化的不稳定状态，破坏了对个体来说是非常重要的社会支持和交往，因而就削弱了人们生存的能力、信心和意志。涂尔干还依社会对个人关系及控制力的强弱，把自杀分为四种类型。

一、利他性自杀。利他性自杀指在社会习俗或群体压力下，或为追求某种目标而自杀。常常是为了负责任，牺牲小我而完成大我。如疾病缠身的人为避免连累家人或社会而自杀等。这类自杀者的共同心理是死是有价值的，是唯一的选择。涂尔干认为在原始社会和军队里这类自杀较多，在现代社会里越来越少。

二、自我性自杀。自我性自杀与利他性自杀正好相反，指因个人失去社会之约束与联系，对身处的社会及群体毫不关心，孤独而自杀。如离婚者、无子女者。涂尔干认为这类自杀在家庭气氛浓厚的社会发生机率较低。

三、失调性自杀。失调性自杀指个人与社会固有的关系被破坏而导致的自杀。例如，失去工作、亲人死亡、失恋等，令人彷徨不知所措，难以控制而自杀。

四、宿命性自杀。宿命性自杀指个人因种种原因，受外界过分控制及指挥，感到命运完全非自己可以控制时而自杀。如监犯被困在密室中、宗教徒为主而献身。

刘教授又在"自杀"前加入"名人"二字，再次点击搜索，共有五十三万条。其中有一条"古今中外五十位自杀名人录"，里面列入了项羽、海明威、阮玲玉、傅雷等古今中外五十位名人。他们遍及各行各业，死因各异，死法各异，只有一点相同，就是他们都是自杀。他的目光久久地停留在一段文字上：阮玲玉，中国早期著名影星，因感情问题自杀身亡，死前留言"人言可畏"。

刘教授想了想，最后又将"名人"二字改为"学者"，再搜索一遍，居然有八十三万条。"学者自杀"竟然比"名人自杀"的条目更多。他没有一条条地点开来看，心里却突然有些释然了。

写到这里，其实聪明的读者已经知道，刘教授自杀了。刘教授的遗书只有五个字："利他性自杀"，但这五个字后面，刘教授还使用了一个标点符号，这个符号不是表示结束的句号，而是表示疑问的问号。

根据自杀的情况，自杀一般分为自杀意念、自杀未遂和自杀成功三种形态。刘教授属第三种。刘教授的死，使很多人感到了遗憾：小章与丈夫的婚姻中止了，姜律师的案子不了了之了，媒体发出了惋惜的感叹——惋惜一个正当盛年的学者之死给我国教育事业带来的损失。当然，更多的人为刘教授的死觉得不值——这就像把一根头发放在放大镜底下，把细菌放到显微镜下，把星球放进望远镜里面去看，刘教授是把自己的问题看大了。实际上，更多的人是选择相反的方式。

刘教授死后，P大有学者引用老子《道德经》中的第四十四章发出了感慨：名与身孰亲？作为刘教授曾经培养的一名研究生，其实，我还想问的是：身与货孰多？这其实是原文中紧随上一句后面的另一个设问句。在它的后面还有一句：得与亡孰病？当然，熟知《道德经》的人都比我知道得更多。在我看来，我的导师并不是在名与身之间做出了选择。我更愿意相信，我的导师之死是属于以上的第四种。

颤动的日光

　　鲍玲已经不记得是第几次来海岛了，可她从来没真正留意过这里的天空，尤其是晨间，天像被海水洗过，催人泪下地蓝着。以前每次来，她都嫌这里的日光太烈，照得她头晕，要迫不及待地把眼睛藏在墨镜后。陈曙晖寻找着她墨镜后眼睛的暗影，说，墨镜会过滤掉部分色彩，我们应该在晨间来。儿子就起哄，指着不远处的一群别墅说，对，白天太晒了！下次来我们就在这海边住一夜，早上起来看朝霞，还有日出。鲍玲扫一眼儿子，说，别想得美，那可是人家的私人别墅，不对外出租的。陈曙晖看一眼鲍玲，拍拍儿子的肩膀，说，下次我们早点起床，早点出来，就不会这么晒了。鲍玲在心里哼一声，知道父子俩是嫌她起得太晚。可出来就是度假的，身心均要放松，起那么早干吗呢？

　　晨间的海边，海水露出清冷的暗蓝色。风从无边的海面掠来，竟有丝丝的凉意。这可是一年中最炎热的八月。鲍玲缩起半裸的肩膀，下意识地去包里掏墨镜，拿出来又放回去了，眼下感到的是凉意，不是炎热与刺目的阳光。她再从包里掏出一小条装饰用的丝巾，这是陈曙晖出席一次学术会议时在上海买给她的。蚕丝的面料，暗紫色的花纹，不算太好看，但特别舒服。她把它小心地披在肩上，又怕面料太轻，给海风卷走了，在颈前认真地打了个结。

　　这一次，她没有先回海岛的家，而是把行李寄存在机场，打车直接到海边来了。她就是想认真看看这里晨间的天到底有多蓝，海水到底有多清澈。如果不出意外，她应该可以看到日出，天边已经露出了浅浅的红霞，那是日出的征兆。她把目光转向儿子先前指过的那片别墅区，心里打了个寒战，目光猛地抖了一下，便逃也似的收回来了。她把视线投向海面，清凉的海风顿时把她的眼眶吹得有些热，她睁大了眼睛，努力阻止那里面企图冒出来的液体。

2006年的年底，她和陈曙晖带儿子来海岛度假，坐的是椰香公主号。那时椰香公主号还没有改线开三沙，那时地图上还没有一个叫三沙的城市。他们一家人从广州家里出发，前往黄浦登船。他们要的是一个特等舱。所谓的特等舱就是一个包间。里面有洗手间，有床，配有相应的盥洗用具，正合适一家三口人住。那时儿子还不到六岁，刚刚会涂鸦，会写"妈妈是坏蛋""爸爸是坏蛋"几个字，"蛋"字画的是圆圈。但他们都知道，那个圆圈在儿子笔下就是个蛋。椰香公主号是专开广州到海口的航线。鲍玲要坐飞机，说飞机简单，又省时间。陈曙晖坚持要坐船。陈曙晖说，坐船慢是慢一点，可在船上可以一路看大海，看海上的景观，还可以看日出，想一想，坐着游轮在海上旅行，多好呀！鲍玲哼一声，还游轮呢，也就是条破船。陈曙晖说，这东西你要哲学地看，你不能拿它和那些豪华的海上游轮比，它的本质就是一艘游轮。鲍玲说，别跟我提什么狗屁哲学，现在只有傻瓜才研究哲学。陈曙晖没说话。陈曙晖在广州一所大学的哲学系任教，前一年才刚评了个副教授，工资少量地加了一些，但仍不及鲍玲的一个零头。在经济上，陈曙晖没有话语权。但鲍玲也就是一说，她并没有凌驾于陈曙晖之上的意思。况且她陈述的基本是个事实，哲学如今是冷门得有些令人寒心，他们系每年都招不满，每年都要降低录取线——换在他们那个时代，这是不能想象的。

到底还是坐了"游轮"。船上的父子俩高兴得很，一会儿出船舱，一会儿进船舱，有几次儿子兴奋地冲进来，冲鲍玲叫，妈妈，我看到飞鱼了，真的，鱼会飞，你快去看看吧！鲍玲拗不过，走出舱去看了一次飞鱼。真的有好多飞鱼，海面上不时有鱼腾起，跃出海面，在空中划过一道几十米长的弧线，又嗖地落入海中。但是甲板上的人很多，有人嘴里呱唧呱唧响亮地嚼着东西，再把吃剩的垃圾往海里扔。还有人抽烟，往海里扔烟头。这让鲍玲很不舒服。她看了一会儿飞鱼，就躲进船舱里看书去了。这些年，她已经习惯了在路途中看书，看的都是一些实用性书籍，公关的、人际交往的、管理的，或者金融、证券、投资之类的财经书籍。她很大一部分工作时间是在路上度过的，潜意识里早已丧失了对各种景观的好奇。鲍玲在一家大型的生物科技公司任销售总监。这是她努力了十年时间获得的职位。她本科学的是中文，研究生读的是英语。如今做的却是与她的专业毫不相关的工作。专业有什么用呢？这个时代，没有几个人是靠专业吃饭的，但专业仍是一个人获取成功的隐性资源。如果她学的不是英语，她就不能进这家外企工作；如果她没有中文的功底，她的销售就不会这么成功。如果她选择像陈曙晖那样靠专业吃饭，他们现在就不是在这艘被他称为游轮的椰香公主号上，很可能还在他所任职的大学的某间教工宿舍里熬日子。

父子俩进进出出地闹腾了一下午，晚饭后又到船舱顶层去看日落了。鲍玲躺在床上，回想着这十年来的经历。鲍玲是1995年来广州的。她提着两个空拳头来投奔男友，来的路费还是找小镇上做生意的哥哥借的。那时，男友在广州一所大学里读博士，学校很人性化地给在读博士生每人分了一个单间。鲍玲很自然地住进了男友的宿舍里，先前扭捏保持着距离的身体，只有毫无保留地对男友开放。男友能提供给她的就是富有性生活的单人床和食堂里一日三顿的便宜饭菜。鲍玲倒没什么抱怨，毕竟男友还在念书，没有工资收入，只有一个月两百多元的学生补贴——读了十来年的书，他们总不能再伸手向家里要钱。

性生活与饭菜只是中转，鲍玲的目的是找工作。不到一个月，鲍玲找到了工作，在一家报社当临时工，合同上写的是聘用记者。因为没有本地户口，一来就得办理暂住证，并向当地管理部门缴交管理费。鲍玲和相同情况的记者们戏称自己为流浪记者。那时，不单是广州，整个南方媒体都充斥着这样的流浪记者。这个队伍很庞大，是南方传媒的生力军。他们干着主角的活，拿着配角的钱，吃着盒饭，住着城中村，一见面就调侃："最近没进去吧？"这里的进去，是指进收容所。忘带暂住证或暂住证过期，碰上查证的，都有可能被弄进去。但只要身上揣着一张记者证，通常都不会受什么罪，通知单位或亲友来交钱领人就行。那时鲍玲是写过一些东西的，也有一些文章见刊见报，否则她进不了报社。干了半年，男友博士毕业分到广州的一所二流大学当老师，单人间变成了双人间，他和哲学系的一名年轻教师同住一间宿舍。学校的便宜饭菜还可以享用，和男友的性生活就中断了。偶尔一次偷食，男友也担心舍友会突然回来撞见，两个人的状态都差了很多。这倒算其次，鲍玲再也找不到一个可以供她通宵赶稿的地方。鲍玲工资低，租不起房。她向单位说明了困难，主任倒也通情，帮她申请了单位的集体宿舍。可惜是四个人一间，和读研没什么两样。要命的是，宿舍是单位租的，在白云山附近的一栋农民违建里，每次回去她都像走迷宫。头一次去，是司机小袁带她去的。小袁把车停在路口，就带着她往一条肮脏的小巷里走。小巷曲里拐弯，却"四通八达"——到处都是楼与楼间留出的一米缝隙。大白天，小巷里也是暗无天日。由于没有统一的下水道，地上淌满了污水，被人随便扔下的垃圾泡在污水里。半尺余长的老鼠目中无人，在巷子里大摇大摆地走来走去，在垃圾里觅食。鲍玲以前从未见过如此肥硕的老鼠，顿时吓得魂飞魄散。鲍玲后来知道，这些楼就叫亲嘴楼，是南方城中村里特有的景观。这里究竟有多少楼，鲍玲估计没人能数得清。这些楼分不清前后，东一幢西一幢，大小不一、高低不同。只要是块地皮农民就盖楼，全然不管是否需要规划。那时，广州最不缺的就是外地人。外地人源源不断地奔赴这里，住进这些光线黯淡的楼群里。

怀想此前男友在大学的单身宿舍，鲍玲觉得是从天堂掉进了地狱。

来回走了十多次后，鲍玲还是不能单独找到自己住的那幢楼；尤其是外出采访回来太迟时，鲍玲就更没有勇气回去了。有几次她干脆自掏腰包住便宜的旅馆。有天夜晚刮狂风，鲍玲正蹲在洗衣房里洗衣服，突然飞来一块大铁皮，当空落下，锵的一声砸在她的洗衣盆里，只差一个厘米就可能削掉她的一小片鼻子或一大块头皮——原来是给他们搭建的洗衣房屋顶被风掀翻了。她惊魂未定地看着空了一片的屋顶，任骤然落下的暴雨把自己淋了个透湿。

住了不到两个月，她几乎崩溃，和男朋友见面就吵架：你要么买房子，要么租房子，否则我们就分手！男友被吵烦了，开始想"出路"，终于联系上澳大利亚的一所大学，去读博士后了。男友在那边找了一份兼职，把省下的澳元寄回给她，鼓动她去租房子。她房子还没租上，一次受命去男友的宿舍帮他找一本书，正碰上他的舍友陈曙晖炖了一大锅鸡汤，还炒了一大盘葱爆羊肉，买了啤酒准备独自享用。她惊奇地看着他，说：想不到你还会下厨。陈曙晖说：如果不会下厨，哲学家就会饿死。鲍玲问：为什么？陈曙晖笑道：因为这个时代哲学一无用处。鲍玲想了想，笑着点头：是这么个理，看来你还没被哲学弄糊涂。

陈曙晖邀请鲍玲留下来吃饭，她就留下了。两人吃着聊着，就聊到了各自的困境。陈曙晖说，这个时代，诗意地栖居，只能是一种理想。鲍玲说，我没想什么诗意地栖居，我就想有个能安静地写稿的地方，不要每次回去都跟走迷宫和打地道战一样。

陈曙晖喝了一口啤酒，看住鲍玲，突然说："这房间有你男友的一半，你也有一半的居住权。你如果不认为我是乘人之危，住进来也行。"又说，"住他的床，住我的床，都行。"鲍玲看着他，笑了，又突然陷入了沉默。她愣愣地看了一会儿陈曙晖，问："你说的是真话还是假话？"陈曙晖笑，说："我的话你可以把它当成一句真话，也可以把它当成一句假话，或者说玩笑。就像真理和谬误，在它们没有被证实和证伪之前，它们都不是它们自己。"鲍玲说："收起你哲学的那一套。你说的是真话，我就搬进来；说的是假话，我就当它是句玩笑。就这么简单！"陈曙晖也认真起来，说："选择是自由的。你可以自由选择。"鲍玲放下筷子，环视了一下房间，说："我选择前者。"陈曙晖说："我看行。"鲍玲笑了，问："你不会觉得这样做有些荒诞吧？"陈曙晖说："世界是荒诞的，人是孤独的，人可以自由选择，但是有限的自由选择。这就是存在主义哲学的本质。我是个坚定的存在主义者。"鲍玲说："那好，我一会儿去把书给他寄掉，然后告诉他，我准备搬进来。"吃完饭，鲍玲去给男友寄书，顺便给他打了个电话，说："你以后不要给我寄澳元了，我准备搬进你的房间去住，和陈曙晖一起住。"说完，她对站在一旁的陈曙晖做了个鬼脸，不等男友反应过来就挂了电话。

他们一起去那栋违建楼里搬家。起先，他们各睡各的床，然后，鲍玲觉得没必要拿着，陈曙晖邀请，他们就把两张床合在了一起。因为鲍玲觉得，陈曙晖其实比男友更值得她爱。男友究竟跟陈曙晖怎么发泄的，她没问，反正他们都接受了这个现实。男友没再回来，他留在了澳洲。

和男友的舍友同居，或者说，和舍友的女友同居，他们都没觉得有什么不对。陈曙晖似乎很安于这种同居状态，他每天研究菜谱，琢磨着怎么把图片上的菜肴搬到他们的桌面上来，他乐意做，鲍玲也乐于吃。但鲍玲的心里到底是有些失落的。她借住在陈曙晖处，每天出去采访，在大街小巷奔走，出入现代化的工业区，或者豪华的写字楼。羊城的高楼越来越多，但没有一扇窗口属于她。每到入夜，华灯初上，拥有一扇窗口的强烈愿望就折磨着她。不久，她奉命去采访一位外企工作的经理人。被采访者是一位女性，采访很顺利。习惯使然，对方嘴里不时会蹦出几个英文单词和短句，鲍玲都接住了。对方起先似乎对自己的语言习惯还有些不安，尝试蹩脚地去修正，但很快就发现这有些多余，鲍玲显然不需要。采访结束后，对方突然饶有兴趣地邀请鲍玲去附近喝杯咖啡。鲍玲欣然接受了。这给了她某种自信。和她交往的人都能从她这里感受到某种愉快，她知道这一点。这与她与生俱来的性情，她所受的教养与内在的节制有关。

这次聊天的唯一收获就是，对方向她提出了一个反问：你为什么不尝试着改变一下工作呢？

改变？鲍玲不是没想过，可怎么改变？

"你具有良好的沟通能力。善于倾听，又很懂得揣摩他人心理，应变能力很强。也许你可以学做销售。"她的被采访对象说，"如果你有兴趣，我可以在我们公司给你提供一个销售的职位。薪水肯定会比你现在的多。当然，挑战也会更大。"

鲍玲说："我喜欢有挑战性的工作。"她心里想的却是更多的薪水，她不能永远向一个男人借房子住。鲍玲回去认真地完成了这篇采访稿，然后就带着见报后的采访稿到了新的工作岗位。从此，她的房间换成了不同城市的不同酒店。她不再需要一个固定的房间写稿，去陈曙晖那里似乎只是为了做爱。奇怪的是，在这种间隔性的造访中，她对陈曙晖情感上的需求却增强了，渐渐有了和这个搞哲学的男人相伴一生的想法。陈曙晖身上有种奇特的定力，他对房子与物欲的需求远不如鲍玲强。鲍玲想，也许是他的专业背景为他提供了这样的心理支持。作为人生的伴侣，鲍玲需要一个能给她提供这种定力的男人。销售是一份忘掉自我，以他人为目的性的工作，有时遇到刁钻的客户，鲍玲的内心也会失去控制。但她必须牢牢地把这种情绪压制住，不让它冒头，不让它冲出自己的身体。只有到了陈曙晖那里，她才像发泄自己的性欲一样，让它们流淌个干干净净。让她感到安慰的是，她的销售业绩非常棒。

"看来我没错，你的确是个做营销的人才。"年终会上，经理递给她红包的同时，亲切地揽着她的肩，强调道，"天生的。"

鲍玲拿到了不菲的奖金，但这样的赞美比奖金本身更鼓励人。

回到宿舍，鲍玲把奖金摊在陈曙晖的桌面上，说："这只是奖金，还有公司规定的利润提成。按这个速度，我明年就可以有自己的房子了。"

陈曙晖说："怎么这么多？你没有出卖色相吧？"

鲍玲说："如果要出卖色相，我应该换一种职业。你说呢？"她冲着自己的胸部做了一个下流动作。

陈曙晖笑起来，说："你太形而下了。"

鲍玲说："我们俩有你一个形而上就够了。我必须从形而下开始。我不能一直借住在你这里。"

陈曙晖受伤般看着她，说："你不是向我借住，你是向你的前男友借住。这间宿舍有一半是他的。"

鲍玲说："别那么敏感。我还打算嫁给你呢！"

陈曙晖说："在谬误变成真理之前，我还是相信它是谬误吧。"他没敢奢望这个野心勃勃的女孩子会嫁给他。虽然她不算漂亮，但表象不代表本质。他仔细研究过她，她的五官普通，搭配算是协调；身材较为高挑，说不上苗条，但是性感而有活力。她的魅力来自她的嘴唇，不是唇形有多诱人，而是从里面吐出的声音，语感、节奏，以及说话的分寸，用两个词概括就是：亲和、优雅。

鲍玲说："算了，不说这些。我们做爱吧，我要一辈子和你做爱。"说完就去解陈曙晖的衣扣。羊城的冬天不算冷，室内又烧了电炉。那一刻，身体是温暖的、美好的，至少比真理温暖、美好。鲍玲怎么会想到他们不会做一辈子爱，不会有时间做一辈子爱。

海水是清凉的，鲍玲把脚浸在晨间的海水里，慢慢地她有了一股游进海里的冲动。远处的天空不再蓝得让她心碎。霞光越来越红，涂染的区域越来越大，海面上终于露出了一小块太阳的潮红。来海岛这么多次，这还是她第一次在海上看到日出。

那一次在椰香公主号上，她没有看到日出。平时为了工作，她总是早起奔忙，不工作时就总想睡懒觉。那天在船上，她照例是睡了懒觉。她听到丈夫和儿子在小声说话，儿子的小声音里压抑着兴奋。小东西平时在家里是很难被叫醒的，总喜欢赖床；在船上却不一样，陈曙晖只推了他几下，在他耳边小声嘀咕了几句，他就一骨碌起来了。怕吵醒她，父子俩小心地洗漱完，就拿着相机出了船舱。她知道他们是去甲板上看日出。先一天晚上，他们就开心地计划过了，还邀请了她，可她没兴趣加入。等她睡醒，父子俩还没回来，她洗漱完便去甲板上找他们。此刻，太阳早就悬在海面上空了，把一片湛蓝的海水泼出了大块的金红。甲板上的人很多。鲍玲望了几眼，没有看到他们父子，正打算回船舱，却听见头顶上传来父子俩的说话声。父子两个正从顶层的舷梯上走下来，原来他们是去了船的顶层。

"你们真有劲头。"鲍玲冲他们挥挥手，一家三口回船舱吃早餐。

在船舱里，儿子把相机拿出来，让她看他们拍的日出。儿子说："妈妈你太懒了，我们三个人没有和日出一起照合影。"

鲍玲笑起来："你和爸爸和日出照合影就行了。"

陈曙晖说："没关系，儿子，你妈妈就是日出，我们三个已经合过影了。她睡着了，灵魂升上了天空，变成日出和我们合了影。"

鲍玲说："什么话，我又没死，灵魂怎么能升天？"

儿子说："就是，如果妈妈是日出，那她就和好多人都照合影了。妈妈怎么能和好多人照合影呢？她又不是别人家的人。"

鲍玲说："胡说八道不管用了吧？你不是哲学家吗？咱儿子现在都可以挑战哲学家了。"

鲍玲眼前出现船舱里陈曙晖那张讪讪笑着的脸。儿子当时的样子却有些模糊了。她眼前浮现的是他长大后的样子，十三岁，上唇有了淡淡的暗影，那是一些需要仔细注意才看得见的细小绒毛；两颗大板牙，酷似她小时候的样子；挺直的鼻梁，像陈曙晖；额头光滑饱满，也像他。儿子算是继承了他们俩的优点。

鲍玲把头埋进海水里，她本能地想体会一下那种溺水时失去呼吸的感觉。憋了一会儿，她听到自己的心脏里发出一声尖叫，然后就呛了一口水。海水的盐分让她的肺受了一点刺激，喉咙也有点刺痛。她抬头向远处看去，太阳似乎挣扎了一下，瞬间就跳出了海面，整个大海上一片壮丽的红光。鲍玲呆住了。她想起儿子递给她相机，把相机里的照片放给她看，她当时并没有觉得他们拍到的日出有多壮丽。那就是一个被固定下来的浓缩图，和她在许多摄影书上看到的海上日出图片没什么分别。但眼下她被震慑了，甚至有点惧怕。她使劲地甩了下头，把被海水浸湿的头发甩到脑后，似乎这样她就可以甩开一些不愉快的画面跟念头。

椰香公主号靠岸后，他们在海口港上了出租车。没有目的地，先找个酒店放下行李，住下，再考虑去哪里度假。当出租车开到滨海大道国贸段时，鲍玲突然叫："停，停！师傅停下！"陈曙晖莫名其妙地回头看她，不知道发生了什么事。

"就是这里了！我们就在这里下车。"鲍玲从后排付了钱，拉起身边的儿子就下车，还不忘敦促陈曙晖去尾箱取行李。陈曙晖抬头往右侧看了看，说："这里没有酒店啊！"

"可是这里有楼盘。"鲍玲抬头看一眼右侧的几栋高楼，说，"我们进去看看。"

　　陈曙晖皱了下眉，说："你是来度假还是来看楼啊？"

　　"度假。也看楼。"鲍玲不容分说，一手牵起儿子，一手拉住行李中的一口拉杆箱，就往一家豪华楼盘的售楼中心走去。这里的售楼中心和广州的不一样，门口没有绚丽的彩色气球，也没有招摇的广告牌，外表冷清低调，里面却装修得像一间富丽堂皇的五星级酒店。鲍玲问了问售楼小姐，果然这里是香港某富豪开发的楼盘；再问了问楼价，随便看了下楼盘的资料，被带到指定的楼层看了看，鲍玲就要刷卡落订。陈曙晖说，你怎么不多看几家呢？你这是买楼，不是买衣服。鲍玲说，不用看了，这地头、这楼价，就是它了。说完头也不抬地和售楼小姐签了购房协议。她签的是一套正面瞰海的大户型，一百六十多平方米。陈曙晖说，要这么大吗？鲍玲说，可是面海景的只有这个户型。陈曙晖摇摇头，叹口气。见陈曙晖无奈的样子，售楼小姐抿着嘴直笑。签完协议，售楼小姐说，我们还有一处楼盘，在海甸岛，现在才两千多一平方米，投资前景非常好。鲍玲说，不看了，买这套就够呛了。陈曙晖说，相差一倍多的价钱呢，你为什么不去那里看看再落订呢？鲍玲说，贵有贵的道理，便宜有便宜的原因，我做了这么多年的销售，你相信我的眼光，不会错的。陈曙晖无可奈何，说，半个小时不到就买套房，不看第二家，不作比较，跟个暴发户似的，我现在才知道你不只是形而下，还非理性。鲍玲不理他，只是微笑，说，下次我们再来海南度假，就不用住酒店了。又低头问儿子，你在刚才的房间里看到大海了吗？儿子说，看到了，原来在房子里也能看海啊！鲍玲又问：喜不喜欢？儿子说，喜欢。可是妈妈你有这么多钱吗？鲍玲说，妈妈赚啊，妈妈很快就赚到了。儿子就举起两根手指，呈V型，说，耶——

鲍玲说，听见了吧？儿子喜欢。

陈曙晖说，谁不喜欢啊！可是钱呢？你把钱花光了，儿子还要受教育啊！

鲍玲说，我们不都在赚吗？钱赚来就是花的。你放心，儿子的学费很快就会存够的。再说，现在只有海南的楼价还处在洼地。经历了上世纪末的金融风暴，海南至今都没恢复元气。相信我，这只是暂时的。海南是我们国家唯一的热带岛屿，你觉得国内还有比这里更好的环境资源吗？

事实证明，鲍玲的决定是对的。两年后，"国际旅游岛"概念的推出，把海南的楼盘价格炒得翻了几倍。他们的房子，处在海口最黄金的地段。鲍玲倒手就把它卖了。这一次，陈曙晖没有阻止。在她精确的市场判断面前，他的话越来越没有说服力。

陈曙晖说，你不是说我们再来海南度假就不用住酒店了吗？

鲍玲说，你和儿子不是想住在海边看日出吗？以后会有机会的。她心里想的是海边那些别墅。

陈曙晖说，我现在才知道，什么叫欲壑难填。你就是一口欲望的深井。

鲍玲说，别摆出一副穷清高的嘴脸，穷人就没有道德优势。

事实上，陈曙晖只是说说而已。婚后，鲍玲和他之间的共同话题就越来越少，她和他谈得最多的是她的工作，她在外面的种种艰辛、偶尔的不顺与烦恼。她把他当成了自己理所当然的垃圾桶，全然忘了他是一所大学的哲学副教授。他劝她不要向生活索取太多："起码的衣食住行解决了，人就应该有自己的精神生活。"他悲哀地看着她案头的书柜，那些原本应该摆放世界名著和经典读物的地方，现在堆满了一些实用性书籍。她四年的中文系教育白受了，三年的英语研究也只是成了她获取财富的工具。她的确很能赚钱，她的每一步计划几乎都能按期实现，很少落空。与她当初的构想一样，她果然在他们同居后的第二年就有了自己的房子。他们的角色调换了，不再是她向他借住，而是他向她借住。她对自己的新家充满了热情，又不想失去他们共同的性生活，他们只有结婚。事实上，她乐意和他结婚——结婚的提议是她首先提出来的。"这样，你就不觉得是在向我借房子住了。"她戏谑地说，语气里透出的却是对他的自尊心的爱护与理解。

婚后，他的大部分时间仍留在逼仄的教工宿舍里。她出差的时候，他就不回家住，仍留在宿舍里看书、备课，偶尔研究一下菜谱。他不明白她对赚钱为什么有那么强烈的欲望。她永远有理由，以前是房子，现在是孩子。她说他们将来得有一个孩子，得让孩子受到良好的教育。孩子出生后，她又有了新的理由：他们得有一台车。然后的理由是二套房、度假房……

孩子的出生挽救了他们渐趋冷淡的感情。陈曙晖喜欢孩子，他对家庭的注意力逐渐转移到孩子身上，善于观察和思考的他，像一个最出色的母亲一样写了一本育儿手记，并将它顺利出版了，还获得了可观的版税——不像他出版那些学术类书，还要倒贴。这让他很有一点成就感。

鲍玲的热情在工作上，陈曙晖喜欢孩子，她正好把带孩子的烦琐和责任都推给他。她的工作越干越好，收入越来越高，他在教学岗位上却乏善可陈。现在，没有谁还热衷于哲学研究，专业冷门，拨下的课题经费也极少。系里有一份学报，他是主要的编者之一，投入的精力多，除了被需要，还因为他喜欢。他不指望能出什么有影响的研究成果，只是觉得做着一份自己喜欢的事。出于习惯和某种必要，学校还保留着这个系。他想，只要这个专业还在，他的岗位就有存在的必要。系里其他老师都想方设法去外面找活干，开讲座、搞活动、给报刊开专栏。他没什么兴趣，乐得"躲进小楼成一统，管他冬夏与春秋"。同事们说他是幸福的奶爸，言下之意，他找了个会赚钱的老婆，衣食无忧，当然不用像他们一样去外面蹦跶。同系有一位年轻的女老师，三十出头了，还没有把自己嫁出去。她没有谈男朋友，却喜欢有意无意地和他接近。他明白对方的心思，却不敢给对方太多的希望。一个女人只要想把自己嫁出去，找个男人结婚是不难的，问题是她要嫁的是一个什么样的男人。女老师愿意把自己剩下，一定有她不嫁的理由。他知道，像她这种曲高和寡的女人，是不太肯向生活妥协的。儿子上幼儿园后，女老师有时会来他的宿舍探讨一些哲学问题。但他知道，真正的哲学没有什么好谈的。他相信对方一定也这么认为。任何一个哲学家都是一个孤独的存在。他们只思考他们关心的问题。他不是哲学家，她也不是。可他们都深谙哲学的本质。谈哲学只是个幌子，那是为了掩盖情欲。女老师显然对他怀有情欲。谁没有情欲呢？身体是人自身的牢笼。人对情欲的追求不是罪过，罪过的是他的方式。如果女老师不介意他的已婚身份，对他也没有婚姻的幻想，他为什么不可以满足她呢？满足她也是满足他自己。

他犹疑着把自己的想法流露给她后，对方的脸上露出了机智而聪慧的笑容。她说："你以为我会像那些耍赖的女人一样缠住你吗？别忘了我们的专业是干什么的。选这个专业的同时，就意味着某种牺牲：对俗世的快乐的理解和追求。这就是我不嫁男人的原因。"

他轻松了，有了出轨的勇气和决心。这算不算虚伪和自私？一直以来，人类对婚姻有着诸多道德上的规约，但很多规约又是与人性本质相悖的。他赞成萨特和波伏娃的不婚之爱。他们相爱一生却没有结婚，在爱的过程中，他们可以自由选择对彼此忠诚或背叛。事实上，他们的爱情超过了很多终生相守的夫妻。所以，对他而言，身体的背叛不算背叛，心灵的背叛才是真正的背叛。他确信自己的内心还是爱着鲍玲的。他们有共同的爱的结晶，他们都爱自己的儿子，儿子也深爱着他们。这就是家庭保持完整的意义。

遗憾的是鲍玲并没有感受到这种变化。她的自信来自她对财富的绝对把握。她在外面保持着良好的教养，有时回到家中却会冲他发作。"我要不找最亲的人发泄一通，我会疯掉的。"她说。他容忍了她，并且怀着宽谅的心态。这至少说明她是爱他的，否则她何以把他概定为"最亲的人"呢？

陈曙晖把所有这些想法跟经历都写进了他的电脑日志中。文档的密码他有些恶作剧地设成了鲍玲的生日——他心里有种坏坏的想法，或者渴望，希望她能看到这些内容。但是他的想法落空了，她根本就无暇打开他的电脑，更无意窥探他的日志与隐私。与其说这是她的教养，不如说这是对他的存在的一种深刻漠视。这才是让他在婚姻中感到弱势的真正原因。

他和他这一类的人，是这个时代的落魄者，他们选择了哲学，或者一些更冷寂的学科。他们被这个物质的时代深深地摒弃了。

鲍玲最终还是看到了这些日志，只是太迟了。如果不发生后来的那些事，她永远都不会看到这些文字。到死，她都不会知道他这些痛苦和秘密。

海面上的日光在变强，温度开始上升了，鲍玲又一次把脸埋进海水中，希求再一次体验那种溺水似的惩罚。

事情发生时，没有一点预兆。他们把车停在内环的一个十字路口等红灯。他们的车前还有一辆奥迪车。他是先开车去学校接儿子再绕道去接她的。她偏偏要在路上停一下，就为了看看橱窗里的一个小包。那个包小巧而别致，是最新款的手包。他把车停在路边，她下车去看了包，问了价钱，就买下了。她上车时，父子俩都没说话。儿子进入少年期后，话就少了，目光有些凝滞，似乎总在陷入某种沉思，样子越来越像他的爸爸，和她在一起时有了明显的性别意识；只有和他爸爸单独在一起时，才会露出某种孩童时的活泼。

那辆大货车疯子似的冲过来，陈曙晖一定是从后视镜里看到了这辆车的疯狂，因为他下意识地打了方向盘，显然是想逃脱那辆大货车的撞击。驾驶员座椅后的那个座位，在他们的下意识中，是一个最安全的位置。他们总是把这个位置留给儿子。她则坐在儿子的一侧或者副驾驶位上。最近几次，她总是坐前排的副驾驶位，因为她发现儿子似乎并不欢迎她坐在后排。他似乎有点抗拒她对他的问来问去。母子俩坐在一起不说话她又做不到，干脆就把空间留给儿子，坐到前面去了。事后证明，当重型车从后面撞来时，儿子那个位置是最不安全的。因为她只往后扫了一眼就昏了过去。

　　她是第一个被抬上救护车送往医院的。事实上，她只受了点轻伤，右手腕骨折。气囊适时地弹了出来。她昏厥不是因为伤，而是那回头的一眼。她再没有见过儿子，只在医院里见到了丈夫。陈曙晖的身上插满了管子，躺在急救室里手术。除了她，所有的人都知道这是一台无望的手术。他的腹腔全挤坏了。有一刻陈曙晖睁开眼睛，用眼神暗示她，她把头俯下来，耳朵贴在他的唇边，清晰地听见他说：孩子，生一个……孩子。

　　这是他留在世间最后的声音。随后，他进入了深度的昏迷，再也没有醒来。她记住了他说的话，想起不知在哪里看过的一篇报道，说男人死后，体内的精子短时间内还活着，还能使女人受孕。于是她疯狂地恳求那个做手术的医生帮帮她，她要一个他们共同的孩子。

　　医生充满同情地看着她，说："我理解你，可我恐怕没有能力帮你。有些现象只是科学的奇迹，理论上可以做到，或者特殊的条件下可以做到。可我现在真的没办法帮你。"

　　她再三地恳求，终于让做手术的男医生落泪。男医生最后把自己的电话给了她，又把自己一位朋友的电话给了她，说，找个时间去看看他，你会有需要的。然后，他像丈夫一样抱着她瘫软的身体，一遍一遍地安抚她。事实上，他才三十岁出头，博士刚毕业不久。比她小了整整一个年代。

后来，男医生主动联系过她几次，小心地询问她要不要和他一起去看他的朋友。他的朋友是羊城一位有名的心理医生。

她谢绝了他的好意，说，我能应付，谢谢你。

大货车是制动失去控制。理赔的事是她哥哥和单位的一位同事去办理的。所有这一切，她都懒得去过问。现在，她账户上的钱已经足够可以买下海边的一幢别墅了，可她买来给谁住呢？两年前，当海南的楼市又一次出现低潮，她擅自做主，再下海岛，在海口的西海岸花不多的钱买下了一个套间公寓——她答应过父子俩，他们再来海岛度假时不用住酒店。她心里想的却是那些别墅，让他们在海边醒来就能看见日出。这一次，陈曙晖未做任何置喙。事实上，这几年她对任何资产的处置，包括股票的买卖，他都保持沉默，由着她去折腾。她认为这是他对她投资行为的信任，内心里还有小小的得意，却没想到他内心对这一切都产生了深刻的厌倦。人们总是对他所得到的东西产生厌倦，无论是财富还是性，只有新的占有，才会引发内心的兴趣。这是他日志中的原话。原来，他早就看透了她。一个自诩和被他诩为沟通能力极强的人，怎么恰恰忽略了与身边的人沟通呢？是她忘了，还是在他面前她根本就没有这种沟通能力？她觉得自己的内心锈蚀得太久了，以至淌出了铜绿色的液体。

这个社会就像一部高速运转的机器，她心甘情愿地成为其中的一个零部件。她成了这个时代的同谋。她陷在生活的泥淖里而不自知，他不是没有提醒过她，她却要等到他用生命做出警告，她才会悚然止步，才会懂得后退与观看。也许，他一直和这个世界保持距离，就是为了看清它的本质。而她却介入得太深。她被这个世界的欲望卷走了。

现在，她有太多的不明白。

她在外跑了十多年，一大半时间都在路上奔走，她比他们父子俩有更多的机会遭遇意外，为什么活下来的却偏偏是她？为什么她非要下车去买那个手包呢？为什么他们的车只是停在路边等红绿灯（遵守交通规则）却会遭遇危险？虽然她见证过一些死亡，可她一直认为死亡离她很遥远。她认为所有的交通意外都只是一些偶发事件。她想不通这样几百万分之一的偶发性为什么会发生在她身上。她开始重新阅读文学书籍。她阅读的第一本小说是菲利普·罗斯的《凡人》。她似乎明白了一些，但却有了更多的疑问。

　　过去她认为一个作家把他的人物写死，是一种无能。现在，她开始改变这种看法。死亡就潜伏在每个人的生活中，它只是在寻找机会和时间。在文学中找不到的答案，她最终还得向哲学去寻求。

　　可是，生活是多么残酷，它把那个知道答案的人带走了。她得用她的余生去独自探求。日光越来越灼热了，海水升腾起来，轻轻地拍打着她腿上的皮肤，裸露的地方已经晒红了。她迎着海水看去，远处的波浪迎着日光颤动着、闪烁着。她从包里拿出一个小纸袋，里面是丈夫和儿子的骨灰。她把手伸进纸袋，抓出一把撒进海水中，看着他们在海面上浮动、散开，直到轻轻地没入海水中。

　　她在沙滩上躺下来，像鸵鸟一样把头埋进凉凉的沙子里，不是为了逃避，是为了体会内心的疼。

隐　秘

她和他已经有二十年没见面了，严格地说，是十年。

十年前，她曾见过他一次，但没有照面。那一次，是她出差到他所居住的城市。他是接到她的电话后，答应来她入住的酒店看她的。

十年的分别，她不知道他会是什么样子了。她清楚地记得他的年龄——比她小两个年头，但只比她小一岁零两个月。她坐在酒店的房间里推算着他的年龄，当时她是三十六，那么，他应该是差一点三十五。也就是说，他还是一个不到三十五岁的男人。三十五岁的男人是最看不出年龄的，尤其是活得还算成功的男人，他们稍加修饰，就可以把自己伪装成不到三十岁的年轻小伙子，就像未婚男子一样朝气勃勃，却又比那些真正的愣头青更魅力四射。

想到这一点时，她的心中突然不安起来，她想到了自己臃肿起来的腰身和腹部，已经开始下垂的乳房，因为生产留在下腹部的近十厘米的伤口，还有……她猛地冲向卫生间，一把揿下了里面所有的开关按键，浴室里顿时灯火辉煌——她对着镜子里面的自己细细地端详着，然后垂头丧气地闭上了眼睛。

浴室的强光使她脸上的一切不堪都无处遁形：两颊上淡淡的黄褐斑，虽然只有稀疏几粒，但却粒粒可数；鼻尖上日益粗糙的毛孔里潜伏着无数阴谋的小黑头，正伺机占领她面部的所有高地；眼角细密的鱼尾纹，即使不露出笑脸也已是清晰可见；还有脸上的皮肤，长年的香烟熏绕，也已显出了岁月的苍劲。

她睁开眼睛，目光避开镜子里的视线，镜子里的人和她就像两个不愿碰面的对手，彼此逃避着对方的审视。她想她完了，十年的时光已将她改造得面目全非，她不再是十年前那个即使不拥有夺人的美貌，但也还有着逼人的青春的女孩子。这样的青春加上智慧，其实就是一种所向披靡的力量。

　　她现在已经没有这种力量。更重要的是，十年的时光，让她学会了与时间和平共处，她早就不再对任何男人怀有丝毫的激情与幻想。如果说她心里还有什么愿望的话，那就是她想让他看见自己今天的从容与成功。

　　她嘴角挂着笑，心里有了主意。她决定不见他了。她要在他到来之前抽身而退，把联想与好奇抛给他，让他就像她十年中无时不怀揣着这两样东西想起他一样。

　　她重新收拾起脸上的表情，锁上门，走进电梯。

　　她注意过了，酒店的大堂内有间小酒吧，是用屏风隔开的，从那里可以看到大堂里的一切——如果他到房间里找不到她，也许会坐在大堂里等。这样，她就可以看清他的样子，他的疑惑、他的焦虑、他的失落，她都将尽收眼底。而他则对她一无所知。因为他在明处，她在暗处，即使隔着十年的时光，他也将无法逃离她审判他的目光。

　　想到审判二字，她的心中滋生出一丝快意来，是的，她就是要审判他。这个伤害了她的男人，她就是要让他在不知不觉中进入她的审判。

　　就这样，她看见了他。他果然与她想象中的差不太远，年轻、帅气，步履轻快。唯一让她有些吃惊的是他的穿着。他居然穿着一身她喜欢的牛仔裤和白夹克，留着板寸头——而他的板寸头像是新理的，这也曾是她对他的建议。如果她没记错的话，这件白夹克是她十年前与他分手时送给他的，正宗的"PUMA"（德国运动品牌）。她送他夹克时说，你穿白衣服好看，你穿着它一定能找到一位漂亮女友。她不知道他的妻子好不好看，但她知道他结婚。十年中，他们偶尔会通一两次电话，聊得不多，往往是在改换电话号码时，通话的目的好像只是为了告诉对方自己变换了电话号码。

现在看着他穿着自己买给他的白夹克，她心里竟有一种异样的感觉。这就是说，这十年中，他并没有像她想象的那样几乎将她忘掉。

她心里有了一种浅浅的安慰，那种想要审判他的欲望不那么强烈了。

她看见他在服务台那里询问了一会儿，就匆匆进了电梯。她能想象他在她的房门前按门铃的样子，想象他偏着头等她开门的样子。她突然有些后悔，她这样做，是不是太缺乏教养和礼貌了？明明是她给他打了电话，是她同意对方来看自己的，这样躲起来不见算什么呢？

正这样想时，她的手机响了，显示的正是他的号码。那一刻，她几乎动摇了，打算上去找他了，或者邀请他到大堂的酒吧，他们一起喝咖啡，叙叙旧。

但她很快就否定了这个想法。

浴室里的镜子是不会骗人的。那个在镜子里躲避她的女人，其实也是不想见他的。她不敢想象这样的见面后，她会留给他一种怎样的记忆，但无疑新的记忆会填补旧的记忆空缺，甚至将旧的记忆彻底覆盖与遮蔽。这是可怕的，这等于是撕毁他眼里的她的青春，就像撕毁她留在他手中那些青春永驻的照片。

于是，她在电话里告诉她，因为展期安排临时有变，她的画展得改换到另一个城市。她说她刚出酒店，正赶往展览现场，很抱歉这会儿不能在酒店里等他了。她说，如果他不介意，她下次将专程到这个城市来看他，并且登门谢罪。

她的语气急切而诚恳，完全没有一丝可疑的成分。

他在电话里失望地"哦"了一声，说很遗憾，随后他笑着表示：没关系。还给她开了句玩笑，说他期待着与她重温旧梦。

她从他的语气里面听出了某种嘲弄，这使她不快。她庆幸自己的明智，幸亏没有与他见面。否则，如果让他看见自己眼下的样子，他的眼神里恐怕除了嘲弄外，更多的将是对她的怜悯！怜悯，这是她不能忍受的，她不能忍受自己在遭受了岁月的摧残后，还要再遭到他的怜悯。

她从酒吧的屏风后看着他从电梯里匆匆出来，然后步履匆匆，目不斜视地走出酒店大门。她想他还是那么年轻，真是岁月无痕。看起来，时光总是对男人更温和些。老树在时光里会显出它的苍劲，但落花简直令人惨不忍睹。

阳光从酒店的大玻璃窗外照射进来，浴了她一身。一种懒洋洋的暖意从她的身体里泛起，她微微地笑着。不用照镜子，她也知道自己脸上的表情是什么样子，嘴角的细纹，略略弯曲的眼线，已显松垂的眼皮，新染的一头白发——她把有些花白的头发全染成了银色。

因为她不喜欢黑发里面蹿出的那些白发，不喜欢头顶上的杂色，既然不能保持一头黑发，就不如染成一头银丝。她毕竟是搞绘画的，对色彩的感觉总是非常准确到位。这头银丝确实为她增添了说不出的风度。她才四十六岁，并不太老。和年轻女人比，她无疑是多了些岁月的痕迹；可是，如果顶着一头银发，体态与容颜却又分明与年轻女人没多大区别，那就别有一番韵味了。这样一种强烈的效果是她喜欢的。

现在，她再也不用像十年前那样为自己的变老感到自卑。她已经老了。一个半老的徐娘面对时光的羞愧感，远比一个老女人要强得多。她都四十六了，是一个十足的老女人了，虽然她脖子上的皮肤还没有松弛(女人的老总是先从脖子开始)，甚至由于长期扬起头来作画和观察画作的效果，使她的脖子颀长，像芭蕾舞演员的脖子一样漂亮有力。可她知道自己已经是一个老女人了。人不能欺骗岁月，欺骗时光。没有谁逃脱得了时光的手掌。

正因为她认同了自己的老女人角色，她的心态已完全不一样了。她不怕他看见她眼下的衰老，她的衰老正在发出某种璀璨的光，那容光已变成一种成就，而这成就所焕发出来的光芒远比她青春的仪容更隽永。

她在阳光里微笑着，想象着那被时光阻隔了二十多年的往事。

他们曾一起在这个城市的同一所大学念书，和他一样，她最初也是学医的。他学的是外科，她学的是内科。

但这并非是她本人的意愿。她非常厌恶医学，觉得那些医学知识枯燥乏味，没有任何美感。她最讨厌上解剖课，面对一具具浸满了防腐剂的僵尸，她如临大敌，恶心之至。他则相反，对尸体的热情简直如痴如狂，不可理喻。

她的兴趣是绘画。她不仅热爱它，而且在这方面表现出了非凡的才华。她还在上大学时，作品就登上了一本专业美术刊物的封面，这更加坚定了她弃医从画的信念。

对此，他坚决反对，甚至不惜拿他们的爱情作威胁："如果你今后搞艺术，我们就分手！"

她想不明白他为什么要反对她搞艺术。她说："搞艺术有什么不好？你不相信我会成功？"

他生气地说："全国有那么多科班出身的画家，就你这样没有经过专业美术训练的人，也幻想成功？我看你是白日做梦！"

她对他的反对不以为然，确信自己总有一天会让他改变这种看法。

他说："和我一起考研吧，然后读博。我们并驾齐驱，你当内科专家，我当外科专家，好吗？"

她拒绝了。不仅拒绝了他，还放弃了国家分给她的单位——她所在省份的一家有名的大医院。这彻底伤了他的心。他认为她拒绝从医，也就等于拒绝他们的前途、他们的爱情，甚至他们将可能拥有的婚姻。

就这样，他们的爱情出现了裂痕。他气定神闲，一边工作，一边复习考研；而她则像一只无头的苍蝇在这个城市里瞎撞，企图为自己的理想撞开一扇大门。一年后，他如愿回到母校读硕士，她则在一年内换了三家单位，干的全是临时工，最后她干脆放弃工作，在城郊接合部租了一间破烂小屋，关起门来专门画画。后来，终于有一个画商以每幅二十元的价钱买走了她所有的画。

她兴高采烈地捧着卖画的几百元钱赶到母校告诉他这个好消息，他冷冷地看着她发热的眼神，她因为熬夜而有些消瘦的脸。此时，由于激动，她的脸呈现着某种病态的红润，衣衫上沾满了邋遢的油彩。他心里隐隐地生出一些痛苦与嫌恶。

也许是感觉到了他冷漠的态度，她再次兴冲冲地把手里的钱晃了晃，好像要他相信，这是她开始走向成功的一个证明。

他却不屑地说："难道这就是你追求的目标？"

她脸上的笑容僵住了，结结巴巴地说："可至少……我已经……"

他不耐烦地打断她："这样下去，你不会有前途的！"停顿了一下，他说，"我们分手吧！"

他的话让她怔在了那里。她从没想过他会跟她提分手。她不知所措地看着他，脸上是吓坏了的神情。她喃喃地问："你为什么要和我分手？为什么？"

看见她难过的表情，他的心里有些不忍。他软弱地说："你为什么就不能好好地考研、读博，和我一起搞医学呢？"

"我不想搞医学，你不明白吗？我不喜欢医学，也不可能从医！"她生气地叫道。

"那我们还是分手吧！"他冷冷地道。

"分手就分手！"她一气之下，离开了他。

房间的电话铃响了，她猜是他打来的。果然，她听到了他的声音。尽管时光过去了二十年，她还是一下就听出了他的声音。

他问："是你吗？"

她说："是我。"

他笑了笑，说："对不起，我得晚一点再过来，你能再多等我一会儿吗？"

她心中涌起一阵恼怒，但很快又释然了。十年前，她曾经让他空跑了一趟，比起十年前她的做法，他显然要有礼貌得多，温和得多。于是她笑着问道："一会儿是多久？"

"半小时，也许四十五分钟。我突然有一台手术。"他的语气里充满了歉意。

她说："好吧，我等你。"心里却想，他会不会也像十年前的自己一样，突然临阵脱逃？

午后的阳光透过酒店的窗玻璃洒在她的房间里，这会儿，阳光离开了她的身体，移到床的另一头去了。她靠在床头，慢慢感到了阳光移走后的一丝凉意。她拾起枕边的披肩，轻轻地搭在肩上。墙壁上的镜子正好反射出她靠在床头的样子。

镜子里的那个女人在她看来，多少有些刻意，脸上的淡妆、白发，还有披肩的颜色，都花去了她不少时间和心思。可见，她心里还是在乎他的。二十年过去了，她还如此在意自己在他眼里的样子，也许不单单是一种怀旧。

分手后，她曾躲在自己的出租屋里一边哭泣，一边在心里发誓：总有一天，她要让他看到自己的成功！

她打点行囊，带着几许负气，去了国内最南端的一个沿海城市。她在那里惊讶地发现了自己不久前卖给那个画商的画。这些画标价都在好几千元，而她当时是以每幅二十元卖出的。

这让她有种受骗上当的感觉，但同时也让她看到了谋生的希望。不久，她就在这个城市里立足了。她的画很快在圈子里打响，总有台湾或者香港那边过来的画商买她的画。后来，她开始有自己的个人画展。她在事业上不断收获，但她没有获得爱情。并非没有男人向她求爱，相反，太多了，多得让她感到滑稽。他们中有的是为了她的名，有的是为了她的利，有的是为了她的画，也有的是真欣赏她的人品和才华。但是，他们中没有一个让她动心。她心里想的是他。她想的是，她的努力什么时候能被他看见，能得到他的承认，能让他重新回到她身边。

她想，这个城市里什么都好，就是没有他。这么想时，她已经是个三十岁的老姑娘了。她忍不住回忆起跟他分手时的情景，他的冷漠，还有在冷漠中说出的分手的话。她当时赌气地回应了他。现在她明白，她为自己当初的轻率后悔了。因为无论她走到哪里，有没有成功，她的心里都无法忘掉他。

终于有一天，她忍不住给一位在医院工作的同学打电话，从她那里，她得知他已经结婚了。

她傻了。她想，他永远都不会回到她身边了。

她从同学那里要了他的电话，在电话里，她向他表示了祝福。接到她的电话，他显然很意外，但还是很高兴。似乎是出于一种回应，他也小心地问她："你呢，结婚了吗？"

她说："结了。"

"哦，那我也祝福你！"

她笑着说："谢谢！"

放下电话，她愣了很久。她想，也许她真的应该找个人结婚。

尽管这样想，她还是没有草草对待自己的婚姻。她在追求她的男性中用心地挑选着，最终选定了一位在大学里任教的老师。大学老师是教化工的，热爱运动，是个对艺术一无所知的人，但这并不妨碍他追求她。

他们是在健身室认识的，她认识他的朋友，于是就认识了他。他比她大两岁，因为攻读学位，耽误了自己的婚姻。

大学老师长相一般，但是个子很高，身材比例完全符合黄金分割。她第一次见到他，就被他的身影打动了；她第二次与他去游泳馆游泳后，就决定嫁给他了。

她想，就算他一点也不懂艺术，可他本人的形体就是艺术，嫁给他也就等于嫁给了艺术。

有时，他心甘情愿地充当她的人体模特，这让她感到快乐。他们第一次做爱是在她的画室里。那是一个星期六的下午，他举着两根玉米棒走进来，她一看就笑了。他冲她扬了扬手里的玉米棒，说知道她在作画，肚子肯定空着，这是给她带来的下午茶。

玉米棒无疑带着某种暗示，她觉得他是一个有幽默感的人。

他们在她的画室里啃完了两根玉米棒。啃完的玉米棒像一副男人挺立的阳具，她把它抓在手里，下意识地把玩着。这个动作无疑让大学老师十分激动。他红着脸说："你吃饱了吗？我这儿还有一根。"他用手指了指自己的下身。这个动作很大胆，他自己也感到吃惊。他的脸更红了。

她笑了，说："没有。如果你愿意把你的贡献出来，我想我会很乐意接受。"她面容坦然，像一个久经沙场的老手。这使他略感慌张。

他努力镇定着自己，开始伸手解她的衣服。他们没有像常规的那样，先拥抱、接吻，然后犹犹疑疑地动作或者喘息着进入；当他伸手解她的衣服时，她也伸出了自己的手，并比对方更快地剥下了他的衣服。

看着他赤裸的古铜色的皮肤，她由衷地赞道："你真棒！"

他内心里闪过一丝不快，觉得她太自然了，太有经验了，而他的性经验并不足。他们不对等。跟他相恋三年的女友虽然也曾与他耳鬓厮磨过，但还是扭扭捏捏地投进了导师的怀抱，把他的性晾在了半空——像秋冬时节的一条甜瓜，他还没来得及细细品尝，就被一场突然的霜冻打落在户外。

做完爱才发现，他们还没有亲吻过，抚摸过，拥抱过。她用食指触抚着他的嘴唇，笑着说："你把我从一个艺术家变成了一个动物。"

他补充道："是雌性动物。"

她问："你不是动物吗？"

他说："是。我没想到是这样子的，我以为艺术家的爱情应该很浪漫，充满了艺术想象力。"

她果断地说："那是爱情，不是性。"随后又笑道，"你举着玉米棒来敲我的门还不够浪漫吗？"

他愣了。这一点他起先还真的没有想过。买玉米时，只是因为想到她可能没吃午餐，他觉得玉米是很好的粗粮，对健康十分有益，并没有什么性暗示的企图。

他沉默了。他不想在她面前承认自己的无知：给一个女人送玉米棒，简直就是明明白白地向她表达性欲。

他搂住她，开始补上前面没有上完的课程。他想不到他和她的第一节课根本不需要预习、理解、消化，就直接进入了测验。

不久，他们结婚了。

他们的婚姻生活十分和谐，性爱更是水乳交融，丈夫让她感受到了身体的激情。她的画画得更棒了，各种声名接踵而来，鲜花与掌声环绕着她，她体会到了事业成功与家庭幸福的双重美妙滋味。

那一段时间，她几乎忘了他。

房间的门铃响了，她有一些激动。

她拉了拉自己的衣服，披好披肩，对着镜子略略调整了一下表情，然后尽量显得从容地打开了门。

不是他，是一个小姑娘。小姑娘的手里抱着一个大花篮，花篮的沉重似乎让小姑娘感到很吃力。

小姑娘有些气喘地问她的名字。她点点头，微笑地看着小姑娘，心想，小姑娘一定是看了她的画展，慕名来送花篮的。

小姑娘说："有一位先生委托我们花店，下午三点一定要准时给您送这个花篮。"

她明白了，订花篮的是他。

她接过花篮，向小姑娘道了谢。花篮的到来，使她的心情复杂起来，激动、欣喜，但更多的是不安。她不明白，花篮来了，送花篮的人还会不会来？

不是说只让她等半小时或者四十五分钟的吗？可现在时间已经过了，他并没有出现。代替他出现的，是他托人送来的花篮。

她抱着花篮从房间的镜子前走过，镜子里映出了她抱着花篮的样子，红色的花篮很衬她头上的银丝，她的白发像洁白的花朵一样开在花篮上空，显得格外耀眼与华丽。

她把花篮放在床头，细细地端详着。花篮里装满了玫瑰，火红的，是云南产的上等玫瑰，花间衬着白色的满天星。她没想到，他给自己送的是玫瑰，而且全都是红玫瑰。也许这是告诉她，他们爱过——这只是一种过期的表达？

可这样的场面还是让她感到太隆重了，如此盛大的玫瑰花篮，居然是在她芳华逝去的晚年送达的，而且送花篮的人是他，是她在心里较了二十年劲的他。这么说，他并没有忘记她，就像她没有忘记他一样。

她站在花篮前，脸上露出了一个苦涩的微笑。不知什么时候，阳光已经掠过墙面，从房间里溜出去了。玫瑰的浓香在房间里充溢着，一阵阵窜进她的肺里，让她有了某种迟暮的感伤。她想起他们的初恋时光，那时，他们都是彼此的唯一。他们将纯洁得就像两张白纸的青春，郑重地呈给对方，让彼此画下最初的一笔，并由此窥见对方的隐秘。

一个女人的身体的隐秘，是他最初看见了它。

可是，后来她的隐秘变了，是另外的一种，是她竭力不想再让他窥见的一种。所以，她在十年前逃了，连想象的空间都不留给他。

她笑了笑，想起自己的丈夫——应该说是前夫。他们婚后，她给他生了一个孩子，是个男孩。

几乎是一夜之间，他就改变了她。他先是让她的肚子悄悄地隆起来，肚皮上的脂肪层慢慢出现了断裂；然后是她的胸，她的乳房由于不堪重负，终于垂了下来；再是她的腰身，那根本就谈不上腰身，就是一只柔软的水桶；最后，是她腹部上的伤口。孩子出生后，她的体形就再也回不到过去的矫健了，不管她怎么健身，她的身体还是粗壮地鼓了起来。最可笑的是她的腹部，孕育时堆积了过多的脂肪，然后又被一条纵向的疤痕隔开，现在，它们像两坨新长出的乳房，无论是大小还是手感，对比真正的乳房都毫不逊色，唯一的区别是上面没有长出乳头。

她没有想到，生育对一个女人的身体会是如此残酷。她始终认为，是丈夫让她的身体有了这另外的隐秘。是他把种子撒在了她的腹地，让它在那里发芽、生根，终于长成一棵生命的小树。最后，医生帮她把小树从室内移栽到户外。而她，则变成了现在的样子，她的身体成了一团惨不忍睹的田畴。

她只能坦然地面对自己的丈夫。在丈夫面前，她的身体没有隐秘，也不需要隐秘。但是，丈夫却无视她的这种付出。

孩子出生不到两年，丈夫就和一个年轻女孩好上了。她认为，丈夫是首先无视她的尊严，才会无视她的身体。

一个气质不凡、成就斐然的女画家的婚姻中传出了性丑闻。丑闻不是画家背叛了自己的丈夫，而是丈夫背叛了她。这对她无疑是一种羞辱。

她警告丈夫不要再和那个女孩在一起，可对方并没有把她的警告当回事。事情不仅仍在继续，而且愈演愈烈，乃至丈夫搂着情人的照片登上了当地的报纸，成为报纸上的花边新闻。

她忍无可忍，终于提出了离婚，丈夫先是不同意，后来就默认了。她有些不解，丈夫这么快就厌恶了自己，是因为她变丑了的形体吗？

离婚前，她好奇地问丈夫为什么迟迟不肯与那个女孩分手。她见过那个女孩子，长相一般，看不出有什么特别的地方。

"她的身体很迷人，是吗？"

他的回答令她目瞪口呆。

他说："我做梦也没想到她是处女。这年头，找一个处女太难了！我不能对不起她。"

她想不到丈夫的心里居然暗藏着处女情结！她为什么没想到这一点呢？他们这个年代的人，分明都是有处女情结的。

她以为他不在乎。他是一位大学老师，她以为他不会在乎的。可是，他在乎，居然还如此看重！

她离婚了，成全了丈夫的处女梦。

十年前她来这个城市出差，就是她刚和丈夫离婚时。她本能地想到了他，想到她第一次和他在一起时，她也是处女。她记得他当时的激动和感恩，还有那句永远爱她的誓言。

天快黑时，他都没来，也没打电话给她。她确信他不会来了，就像十年前她的临阵逃跑一样，他也打退堂鼓了。她在心里嘲笑着他的懦弱。她想，没准他也老了——她相信男人是在四十岁以后才有了认老的自卑心理的。不像女人，三十五岁前就开始为自己的衰老感到羞愧。十年前，她为自己的衰老感到羞愧时，他还是那么年轻，那么朝气蓬勃。现在轮到他羞愧了。而她，早度过了羞愧的苦难期，能心平气和地对待自己的年龄了。甚至她开始喜欢这种老了——它变成了一种权威、一种尊严、一种高度。

　　这样想时，她心中禁不住有了某种优越感。当然，她听说过他的一些情况，知道他也早就不是等闲之辈：他是这个东方名都里赫赫有名的外科专家。这是她当初就预料到的。可她的今天却不是他能预料的。二十年前，他根本就不相信她能有今天。从这点看，她赢了他。她比他更有预见性。

　　门铃突然响了。她惊跳了一下，预感到是他来了，她仿佛感受到了他的呼吸。

　　她按着自己的胸口，有一点不相信，但还是满怀期望向门边冲去，她的脚步很匆忙，甚至带一点小跑。

　　果然是他，他正在门口对她微笑，脸色平静，略略有点疲惫："对不起，我来晚了。临时来了一台手术，比我想象得复杂，所以耽误了。很抱歉。"

　　他没有对她的白发表示惊奇，只是亲切地看着她，淡淡地笑着，就像他们昨天还见过面，就像他们分开的不是二十年，而是两天。这反而使她的心里有些吃惊。

　　她笑着问："手术还顺利吧？"

　　"不算顺利。越是想快点做完，就越是出些意想不到的问题。"

　　他再一次笑着表示歉意："我不是故意要让你久等的。"他的目光落在她床头的花篮上，然后看着她，似乎在问：喜欢吗？

170

她也看看花篮，然后凝视着他，目光似乎也做了回答：喜欢，只可惜太晚了。

他说："我昨天去看了你的画展。"

她很吃惊。

"不谈谈看法？"她笑着问，给他倒了一杯水。

他喝了一口水，说："我是外行，对绘画没有发言权。"

她看着他的白衬衣——他还是习惯穿白衬衣。不过他的裤子是灰色的，西装也是灰色的。这样的搭配使他看起来很沉稳、很含蓄。

他避开她的目光，问："肚子饿了吧？我请你吃晚饭。"

她点点头，披上紫红色的披肩，挽上同色的手袋，在镜子里照了一下自己的白发。

他在一旁默默地看着她。她感到了他的目光，于是侧过头，笑着问他："你想不到我都这么老了吧？"

他笑笑，说："已经在电视里见过你了，所以不吃惊。"

"不吃惊我的老？"她不甘地反问。

"是美。尤其是你的白发。是染的吧？"他淡淡地笑着，眼神有些闪亮。"你怎么知道？""你忘了我们都是学医的？你这个年龄的女人，头发好像不应该白成这样子，再说染过的白发和天然的白发光泽度不一样。"

她笑了，解释道："没办法，白发太多了。我喜欢纯色。与其将白的染黑，还不如将黑的染白。反正是老了，也配得上。"

他笑了笑，未置可否。这让她有些底气不足，她决定往下尽量保持缄默和微笑，让他来挑起话题。她不能总在他这里丧失说话的主动权，或者说是决定权。她都四十六岁了，不能像个小女孩一样对自己的状态失去把握。

走出酒店大门，他对她说："你等一下我。"然后向酒店的车库走去。

她明白他是去取他的车。她笑了笑，心想，他的确应该拥有一辆很好的车。

车开过来了，白色的福特。的确是好车，起码比她的好。

他按下车窗，像绅士一样，给她打开右边的车门。她微弯着身子，很优雅地坐在他的旁边。她本来想问问去哪里，还是忍住了。她对这个城市曾经是那样熟悉，心里一直暗藏着某种怀旧。不管去哪里，她的心情都会掀起某种微澜，毕竟她现在是和他在一起，他们曾经深深地爱过，是彼此的初恋。她双眼有些潮湿地看着城市里越来越多的新兴建筑，辉煌的灯火一路闪耀着，显出了这座城市的迷人与鬼魅。

她没想到他把车开到了他们的母校门口。

母校的变化还不算太大，只是新增了些建筑，老楼也翻修过了，显得比过去要漂亮许多。她想，他总不至于把自己带到学校的小餐店里去吃饭吧。她决定不问，她要保持一种镇定自如、随遇而安的气度。

他把她带到了校内的一个小西餐厅。她坐下后，透过落地窗看着外面的夜景。路灯把橘色的光线洒在一棵巨大的香樟树上，一小排桂花隐藏在樟树的阴影里，暗香浮动。她有些失神地看着，总觉着有种似曾相识的感觉。

他为她要了红酒，要了牛排、甜点和水果沙拉。他自己也点了一份烤鳗鱼、牛柳和甜点。他还是不脱离这个城市里的人特有的洋味。

他们一起举了举杯，喝了一口红酒。然后，他看着她，说："我犯了一个错误。"

她以为他要跟她道歉，或者表示后悔。

可是，他却接着说："我当初不应该和你……"他犹豫了一下，说，"在一起。"她估计他说的是，不应该和她相爱。

她微笑着，努力做出一种深藏不露的样子，看他准备把话怎么往下说。

他顿了一顿，带着点迟疑，又带着点期待地看着她，说："你还记得这里吧？"

她摇摇头。她看到他脸上浮现出一丝失望的神情，心里竟有一种说不出的感觉。她不由又打量了一下四周，突然记起来了，这里就是他们曾经来过的小教室。

他们第一次做爱就是在这里。那是一个初春的夜晚，玉兰花已开过，空气中还散着余香，他们在草坪上坐得太晚，聊得太久，她发现回不去了——通往女生宿舍的小门已经锁了，管理员过了十二点就不肯再放迟归的女生回宿舍。她只好继续和他聊下去。夜渐渐深了，草坪上有了寒意，他注意到她缩起的肩膀，伸手搂住了她。可她还是冷，他把她搂得更紧，说："要不，我们去小教室里聊吧。"

她疑惑地说："这么晚了，小教室还没锁上吗？"

他说："我去试试看，兴许能把它弄开。"

于是，她跟着他，穿过教室前的走廊，一直来到小教室门口。门真的锁了，他拧了拧，又用手去推窗户，挨个儿地推过去，终于找到了一小扇未关严的，他把它推开，一跃身跳了进去，然后从里面把门打开。

他们锁好门窗，在里面紧紧拥抱。她的心里没有恐惧，倒有一些新奇。她想，今晚他一定会提出要她了，如果他提出，她就给他——她是学医的，这样的给意味着什么，她当然清楚。他们亲吻了很久，有几次他浑身发抖地抱住了她。她知道，他快要撑不住了，因为她也快撑不住了。果然，他终于还是没有忍住。当他进入时，她疼得叫了起来，所幸的是，也许因为紧张，他很快就结束了。他下意识地抬起膝盖，用裤腿帮她擦拭，借着外面射进来的昏暗的光，他看到了暗红的血迹——他那天穿的是白色牛仔裤。

她也看到了。她在夜光下静静地看着他。

突然，他紧紧地抱住了她。这一切都是在他意料中的，但他还是感激地抱住了她。他说："我会永远爱你！我要娶你做我的妻子。"

那个年代，这不仅仅是一句誓言，这是一个郑重的承诺。

她的脸红了，说："我记起来了，这里原来是小教室。"

"你说对了，现在它变成了西餐厅，原来的走廊变成了现在的酒廊。"

她的心情波动起来，有一点激动。他把她带到这里来，说明他并没有忘记发生在他们之间的一切。她原以为，他们分手，只有她会感到痛苦，会深深铭记他对自己的伤害。原来他也是在意的，最起码他还记得他们最初的日子，并把她带到这里来唤醒她的记忆。

她有些感动，也有些难过。她问："你现在在为当初的行为后悔吗？"

"我是为当时所发的誓言后悔。一个不遵守自己诺言的人是可耻的，如果知道无法兑现，就不应该发誓。"

"我不明白你指的是什么。"她说。她其实记得他的誓言。

他说："那就不要明白吧。不明白比明白好。"

她看着他，突然有些伤感。她说："你还是那么年轻。"

他笑道："那是假象。肌体已经开始衰老了，我是医生，我尊重事实。"

她固执地说："你比我小。"

"就小一岁。算不了什么。"

"不，小一岁两个月。"

他的眼神柔和起来，他说："我是个庸俗的人，而你，是个高

174

雅的人。"

她同意道："一个不懂得欣赏女友艺术才华的男人，的确是一个庸俗的人。"她想起他说过她搞艺术会没有前途的话，嘴角禁不住牵起了一丝笑——她现在不仅是蜚声中外的画家，还是这个城市的荣誉市民、母校的客座教授。

他辩解道："不是不懂得欣赏，而是另有原因。"他顿了顿，叹了口气，"再说，谁也不能预知将来。"

她倔强地说："我能，我知道我会有今天。我也知道，你今天会成为一位有名的外科专家。在你对尸体的解剖表现出极度狂热时，我就预知到了你的今天。"

他显出一种无可奈何的样子。他说："我后来才知道，医学也是一门艺术，是一种境界更高的艺术。我们的选择其实并不矛盾。"

她怔住了。

"你的意思是说，你的选择比我的更高级？"她有些生气地问。

"艺术没有高级与低级之分，只有境界之分。一个庸医永远也不明白医学的艺术性在哪里。医学中所谓手到病除，其实充满了医生化无形于有形的想象力，对疾病的判断和控制就得像先进的隐形战机一样，要对目标有极为精准的捕捉力和打击力。而一个外科医生每一次趋于完美的手术，就是一次艺术创造。"

她吃惊地看着他："看来，我做医生的话，只能是一名庸医。"

"也许吧。可你做画家就不同了，要想取得任何一门艺术的成功，除了天赋外，最关键的是得有兴趣。"

她举起手里的酒杯冲他扬了扬，说："为我们不同的艺术追求干杯！"说完，她一仰脖子，一口喝干了红酒。

他说："不，为我们隔了二十年的重逢干杯！"他也喝干了杯里的酒。

晚饭吃得不快不慢，饭后，他又点了咖啡和红茶。

她笑着说："看来我今天晚上要失眠了。"

他说："如果仅仅是因为咖啡和茶，我想应该不会。"

她突然不知该如何接话了。和他在一起，她发现自己还是无法把握话语的主动权。于是她开始微笑着保持沉默。她知道从心理学上讲，沉默有两种作用，一种是建设性的沉默，一种是破坏性的沉默。她现在要的是后者。后者会让人产生紧张和慌乱，她要靠这种效果来将对方的优势击溃。

但是他并没有产生紧张和慌乱，他只是以为她不喜欢这样的谈话，于是迅速地改换了话题。

他问："这些年，你过得还好吗？"

她笑道："只能说不坏。你呢？"她反问，把球抛给了对方。她不明白，这么多年了，她心里为什么还在暗暗地跟他较着劲。

他说："你指的是哪方面，事业还是婚姻？"

"两方面都指。当然你可以选择性地回答。"

他坦诚地说："事业还算不错。婚姻就谈不上了，我离婚了。"

她吃惊地问："什么时候？"

"十年前。你还记得十年前你约我见面的事吧？那次也像今天这样，我去你入住的酒店看你，但是你有事离开了。我们没能碰上。那时，我刚离婚不久，正是十分想念你的时候。"他笑了，伸出一只手，隔着咖啡和红茶在她的手背上轻轻地抚了抚。

她不相信地问："这十年，你一直没有再婚？"

他点点头："当时，我在报上看到关于你的消息，有一些是关于你的家庭生活的。知道你和我一样，也离婚了，我还侥幸地想，说不定我们还可以重新在一起呢。"他再次笑笑，露出一口白牙，

"不过，你那时已经是名人，恐怕也看不上我了，何况，我伤过你的心。果然，那次你连见我的时间都安排不过来，我就说服自己放弃了这个异想天开的想法。"

她内心的震惊使她的手指发凉。她掩饰地端起桌上的热咖啡，将冰凉的双手合围在热杯子上。这一刻，她感到了噬心的痛与悔。原来，他像她一样，没有忘掉他们曾经的爱，是的，刻骨铭心的却又被他们那样轻易放弃的爱——这就是年轻的代价。但很快，她就释然了。她想她当时所以会回避他，正是因为自卑和羞愧。那时她被肥胖和臃肿折磨着，为自己下垂的胸部和腹部的赘肉感到羞耻；还有小腹上的伤痕，那是生育的见证，是和另外一个男人之间亲密行为的见证。

就算他愿意，她也没有勇气向他展示这些身体的隐秘。

她问："你有小孩吗？"

他点点头："有一个女儿，读高中了，和她妈妈生活在一起。我每周去看她一次。"

她"哦"了一声，想起他是比她先结婚的，孩子应该比她的大。她的儿子也上初中了，是一个大孩子了，和她的关系还算亲密。

他的眼神询问地看着她。她知道他想问什么。

她淡淡地说："我的儿子也读初中了。他平常住在学校里，有时回家和我住，有时也去他父亲那里。"

"你又结婚了吗？"他试探地问。

她笑笑，没作回答。她不想就这个话题再谈下去了。

晚饭后，他开车送她回酒店。她一路上想，像他这种有身份有地位的男人，应该不缺女人吧（而且绝不是像她这样的老女人）。不结婚，也许只是他不想结婚。

快到酒店门口时，他把她从恍惚中唤醒过来。他问她："你这次画展要举办多久？"

"还有两周。"她答。

"我可以来看你吗？"他问。

"当然，我没事时你都可以来。"她大方地笑着说。

他也冲她笑笑，幽默道："那我就把手术以外的所有时间都用于在酒店门口守候吧！"

他给她开了车门，目送她走进酒店的大门。她像年轻女人一样扬着头，伸直脖子，然后冲他回眸一笑，优雅地挥了挥手。紫红色的披肩垂下来，在夜晚的灯光照射下，就像落在她肩头的一片华丽云彩。微鬈的白发开在她的头顶，像一朵耀眼的雪绒花。他笑笑，也冲她扬一扬手，然后钻进白色的福特中。

夜里，她真的失眠了。

她躺在酒店的床上，翻来覆去。他送来的玫瑰花篮就在她的床头飘香，那香味挥之不去。让她颇有些不习惯，她不习惯睡在花香里。

晚上喝的红酒使她的身体微微发热，咖啡和红茶也让她的精神比平常兴奋。她知道失眠对她这个年龄的人很不好，可她就是没有办法入睡。她想起他说的十年前的那次相约，如果他说的是真的，那么她因为一个念头，和他之间就错过了十年。十年啊，除了衰老，她还剩下什么？

想到这里，她的腹部竟一阵痉挛，随后就出现了一种隐痛，痛点似乎在子宫内。这种隐痛以前也出现过，但大都是例假前后——她还没有绝经，这是好事，说明她还没有衰老得失去性别。可是，现在不应该是例假前后。她怀疑这样的腹痛与更年期有关，里面的某些器官老化了，开始闹罢工了。她知道，它们迟早得退休，一个个轮着来，先是卵巢，再是子宫，然后是其他的附件。最后，就不知轮到身体的哪部分——胃、肠、心、肺或者肝。那时，人生也就接近尾声了。

她明白，一个人的身体不会莫名其妙地出现不适和紧张。如果不是病毒与细菌的侵扰或其引发的器质性病变，身体的疼痛只能与人的精神状态有关。劳累、心情紧张、情绪压抑或极度兴奋，都会引发身体的不适，疼痛或者痉挛。

她想，一定是晚上和他一起出去喝了酒的缘故。

她在腹部的疼痛中回想着他们的这次相聚。他见到她时的平静，也许是男人到了中年后的稳健与沉着，也许是他根本就不那么在乎她，至少不像她对他那么在乎。尽管席间他提到了十年前的那次相约，提到了他想和她重修旧好的想法，可谁知那是不是临场发挥的一句玩笑话呢？他对她并没有表示过多的热情，甚至连手都没和她握一下，更别说拥抱她，像老朋友那样的拥抱。他们不像一对曾经的恋人，他是多么吝啬他的感情。他来看她，请她吃饭，也许只是出于礼节，也许仅仅是表达一种怀旧。

那么，玫瑰花篮呢？自始至终，他都没提过那个花篮，好像它本来就在她的床头，与他毫无关系。他还是那么深沉，不可捉摸；还是那么让她不知所措，心系情牵。

她在懊恼中感受着下腹传来的疼痛。疼痛就在她的子宫里，在她那隐秘的深处。那深处，他曾经到达过，他是第一个到达它的爱神使者，有过友好的造访与快乐的馈赠。现在，它在疼痛，而他不知道。它的存在与他毫不相关了。想到这里，她的心也开始痛起来。她想，时光是个多么可怕的东西，它让人最终消弭了一切激情与幻想，心平气和地接受了岁月赋予的一切。它看起来那么无声无息、无色无味、无轻无重，可它却像秋风掠过原野，了无痕迹，令万物凋零。

人最终会向时光达成妥协，放弃一切欲望与诉求。

就像一次长途旅行，路途已过半，她不想再刻意改变自己的行程，只能顺其自然，把一切都交给时光去安排。他可能也是吧？那些还想刻意改变的人，大约是对权力和欲望不肯松手的人。其实这样的人，到了死，也还是不肯松手的。只可惜，他们没法不松手。

她在失眠中挣扎着。疼痛没有减轻，也没有加重。她只好就这样躺着，在黑暗里闻着他送给她的玫瑰花香。有那么一刻，她很冲动，想起来给他打个电话，假装问他到家了没有，然后顺便告诉他她的疼痛与不适——他是有名的外科专家，一定能比她做出更准确的判断。可她很快又克制了自己，这样显得她多不稳重！难道她要告诉他，她的子宫很痛吗？

她在心里暗自嘲笑自己的荒唐，终于在苦恼与疼痛中睡了。一种很不安稳的睡眠，时断时续，时睡时醒，还有支离破碎的梦，时光在她的梦里乱成一团，过去与现在出现重叠与交错，一会儿是二十年前的事，一会儿是眼前的人。明明觉得他和她一起坐在二十年前的教室里读书，看见的却又是他人到中年的样子。

天亮时，她从床上艰难地爬起来，发现自己的腰酸得厉害。走到镜子前一照，她的脸色有些发青，眼睑浮肿着，嘴角起了皱，镜子里呈现的是一副老态。这让她的心情十分沮丧。

她走进浴室，洗了个热水澡，稍稍缓解了身体的酸痛与疲劳。她洗了脸，坐在梳妆镜前给自己涂上润肤霜、眼霜、颈霜，这些一样都不可少，否则，时光在她身上行走的速度会更快。

她的脸色有点泛青，眼睑也有些浮肿，一头银丝似乎没有昨天那么有光泽了。她选了淡粉色的唇膏，又把唇膏抹了一点在指尖，在眼睑上淡淡地涂了涂，眼睛立即亮多了，也有神采些了。她又用唇膏代替胭脂，轻轻地抹了一点在脸上。她又成了一个独具风采的女人。她的白发像一个无比华丽的道具，强烈地帮她渲染着这种特别的神韵和气质。

做完这些后，她接到画廊老板打来的电话，请她务必赶到画廊去，有两个法国收藏家看上了她的画，想跟她谈一谈。

再次接到他的电话，是他们见过面后的第三天。

他在电话里说，如果她不忙的话，他想来看看她。她马上就答应了，尽管她实际上有一点忙。那两个法国收藏家看上了她的几幅作品，想出高价买走它们；而其中有两幅，她已经答应过要赠送给这个城市的展览馆。她不想卖它们，但他们的态度很诚恳，于是她想请他们再看看她的其他作品。

她说："你过来吧，我等你。"她用的是一种亲近的语气，不是亲昵，毕竟她已不是年轻女人了。

他马上从她的语气中捕捉到了这种亲近。他说："你等我，我这就过来。"本来，如果他在医院里的话，只要他愿意，他就会有做不完的手术，没有夜晚，也没有双休日。没有人相信，他的生活中其实没有女人。几乎每一个到他身边来的女实习医生都会爱上他，但都会无可奈何地悄然离去。曾经有一个女实习医生悄悄地爱了他三年，三年中她拒绝了所有追求她的男人。为了等他，她把自己的青春都荒芜了。可她最后还是失望地离开了他，因为他说自己不喜欢找从医的女人做妻子。

他拒绝的理由竟是对方从医，而他当初和她分手的理由恰恰是她不肯从医。那么他的婚姻中到底发生了什么，以致他彻底改变了择偶的原则？

她当然不知道，也不可能知道。她知道的是，他和他的妻子离婚了，那个女人也是一名外科医生，曾经就是他的助手。她的心又痛起来，难道他的婚姻中，她的影子一直存在？

他兴致勃勃地开着他的白色福特来了。

这一次，他换了一件米色的长袖衫，羊绒的。裤子是她喜欢的白，鞋子是白色的轻底耐克。他像一个白马王子一样走进她的房间，一眼就看见了放在她床头已经开始露出衰容的玫瑰花篮。

他问："为什么还不扔掉？"

她答道："还香着。"

他突然把手搭在她的双肩上，静静地看着她，有些动情地说："在我的心中，你永远都是一朵散发着香味的玫瑰，原谅我当初没有好好珍惜。"

她坦然地迎视着他，眼里慢慢升起了一团雾气。她说："太晚了，我已经老了，像它们。"她摆摆头，朝床头的玫瑰扬了扬下巴。

他说："可是还香着，不是吗？是你刚才说的。"他没有放开自己的手，但也没试图把她往怀里拉，她的白发太耀眼了，让他有些害怕。

她拿开了他放在自己肩头的手。她说："没有一朵花愿意面对自己的凋落，可它们还是得凋落。"

他说："可是我见过一朵花盛开的样子，它留给我的记忆永远美丽。"

他决定带她去看海。初恋时，他们曾经从市里的港口出发，去离城市不远的入海口看海。其实，那里的海水是浑浊的，与普通的江水无异，根本就没有大海应有的湛蓝；可那时他们年轻，对什么都兴致勃勃，即使是一片浑浊的海水。

他今天准备把车开远一些，开到能看见真正的海水的地方，开到能看见湛蓝的海水的地方。她没问他要去哪里。一路上，他的手指灵巧地控制着方向盘，就像准确地握着手术刀。她克制着想摸摸他手指的欲望，微微闭上了眼睛。她的腹部又开始痛了，她感到了子宫里的不适。是子宫，那里好像被他的存在触动了，它抽搐着，有一点尖锐的痛。

那痛终于真实起来，越来越剧烈，比那夜有过之无不及。

她想，她真的是到更年期了，这让她忽然就有些灰心。

他看她皱着眉不想说话的样子，猜想她是不是不愿意和他一起出去。

"你不想和我出来，是吗？"

她摇摇头，说："不，可能是没有休息好，身体有些痛。"

他马上想到她已是四十多岁的人了，过惯了养尊处优的日子，肯定不习惯路途中的颠簸了。

他说："那我们回去吧，本来，我想带你去看看海。"

她说："去吧，没关系的，我也想去看海。"其实她不想看海。海有什么可看的呢，她坐在自己的房间里天天都看，有时，长时间地盯着海面，都让她产生了一过性目盲。

他突然想起来了，她是生活在一个沿海城市的。海对她而言，其实没什么特别。可那是她的海，不是他们的海。他们的海记录着他们曾经有过的青春岁月，有过的恋情。

车子的颠簸加重了她腹部的疼痛。他注意到了她的痛苦，没有一个病人的痛苦能瞒得过医生的眼睛。他放慢了车速，紧张地问："你是哪里疼痛吧？"

她睁开眼，有些无奈地说："腹痛。有些年了，最近突然加重，可能是老了。"她笑笑，补充道，"更年期。"

他明白了，一定是她子宫里的事。女人到了这个年纪，子宫里多多少少会有点事。他说："不要紧吧？如果是经常的，就得去医院检查一下，做一下B超。"

她摇摇头，表示没事；但心里也有了一点紧张，是得去做个B超，万一里面长了瘤子，就麻烦了。良性的肌瘤还好，但太大了也得切除，恶性的腺肌瘤还会危及生命。她好歹也读了五年医科，有时也不能太相信感觉，还得相信仪器。

他有点不放心她了，突然问："你是不是在来例假？"

这直接的问话让她吃了一惊，想到他是医生，也就理解了，在医生的嘴里，没有什么身体状况是不能问的，这关系到对疾病的诊断。

她摇摇头，坦然地说："没多久前才来过。"

他松了口气，眉却皱了起来。"如果是这样，那你这痛就不能忽视。"他认真地说。

他把车停在路边上，那里有一棵大树。他想让她去那里坐坐，歇一会儿。他的车厢里随时都放着一个急救药箱，那里面有器械也有药品。万一她特别不舒服，它们可以临时救救急。

他有点后悔开车出来。他们离城市已经很远了，离他们要去的海边也还有一段距离。他想，她千万不要有什么事。

她不想下车，想就在车里躺一会儿。他把她扶到了车后座，让她在后座上躺下。出于职业习惯，他摸了摸她的手，又摸了摸她的额头，手和额头都很凉，他判断她里面的痛是器官的问题。

他说："回去后，随我到医院去检查一下吧。"

她说："没事的，我也当过医生。"

他笑了，幽默地说："你只是庸医，我才是名医。名医也不一定能给自己看病。"

她也笑起来，说："那你就给我看看吧。"

他真的跑到尾厢拿来了他的急救药箱。

她笑着说："就你这些玩意儿也能给我看病？不行不行，你那都是手术刀，我可不想在你面前流血！"

他愣住了，似乎想起了什么，把那些医疗器械重新放回了药箱。

他问："你还恨我吗？"

她不解地看着他，说："为什么？"

"恨我让你流了血。"他认真地看着她，一字一顿地道。

她明白了他的意思。她的脸有些发烧，这话让她有些难堪，毕竟这是属于他们两人间的隐私，是一个在心里藏了二十多年的隐私。现在，他就这么直接地道了出来，她一时不知该如何应对。

他捉住了她的手，把额头顶在她的手背上，说："原谅我。"

她沉默着。他终于向她认错了，终于请求她的宽恕了。可她却老了，他们之间，永远也不可能回到过去了，永远也不能经历青春的激越与壮美了。

她抽出手，把手放在他的头顶，他的板寸头里也有了白发。她轻轻地抚摸着他的头顶，内心里充满了伤悲。她想告诉他，十年前她看见了他，却让他生生地从自己的眼前消失了。她想说，她所以逃避他，是因为她爱他，她羞于见到他；她想说，她现在还在乎他，只是因为她老了，没有欲求了，她才敢坦然地面对他。

可她什么都没有说，只是让眼泪从眼角悄悄地滑落。

他伸手抚摸她的脸，把头埋进她的银发里。她感到了头发里的湿润，凉凉的，渗进她的头皮里。

她小声说："时光就像一把重锤，已经把我锤扁了。"

他说："把我也锤扁了。"

她说："回不到过去了，我老了。"

他说："我也老了。"

他吻她，吻她的脖子和白发。他说："你的白发真美，它使你看起来更年轻。"

她笑着说："是吗？可惜是染的。"

他说："那我也把它染白吧。"他指了指自己的板寸。

她把头靠在他的怀里，终于感到了渴望中的那种温情。

回去的路上，也许因为获得了那久违的温情，她的腹痛减轻了一些。他发现她的眼神又像年轻时一样明亮了，那光亮里甚至透出了一种小姑娘般的调皮和快乐。他也觉得很幸福，也有一种年轻起来的感觉。

但是，他心里仍然惦记着她的腹痛。车一回市区，他就坚持要先送她去医院。她却不肯了，她说，我还是回家后再看吧，这种小毛病，到了这个年龄，多少都会有一点的。我想先回酒店，也许休息一下就好了。

他拗不过她，只好送她回酒店。

其实，对要不要看医生，她心里是犹豫的。她不想去医院，只是不想他在场。在她看来，所有的妇科检查都是让人尴尬的，不管是检者还是被检者，旁观者还是当事人。一个女性把身体像物体一样摆在那里，把一些完全属于隐私的部位赤裸裸地呈现出来，只是为了让观看的人从中寻找毛病，不管这行为本身有多么严肃，都无法掩盖它那形式的滑稽。她想到如果她把自己的身体（有些部位极有可能是裸露的）摆在一个陌生人面前，而他却在门外焦虑不安地等候着她从里面出来，期待着她告诉他检查的结果，这的确是件让她感到难堪的事。

回到酒店，有一家报纸的记者已在等她，说是要采访。她让他在酒店的房间里先坐一会儿，自己跟着记者去了大堂酒吧。

她离开时，对他笑着，但笑容勉强，似乎隐忍着再次发作的腹痛。他本想就此告别，可凭着医生的敏锐，他觉得她的身体一定出了问题。这么离开他不放心。就这样，在她走后不久，他心情忐忑地在房间转来转去，意外地在她的床头发现了一件熟悉的东西。

他下意识地把它拿起来，小心地触摸着，那是一个长长的圆筒形金属盒，在灯光下泛着黑黑的、冷冷的光，透着岁月的沉厚光泽，也显出质地的精良——这是他父亲装过黑管的盒子。

他的眼睛忽然有些湿润。他记起他们恋爱时，他曾带她去他家见他的母亲，她在他家里一眼就发现了这个黑管盒，这个盒子像一根黑色的魔术棒，全身透着一种神秘的华贵气息。她随便按了下盒子中段的一个键，它就打开了，里面却什么也没有，空的。她好奇地问他：“这是装什么的？”

他说：“这是我父亲的黑管盒。他50年代出国演出时在苏联买的。”

“黑管呢？”

“砸了。那根木质的单簧管，早在十几年前就被人砸了，就剩下这个盒子。”他想起他的父亲。父亲死时，他还是一个不到十岁的孩子。父亲是搞音乐的，在市交响乐团工作，是当时享誉国内乐坛的小号手。父亲喜欢乐器，尤其迷恋西洋乐器。由于经常外出演出，父亲购买收藏的乐器很多，这支黑管是他最钟爱的。“文革”大抄家时，一群中学生冲进家里，当着父亲的面将它砸成了几段。就为抢这个黑管，父亲不惜和那些学生们打了起来。当然，他最后不仅没能保住黑管，还受到了重罚：挨了打，还被关押了几天。父亲回来后就病了，他和母亲想把父亲送进医院，可医院根本就不收父亲这样的“黑帮分子”。父亲的病很快加重，他心里的绝望和痛苦却比病痛更摧残他。父亲似乎已经打定了主意，无论他和母亲怎么哭求，父亲都拒绝吃药和打针。到后来父亲什么也吃不下，不久就去世了。父亲死前，紧紧地拉着他的手说：“你长大后，千万不要搞艺术……”他后来一直想，父亲的外伤并不重，他是下了死的决心的；否则一个正当壮年的人，不会死得那么快。他不明白自己后来对医学的执着，对艺术的抗拒，是不是都与父亲的临终嘱咐有关。或者，就是从那天起，他的心里埋下了一个念头，一辈子远离艺术，远离父亲式的悲剧。

他并没有把这些过去告诉她。他只说：“你喜欢吗？喜欢就送给你。”

她点点头，表情有些怔怔的，也没有往下追问。她只说：“我可以用它来装画。”

她带走了它。他后来也曾见过她把自己的画作卷好，装在里面。他想，这个主意倒不错，起码可以保护那些画作不被折坏。

想不到过了二十年，她还带着这个黑管盒。他被深深地感动了，虽然他伤害了她，可她仍然珍藏着他们共同的往昔。

他小心地打开那个黑管盒，里面果然卧着一幅卷好的画。他取出来，缓缓地展开。先是脚、足踝、小腿，无疑是年轻女人的，完好的弧线、凝脂似的肌肤；然后，是膝盖、大腿、平展的小腹、纤细的腰；再然后，是丰满挺拔的胸——他的手停住了，已经有了预感，这个青春逼人、美艳无比的裸体女人，是她！仿佛为了验证自己的猜测，他的心竟突突跳起来：怦怦，怦怦怦！他不得不缩回一只手，抚了抚自己的胸口，画"嗖"地卷了回去。他愣了一会儿，再次展开。害怕似的，一下就展开到头部处。

他震住了！是她，没错。但青春的躯体上，却是一颗顶着白发的头颅！头部的油彩一看就是新加上去的，整个脸部完全是她今天的样子。

他看了看画的落款处，题名《青春》，时间是"一九八五·中秋"。这个时间，正是他们分手后，她决然从这个城市消失之时。再看上面新补上去的落款，却是"二〇〇五·暮春"，题名《岁月》。这个时间，正是眼前他们重逢之时。

他的心好像被钝器击了一下，顿时感到某种说不出的沉痛。如此强烈的对比，她要表达的是什么呢？是一个女人对青春的缅怀，对岁月的无奈？他本能地觉得，这幅藏在他父亲黑管盒里的画，绝不仅仅是为了表达这样的感时伤怀！这多么像他们的爱情，无论他如何努力想抓紧，也将无法弥补那失去的二十年。

他重新把画放好，坐在房间里等她回来。他决定，接下来无论怎样，他也要带她去看医生——如果她的身体出了什么毛病，他将如何弥补？好不容易重新把她从岁月里找回来，他不想再有任何闪失，让自己一不小心又把她弄丢了。

她接受完采访回到房间，他已经在帮她收拾东西了。她显然吃了一惊，不明白他要干什么。他不由分说拉起了她的手，说："走，跟我去医院！"

他的语气既温柔又专横，她的心悸动了一下，就跟他走了。

她的手术是他亲自给做的。经过检查，她患了子宫肌瘤，肿瘤比较大，他建议她做子宫切除。

她犹豫着，要不要放弃自己的子宫。这个从小跟随她一起长大的器官，这个为她带来了女人的温情与抚慰的器官，难道从此就要和她永别了吗？没有了这个器官，她还算女人吗？她刚刚从他那里找回来的温情还有什么意义呢？

她犹豫着，对那个自己看不见也摸不着却时时能感到它存在的器官，那个至关重要的女性的器官，犹豫着。

他说："如果你害怕，手术我亲自来做。"

她不是害怕，她是舍不得。对他要求的亲自做手术她也充满了犹豫。他亲自做手术，就意味着她在他面前苦苦掩藏了二十年的身体隐秘将暴露无遗。她的老、她的松弛，他将一览无余，这对她来说，简直太痛苦，太羞耻了！

她摇摇头。

他以为她不想做手术，是怕他以后会嫌弃她。"我不在乎你有没有子宫，我只在乎有没有你，我再也不想失去你了。"他深情地看着她说。

他的眼神似乎直击她的身体深处，她立即感受到了子宫的抽搐。她想，它是多么敏感，它对他的一切是多么敏感！可她现在却要失去它了，他要亲手帮她除掉它！除掉它对他的敏感，除掉它对他的温情，除掉它对他的渴望，以及想念与追忆。

她的眼里含满了泪。她可怜巴巴地看着他，说："不除掉它不行吗？"她用的是"除掉"，她觉得他就是想要除掉它，就像除掉他的情敌。

他说："只切除子宫，把附件保留下来，你还是完整的女人，还有正常的内分泌。"

她同意了。可她还是对他亲自做手术顾虑重重。她说："我不想让你给我做手术。我不想。"

他以为她担心他下不了手，就说："不想让我做也行，那我在旁边看护你。"

"不！"她突然大声叫道，"我就是不想让你看见它！"

他莫名其妙，问："看见谁？你的子宫？"

她迟疑了一下，说："不想让你看见我的身体，它太老了，太丑了！"

他明白了。他难过地说："我还以为你会和我结婚呢，可你却怕我看见你的身体。"

她说："你会失望的，它已经不是你最初见到的样子了。"

他想起她装在黑管盒里的那幅画，心像被手术刀划了一下，闪过一阵锐利的痛。

他温和地说："我不失望，难道我不知道它已经不是最初的样子？我是一个外科医生，天天与人的身体打交道，完全清楚你的身体现在是什么样子。即使你不让我看，我也可以清楚地想见它的样子。别傻了，让我给你做吧！"他握住她的手，把它轻轻地贴在自己的下巴上，看着她说，"不管你的身体变成什么样了，我都爱你！我对你的爱情与你的子宫无关。"

她伏进他的怀里，像年轻时那样哭了。她想说，他和她的子宫是有关的，它是能感受到他的存在的，因为他在她身边时它会战栗。她知道它的战栗，就像她知道它的疼痛。

她说："那就做吧，它有多么爱你，可你却要亲手除掉它！"她笑着，眼里含着泪。

他抱了抱她，说："别担心，采用阴式子宫切除术，腹部上不会留下疤痕的。"

他不知道她的腹部上已经留有疤痕了。

手术时，她在麻药的作用下睡着了。看到她的身体，他还是稍稍吃了一惊：她的腹部微微地隆起着，因为脂肪的原因，皮肤已明显地出现松弛，脐下有一道纵向的疤痕，伤口的缝合显然有些粗糙、匆忙和马虎，不像是一个高明的医生留下的。他以一个外科专家挑剔的眼光看着，一个念头突然在他脑子里转了一下；与此同时，她的那幅带给他强烈震撼的画也在他眼前浮现。他于是做了个决定，他想，他应该把另一个手术也给她一块儿做了。

经过复杂的手术程序，他终于从她的阴道内取出了她的子宫，帮她切除了那个生了瘤子的宫囊。随后，他就开始了另外一个手术。做这个手术时，他做得格外精心和仔细。

手术结束后，他满意地端详着，无疑，这个手术比前一个手术更臻于完美。他知道她是一个完美主义者，艺术的，也是身体的。而他，同样是一个完美主义者，手术的，甚至，也是艺术的。

当她从术后的麻醉中醒来时，他关切地问她有没有不舒服。她说没什么，就是腹部略有些疼痛。他笑笑，没说什么。她疑惑地看着他，问，你做了腹切？是不是阴式切除没有成功？他不置可否，笑着说，你慢慢休养吧！过几天再给你拆线。

她痊愈得很快。他的手术做得那样完美，就像他从未将她身体的一部分取走过。他亲自在病房里照顾她，像丈夫一样帮她擦洗身体，而且没有任何尴尬与不适。

出院后，她感到自己走路的姿势轻盈了许多。奇怪的是，子宫切除后，她的腰竟细了很多，又像年轻时一样苗条了。看来那个家伙还不小，幸亏让他切除了，她想。她从镜子里端详着自己的腹部，那条旧的伤痕不见了，而代之以一道新的伤口，肉线似的，伤口的缝合细密、严整，不仔细看，几乎看不出来。她在内心里感叹，他真是一个无与伦比的外科专家。

她猜他是阴式切除术不成功，于是打开了那条旧伤痕，从腹部取出她的子宫后，又以他高明的技术进行了重新缝合，让她的身体回到了他从前熟悉的那个样子。

他建议她搬到这个城市来，把荣誉市民的身份变成真正的市民。她同意了，准备和他结婚。她没有理由不和他结婚，他已经见过她身体的隐秘了，不仅如此，还见到了她自己永远都不可能见到的其他组织。

他比她还要熟悉她自己。

她回了一趟自己所在的城市，办理好户口迁移手续。她去儿子的学校看望他，并告诉他自己打算结婚的事。

儿子对她的再婚没说什么，他已经长大了，能理解母亲的选择。

结婚那天，他问她的身体恢复得行不行，他可不可以要她。

她点点头，知道他完全了解她的身体，这么问，仅仅是出于对她的尊重与谨慎。

当他脱掉她的衣服时，她感到了二十多年前的害羞。她说："把灯关了吧！"

他说："最好别关，让我好好看看你的身体。"他看着她像少女一样扁平的腹部和苗条的腰身，赞叹地说，"你看起来真年轻！"

她有些不好意思地说："别恭维我了，我知道自己老了。"

她并不老，老只在她的心里。她的皮肤依然有弹性和光泽，双乳也还丰满，因为多年的健身，乳房要显得比她本来的年龄年轻。他轻轻抚摸着，好像她是他生命中失而复得的一个部分，必须加倍爱护和珍惜。她就像一块宝贵的璞玉，他是在失去后，才日胜一日地体会出她的价值，体会出对她的爱与不舍，体会出内心的痛惜的。现在，他终于又拥有了她，虽然经历了漫长的时光的错失，但他终于又拥有了她！他如获至宝地搂着她，小心地进了她的身体，在半沉醉半清醒中和她完成了一件搁置了二十年的工作。

她闭着眼睛，努力地感受着他，由于失去了那个亲密的器官，她的快感明显地弱了一些，那种痉挛的感觉在达到她的深处时，就突然落了下去，像一段中断了的电流，并没有流向她期待的脚尖。但是，她还是感到很幸福。

事后，他温情地抚着她腹部那条细线似的伤口，附在她耳边小声地说："其实，那次阴式切除手术很成功，你腹部的伤口，是我做另一个手术留下的。"

"另一个手术？"她惊讶地从床上坐起。

他搂住她，看着她的眼睛，说："手术前几天，我看到了你的一幅画，躺在一个熟悉的黑管盒里。"他停住，想看看她的反应。

她默默地看着他，不说话。

他的眼眶湿润了。"原谅我。"他说，"我太傻了，都因为我，让你吃了这么多苦。"

她终于听到他面对面说出他的内疚和忏悔了，但她却轻松不起来，她的心突然颤抖了一下，让她觉出一丝尖锐的疼。

于是，她让自己竭力平静地回答："别说了，这些都过去了。"

他摇摇头，说："有些事在我心里永远不会过去。"

他的眼神隐含着无法言说的痛楚，但没等她再安慰他，他已转开了话题，缓缓道："你不想知道这个黑管盒的另一半故事吗？"

于是，他给她讲了父亲的死，还有，父亲临终前的嘱咐。

他说："你现在理解我当初为什么坚决反对你搞艺术了吧？"

她点点头，轻轻地靠进他的怀里。

他说："给你做手术的时候，我看到你的身体，便想起了你放在黑管盒里的那幅画。这幅画对我的震撼太大了，你年轻的身体、你的青春，你表达的是岁月对一个女人的美的摧残……还有，我和你曾经拥有过的美。我知道，对你的伤害中有我的一份罪……"

他说不下去了，埋下了脑袋。她有点不知所措地摩挲了一下他的头发，他又抬起头来，避开她的目光，说："所以……我就自作主张地给你做了另外一个手术：腹部整形。去了脂，切除了多余的皮下组织，进行重新缝合。你，不会怪我吧？"

她愣住了。眼泪从她的眼里涌出来——因了这份完美，她与他错过了十年，整整十年啊！而这完美，于他，不过是一个不动声色的手术……

她泪流满面，内心里一时百感交集。

回　望

在我人生的很多年里，我一直以为贫穷是羞耻的。有一天，我发现比贫穷更让我感到羞耻的是衰老，是老而残疾的身体。再没有比活着，却指挥不动自己的身体更令人感到羞耻的事情了。

年轻的时候，我曾为自己有欲望的身体感到羞耻，因为不能找到一个可以释放这种欲望的容器。哦，请读者们原谅我，这里我并没有要羞辱亲爱的女性们的意思——我只是想说出当时的真实感觉。那种模糊的，并不针对某个具体个人的欲望，真的把我弄得很苦恼。那时我还没有恋爱，连女孩子的手都没有触摸过，对异性的感觉完全是空白。那种欲望，完全是一种青涩的本能，就像一朵花开过，又在凋谢之后结出的一枚青果，既有些莫名其妙，又那样天经地义。是的，我曾为它感到过羞耻。但是，那种羞耻与现在的羞耻有多么不同！

梅坚持每天为我洗两次澡，一次是早上，在我起床之后，她会毫不费劲地把我抱上轮椅，推进浴室，然后将包裹着我的那身衣服剥掉，把我像一个婴孩一样托起，放进水温合适的浴盆里。另一次是在晚上，在我临睡前，她会把我从书房里推出来，直接推进浴室里，像早上一样，给我脱去衣服，将我放进那个舒适无比的浴盆中。天啊，最初的时候，我简直不能面对这样的时刻：在一个尚还年轻的妇人面前，被脱得干干净净，光着又老又皱的身体，像一个小丑一样滑进浴盆中。盆里的水是那么清澈，它清楚地照见我皱缩的皮肤和身体，我坐在水里一动不动，看水波从我松垂的皮肤上荡漾开去，我身体下那团多余的东西却不知羞耻地感受着从温水里获得的舒服感。很快，一层丰富的带着甜美气息的泡沫从水面上泛开来，空气中传来一股好闻的浴液的香味。梅用她略有些粗糙的但却是绵软的手，掬起一捧热水，轻轻地浇在我的后背上；然后一只手从我的腋下伸过来，熟练地在我的前胸上搓揉，接着是后颈、背、腰。再然后是梅略带小心地轻声询问：那里，你是不是自己用手搓一下？头一次听梅这样说的时候，我真恨不能把自己的头埋进身子下的水里去——如果不是梅在身边看着，我是可以这样溺毙自己的。

我把右手伸向两腿间，用它搓洗自己的耻物，就是它，每天几次给我带来难堪和难以言说的羞耻。它完全违抗我的意志，总是在内里憋急了的情况下，把排泄物偷偷撒在床单上。这真是难为了梅——在梅的坚持下，床单最终还是换成了纸尿垫，梅又给我穿上了成人纸尿裤。这该死的东西，它本来应该兜在婴儿屁股上的，现在却被古怪地裹在一个曾经强壮到能够制造无数婴儿、目前已失去了刚健的屁股上。在一个不是母亲，不是妻子的女人面前，裹上这么个玩意儿，这真有些难堪。更要命的是，梅有时还要检查一下它们（它和它的伴侣），并适时给它换上新的。

梅起初为我做这些事时，我每次都会感到恐惧——一种末日的感觉笼罩着我，比死亡降临时还要让我感到害怕，我宁愿这就是死亡本身。羞耻、难堪、滑稽、出丑……这些感觉，对我而言，就是死亡。人的一生，总是会有一些为自己感到羞愧的时候：在某些重要场合说错话，被喜欢的人拒绝，在朋友们面前说了过于高调的话，一些暴露自己愚蠢的言谈与行为，等等。事后，人会有恨不能抽自己耳光的羞耻与懊恼——但都不是眼下这种时时缠绕我的耻感。是的，我每天要做的，就是克服自己的羞耻心。

所幸，我现在每天所要面对的，只是梅一个人。当一个人被脱光游街数次后，他的羞耻心就会转化成麻木，到最后，就成为一种安然——他得学会接受自己。除非一个人的尊严可以离开他的生命活在这个世界上。

我就是这么接受自己的。梅是个爱干净的女人，勤快、善良，这是所有过去缠绕在我身边的女人们所不具备的。现在，我能比较坦然地面对梅。有时，我会伸手拂开她垂下的一缕头发，并把它们妥帖地安置在梅的耳际后。这种时候，梅总是冲我温柔地笑笑，笑容里充溢着某种感动。

正是这个动作，断送了我和儿子们的友好关系。

那天是我生日，两个儿子没有忘记来陪我吃顿饭——我们一家人团聚在一起吃顿饭的机会越来越少了。这天，儿子们好不容易拖家带口地来了，我却让他们"丢了脸"——这是儿子们冲我发火时说的。我退休后，大儿子庄求是接管了思捷公司，小儿子庄求真则另谋发展，只要求获得思捷公司三分之一的股权。这真是解决了我的大麻烦——我不想看见儿子们为了老父亲的财产明争暗斗。最让我高兴的是，庄求真没让我失望，他进军地产界，据说在这个行业也有了些名头。

但是，就是这么难得的一餐饭，却被我搞砸了！本来，看到两个儿子、两个媳妇和两个孙子都在，我一高兴，口水就淌个不停——说起来真丢人，偏瘫后我就留下了这个坏习惯，一高兴就会流口水。这个该死的习惯要是给过去喜欢我的那些女人们看见，我就真是没脸活了。不过，梅不在乎，她早就习惯我的这副德性。只要看见我的口水淌下来，她会在第一时间掏出手帕为我擦拭。

我拂开她额前头发的念头，就是在这种情形下萌生的。老实说，梅虽然是个乡下女人，但她到底比我要年轻三十岁，长得也不算丑，按说我这个动作应该有些不端吧？但她只是平静地对我笑笑，没有现出一丝反感。相反，她眼里还流露出一丝欢喜和感激。

于是，我就常常为她拂头发了。

这天，梅为我擦拭口水时，她额前的一缕头发照例像往常一样垂下来，我忘了儿子们在场，右手一伸就将它们捋到了梅的耳后。庄求是当即把碗往桌上重重一顿，我立即就意识到他这个愤怒的动作是冲我来的。果然，从他冷冷的眼神里，我看到一个"为老不尊"的成语。我求助地望向我的大儿媳妇丁月影，可是丁月影的眼睛里也有一句无声的话：老爸的胃口啥时候变得这么差了？

是我的胃口变差了吗？要说，我内心还真是越来越喜欢身边这个叫梅的女人了。这种喜欢跟我以前对任何一个女人的喜欢都不一样，我是从儿子愤怒的眼神里看出这一点的。然后，小儿子庄求真也发话了，他对梅直呼其名道，你把我爸推到书房里去，我有话要和他说！梅是个敏感的女人，她肯定也感觉到了儿子们的敌意——她像犯了错误似的，把我推进唐默的书房里。庄求真跟上来，掩上了书房的门。

爸，您别犯糊涂，梅是个乡下女人！

我说，乡下女人怎么了？乡下女人就不是人吗？不过，我听到的可不是这句话，而是一阵夹带着愤怒兼委屈的呜噜声。

庄求真说，我知道您喜欢女人，您这辈子可没少喜欢过女人，可您也要看看梅是个什么样的女人。她只是我们给您请来的保姆，您怎么能喜欢她呢？您也不想想您的身份，想想我们的身份，您是想给我们丢脸吗？再说，现在人心复杂，您怎么知道她是不是对您，对咱家怀着什么不可告人的心思呢？

我说，我都这个样子了，还有资格喜欢女人吗？

可我听到的，仍然是一阵口齿不清的呜噜声。我口中这条该死的舌头啊，我居然连一条舌头都指挥不动了，还有什么比这更可悲的呢？

爸，要不，我们给您另请一个保姆吧，或者，给您请个男的？

放肆！我伸出那只能动的右手，用力地拍击在唐默的书桌上。这一击，连我自己都吃了一惊，我还有这么大的力气吗？以至于把一支钢笔都惊得从笔筒里跳了出来，这正是唐默的笔。这支派克笔还是我在二十年前送给她的，那一年我去美国做考察，顺便给她带回了这支镀金笔，没想到这支笔却成为她一生最看重的物品，远远胜过我送给她的那些珠宝首饰。看着这支兀自跑出来的笔，我不觉愣住了。就像是接受了唐默的提示似的，我抓起它就在一张纸上写道：你们要是敢给我换人，我就自杀！

庄求真看到这句话，用一副恨铁不成钢的眼神看着我，然后摇一摇头，摔上书房的门，出去了。等梅再来书房里推我时，饭厅里已经空无一人。满满一桌子饭菜，就像一个内容丰富，还没开始讲，就结束了的笑话，嘲弄地看着我和梅。我不知道儿子们对梅都说了些什么，反正，梅事后什么也没跟我说。一切都像以前一样，梅仍然留在我身边，尽心尽力地陪伴我、照顾我。那以后，儿子们就再也没有来过。他们对我不管不问，这大约就是鄙视的最高境界吧。

有时，我会在梅忙碌的某个瞬间，盯着她看上一阵。梅不能算是个漂亮的女人，她是那种放在人群中就会被淹没的普通女性。以前，我从不注意这样的女性，就像我从不注意唐默的文字——没能在唐默活着时理解她的思想，这成为我永远的遗憾。现在看来，唐默是个出类拔萃的女人。她一生在文字里出没，写下了那么多现代人并不感兴趣的文章。这些文章最终成书的，也为数不多，其中的几本，还是我掏钱请人出版的。尽管唐默并不情愿这样干，但最终也不得不无奈地接受这种事实：现代人更关注的，并不是思想，而是金钱。如果某种思想是有价值的，那也一定是它能够给人们带来更多的金钱。她死前无比留恋地看着我们的两个儿子，说，我没有什么能留给你们的，除了这些书，不像你们的父亲。她有些惭愧地看看我，然后有些艰难地转过头去，永远地闭上了眼睛——似乎羞于再看这个世界最后一眼。现在看来，应该感到羞愧的其实是我。比起唐默这一生对世界的认识，我算是白活了。

一个妻子，要在她死后，才能被自己的丈夫钟爱和欣赏，这真是一种不幸。我现在每在书房里多待一刻，内心的懊悔就更深一层。我懊悔自己没有在唐默活着时与她一起探讨人生，懊悔自己对她一生的漠视。以前，我瞧不起文学，总觉得那是些无病呻吟的东西。什么诗词文赋，都是些为赋新词强说愁的东西。它们能有真正的生活那么丰富和生动？一遇到打砸抢，所有的风花雪月全没了。唐默就忘了她因为两首诗和一篇文章就被拉去游街的事？所以"文革"一结束，我就投身到我的事业中去了。那时候，我只被一篇文章打动过，那就是《科学的春天》。当然，徐迟的《哥德巴赫猜想》我也看过，但我觉得那个只是作家笔下的"哥德巴赫猜想"。在我看来，只有自然科学才是纯正的、伟大的科学，其他所谓科学，都是伪科学。是自然科学改造了这个世界，并成为推动社会进步的原动力。这正是我当初创立思捷电子信息公司的初衷。

二十年中，思捷能做得如此大，是我当初始料未及的。不过，这也进一步说明，科学的发展与创新，对这个时代的意义。时代选择了科学，科学的不断推陈出新，令社会进入飞速的发展期，地球自转加速，我们人类就像进入了一个巨大的螺旋加速器。在这整个的加速过程中，我惊讶地发现我的妻子唐默却是拒绝的。她拒绝进入这个加速器，她拒绝的方式就是努力不使用先进的工业品，譬如电脑、网络、手机等，甚至在某种程度上拒绝看电视与报纸。这让我这个专门研究和开发各种先进电子产品的高科技人员感到哭笑不得。有时候我责问她为何如此守旧，她却平静地反问我，你觉得这个地球被透支得还不够吗？我莫名其妙，说，这跟地球被透支有关系吗？唐默头也不抬地说，人类如果再这么纵欲无度，再不学会慢下来，要不了多久，这个地球就会被你们这些人玩完。

如此耸人听闻的话，我并不以为意，懒得与她争辩。我想，作家们的想法都是文艺的，他们根本无法领会科学与技术的魅力。这是一个工具理性的时代，谁掌握了技术，谁就掌握了财富与话语权。事实正是如此，我在这个世界里如鱼得水、长驱直入，而唐默却生活在一隅书斋里，正在被越来越多的读者遗忘。对了，唐默也曾经有名过，不过那已经是二十多年前的事。那时，中国的老百姓中还有很多人迷恋文学，按唐默当时的话说，青年人中有一半以上是文学青年。这一点我毫不怀疑。我们研究所当时就有好多这种酸不拉叽的年轻人。时过境迁，唐默的辉煌，和那些文学青年的文学梦一样，一起留在了那个时代。

当我重新开始认识唐默时，唐默已经把我永远地留在了她的身后。我只有在她的文字里去感受她的存在。我现在发现，人的肉身是带罪的，我们的尊严必须屈从于它。欲望、饥饿、疼痛、快乐……最明显的就是要供给它食物与水，还要忍受它那不堪的排泄物，忍受它的浊气与污秽。想一想，如果没有水来帮我们清除这些浊气与污秽，我们这个世界将会怎样？

自从我瘫痪在床，动不动把肮脏的粪便排泄在衣裤里，我便开始对这个世界上的水心怀感激与愧疚。以前，我以为只有女人是我一生中最不可缺少的，所以，我的生活中从来不缺少女人。我不停地创造财富，好像就是为了征服那些我喜欢和喜欢我的女人。而女人们也疯了，她们喜欢男人们的财富，喜欢那种财富创造出的优渥生活。她们用财富的多少去衡量一个男人的魄力与魅力。于是，我们都被自己欺骗了。

现在，我知道水是我们活下去的根本。它把盛大无比的爱、洁净与包融赐予我们，让我们与它相忘于无形。可我们是怎样对待它的呢？这是唐默写在文章里的原话。唐默发现了这一点，可见她是个真正的生命主义者与环保主义者。很遗憾，我要到我的身体无法与这个世界征战之后，才开始重新认识这一切。

人真的要到了不能操控自己的肉身之后，才会有心情去体会人生，思考活着的意义吗？这是我经常在书房里问自己的问题。我现在的生活，越来越像唐默的了，不用电脑，不要网络，只要一本书、一支笔、一沓能写字的纸。

梅总是在我安静地读书与思考之时，在外面默默地忙活。书房的门开着，有时候，她会突然把头向里探过来，看见我安然无恙，再继续她手上的工作。梅真是个好女人。梅是江西人，丈夫早在几年前就去世了。

"死于煤矿塌方。还好，矿上赔了二十多万元，要不然，我女儿今后读书还不知怎么办。"

怎么办？有多少人问过这样的问题？

梅有一个十六岁的女儿，在家乡读中学，梅时常会向我说起她。

"明年就要高考了，听说成绩还不错。有了她爹留下的这笔钱，女儿上大学就不怕了。"梅说起女儿，总是眼神发亮。梅十八岁就生下女儿，现在是一位三十四岁的年轻母亲。这个年纪，还是城里好多剩女的年龄，可梅已经有一个十六岁的女儿了。

我让梅把女儿接到南城来上学。怕她听不懂，我用唐默的笔在纸上写道：她可以住在家里，你们母女天天在一起。

梅却摇摇头：南城的学，我们上不起。前两年我把她接来过，没有南城户口，光赞助费和每学期的借读费，就是我一整年的工资。再说，我女儿要强，她不想被同学们歧视。

我明白梅的意思。她的保姆身份，一定是女儿小小的心中的创口。

梅说起这些时，脸上总是有着淡淡的忧伤。一个女人，把年幼的孩子独自丢在家乡，孩子没有父亲，和年老的祖父母生活在一起。人们把这样的孩子叫作留守儿童。这样的故事，我们常常在报纸和电视里看到。但这却是梅和女儿的真实写照。我们的社会发展到今天，的确留给我们太多情感上不愿触及的问题。

梅说，就快了，等女儿上了大学，我就没这么牵挂了。

我安静地看着梅，让她明白我专注于她的讲述。尽管我不能开口说什么，但我可以耐心地倾听。换在过去，我也许没有这样的耐心，我会叫秘书打上一个红包，或者签一张支票，用这种自以为高尚却简单的方式解决问题。但是，我现在明白，这样的方式永远解决不了真正的问题。

我庆幸自己现在终于可以慢下来，像唐默说的那样慢下来。如果我们每个人都可以慢下来，想清楚我们应该怎样活，怎样与这个飞速发展，却与我们的人性日益相悖的世界达成某种和解，我们内心的许多问题也许就会迎刃而解。

我越来越觉得，梅是个很好的谈话对象。也许，梅也这么认为，认为我也是个不错的谈话对象。一个女人，整天面对一个面孔歪斜，患有偏瘫，且丧失了语言功能的糟老头子，想不让她说话是困难的——她毕竟才三十四岁。想想这一两年前，我的身边都还环绕着众多像梅这样年龄的女人，她们讨好和献身的动机昭然若揭——我只要伸一只手，她们就会伸出双臂，顺势倒进我的怀里，把全身的重量都转移到我的身上。

没办法，我就是喜欢女人，喜欢女人们柔软多情的身体，喜欢她们光滑白皙的肌肤、挑逗的眼神和暧昧的尖叫。对此，唐默生前也没办法。她容忍了我，她总是在容忍我，并以居高临下的口吻，对我表达她的蔑视。她说，鄙视的最高境界就是无视——脸上露出淡淡的微笑。她说，庄大维，我无视你。

我欢迎这样的无视，以及由这无视带来的自由。我得说在这之前，我还不是那么糟糕，虽然年龄已经过了六十，但谁能相信那个经常在电视上出镜，戴着一副漂亮的金丝眼镜，从容不迫地面对广大媒体与受众的所谓业界精英，没有吸引女人的魅力呢？他的身份与财富，他的风度与气质，就是罩在他身体上的一道光环——也许那光环下的皮肤已经打皱，但荷尔蒙分泌还算正常，对女人的需要一点也没有比年轻时减少。应该说，这个男人尽管有些老，但还算是强大的，有吸引力的。他的屁股还有劲，干得动年轻漂亮的女人。只是这一切转瞬逝去，一夜之间就有了改变——医生非说我是因工作疲劳引发的脑出血，只有我自己知道，这样的下场和女人有关。被某个二十五岁的女孩子搞得心旌摇荡，只想在她身体上施展余威的老男人，不疲劳到脑出血才怪！

有时候，男人们就是那么傻，明明知道女人们对他怀有怎样的动机，明明知道女人们未必真心喜欢他那令人倒胃口的身体，但就是宁愿相信这一切是真实的。女人们就更会自欺欺人了，她们常常对一个男人死心塌地、无怨无悔，却不知道自己是对他们的钱死心塌地、无怨无悔。这一点我可不糊涂。千金买笑，自古男人都会这么干！上自帝王将相，下至黎民百姓。

把我身体搞坏的那个女孩子叫雪茄，不要说长相与身材的诱人处，光这名字，呵呵，简直就是专为男人起的，男人一见就想叼上一口——亏了那当爹的，能给女儿起这样的名字。不过，雪茄后来在床上告诉过我，这名字其实是她自己起的。她的本名叫杨雪加。她说自己生在一个大雪天，又是计划外的超生对象，父亲一高兴，就给她起了这个名。她说这个名字一点都不性感，就自作主张在"加"字上加了个草字头。

反正音没变。她忽闪着一对鬼魅的猫眼，嘻嘻笑着说。

现在的年轻女孩，可不比我们那个时代。她们是玩着我们研发的电子产品长大的，受的教育有一半来自网络。什么无厘头的事都敢干，包括诱惑像我这样的老头子。第一次得手后，我还在沾沾自喜，谁知雪茄却来了一句：知道吗？我当初之所以来你们公司，就是想把你搞到手！我倒要看看，你这个偶像有多难搞。雪茄说完竟然哈哈大笑。

这真让我大跌眼镜。

我说，我一个老头子值得你费这个心思？她却不以为然，说，你不知道你是我们年轻人的偶像吗？在大学里，我们老师一跟我们讲起创业，讲商界名流，就要提到你的名字，你还不知道你有多盖啊？

我想这是一个误区。年轻人把我们想成了什么？神，还是超人？创业对他们而言有这么难吗？我们这个看起来越来越强大的社会，预留给年轻人的空间竟然真的如此狭小了吗？小到他们要用肉身去接近这种成功与神秘？

我暗自为此感到悲哀。我决定要珍视雪茄这份小心思——这也是对所有年轻朋友的尊重。他们这一代，真的太不容易了。我们漠视他们找工作的艰难，总是对他们的学历与能力挑三拣四。啊，管他谁搞谁，就算是"被搞"也罢，如果我能被一个二十五岁的漂亮女孩子"搞到手"，并能带给她某种成功感，那是我这个老家伙的荣幸。不是吗？我们这一代人，这个社会回报给我们的，不是太少了，而是太多了。不管我们的青春年代有过多少苦涩，经历过多少不平，可我们最终得到了这个社会的回馈。我和唐默都是20世纪60年代上大学的，虽然在农场待了不下十年，可当科学的春天降临时，我们都获得了最好的岗位。历经了漫漫的严冬，这春天也许来得确实是迟了一些，可它毕竟来了，并给了我们宝贵的滋润。可雪茄他们呢？她肯定不知道我在她的身上用力时，心里边充斥着怎样的愧疚感——这愧疚并非是对她一个人的。

我有些怀疑，她果真是要征服我吗？她无视我衰朽的身体，无视我皮肤上的皱褶，无视我染过的头发，无视我手臂上淡褐的色斑和皮肤下隆起的青筋……这些时光的痕迹、岁月的痕迹，她果真可以无视？

我必须为我历经的岁月买单，为我的羞耻心买单。我得努力，再努力，否则我就辜负了雪茄那无瑕的青春。这样的心理，是我以往对着其他年轻女人的身体时从未有过的。雪茄永远不会明白，我对她百般的迁就与宠爱，并非源自她的年轻，而是源自她那句"搞到手"的话。她不知道这三个字的分量有多重，不知道它们让我感受到怎样一种青春的苦难与伤痛。它们让一个丧失了廉耻心的老家伙触到了道德的底线，就像压垮骆驼的最后一根稻草——这真是一种悲哀的唤醒。如果因脑出血导致的偏瘫，是对这种唤醒的注脚与说明，那么，这是我必须安于承受的结果。

那以后，我再也没有见到过雪茄。我不允许自己以如此羞耻的情形见到雪茄，这对一个正当青春的女孩是残酷的。这情形会唤醒她的羞耻心，会让她对自己所经历过的事情感到呕吐——想一想，那一半僵直的、丑陋不堪的身体，那对排泄物失去控制的身体（上面兴许还沾着令人恶心的排泄物），就在昨天还压在她完美无瑕的身体上。天啊，她会羞愧得想哭的！她会为自己昨天之前的可笑行为后悔的。多么愚蠢！她怎么会去干他呢？又或者，她怎么会让他干呢？

事实是，那个天使般的女孩，曾经想要闯进病房里来看我，我冲病房里守护着我的儿子们挥挥手，并用眼神制止了这一可能发生的愚蠢行为——儿子们当然懂得我，他们也是男人，知道什么是男人的尊严。他们完全清楚自己的父亲是个什么东西。这么看来，雪茄真是个少不更事的孩子。这让我庆幸我与唐默生下的是两个儿子，而不是两个女儿——做两个儿子的父亲与做两个女儿的父亲的感受肯定是不同的。我不知道如果我是两个女儿的父亲，我还会不会如此肆无忌惮地染指不同的女人。

所幸，这一切再也不会发生了。我在病房里办理了退休，用我能动的右手办妥了一切。儿子甚至不需要我暗示，就帮我解决好了雪茄的事，他把她从公司市场部调到了研发部，这意味着雪茄进入了思捷的核心，只要不出意外——譬如违反与公司签订的保密合同，或者主动跳槽离开，她将会成为思捷的永久员工。儿子与父亲之间形成的这种默契，再一次让我庆幸自己仅仅是两个儿子的父亲。

我回到了与唐默相处过的家中。日日陪伴我的女人将只有一个，梅。是的，梅。是梅让我领略和认识了女人的另外一面。

思捷公司的出纳员小李每个月为我和梅送来两千块钱，庄求是的司机小文每个月也会来两三次，给我和梅送来从超市里购买的日用品——主要是一次性的纸尿垫。这种专给瘫痪病人准备的纸尿垫，梅每个月要给我用去不少。梅的工资由思捷公司的出纳员小李按时打入她的账户。梅的工资有四千元，是普通保姆的两到三倍。事实上，这点工资在南城只相当于一个普通白领的一半，但梅已经很知足了。梅和思捷公司的每位员工一样，享有公司的所有福利，包括医保与社保、年终的奖金与红包。这一点，庄求是还算够意思。

出纳员小李会把一切都办好，这一点不用我为梅担心。不过，小李每次来都会让我感到不快，她看我的眼神就像是看一条可怜的病狗。过去她可不是这样，每次见到我都会摇尾乞怜，眼神里充满了仰视与崇拜。人心的变化太微妙了，小李并没有什么错，谁叫我现在是个脸歪嘴斜的偏瘫老头呢？是我自己心理不平衡，一个人一朝失去健康，所有的叱咤风云都是假的。

梅却对小李感激不尽，好像每月的工资是她发的。

"思捷公司每个月给我这么多工资，除了女儿每个月的吃喝用度，多余的我都给她存下了，这些钱，将来她上大学都够了。她爹留下的钱，就给她结婚时买房子用。"梅手扶着轮椅，望着窗外的天空，有些憧憬地说。

　　我点头，心想，梅的丈夫留下的钱，在南城这样的发达城市，只够买一间普通的卧室。如果可能，我得给梅留下点什么——不管什么，这也是我对陪伴身边的这个女人的一点报答。我可以把它写进遗嘱中，这一点，庄求是和庄求真管不了我。当然，我不会把这个想法告诉梅，这会变成一种交易，会让梅这样朴实、纯真的女人有受辱之感。

　　我不能再让梅这样的女人受辱。这辈子，已经有很多女人因我而受辱（她们向我投怀送抱时就注定了这种受辱的性质），包括我的妻子唐默，和我此生拥有过的最后一个女人雪茄。我现在越来越能站在别人的角度想事情了，这全得益于我的偏瘫，得益于唐默留给我的书房。如果我不是丧失了对自己身体的指挥权，我肯定还会像许多自以为强干的男人一样，在所谓的事业和名利里挣扎，直到行将就木的那一刻，都不会有机会把很多事情想清楚。我知道，这世界上有很多人都是这么走向另一个世界的。他们忙碌了一生，从来没有想清楚人为什么要来到这个世界。他们还没有把这个世界的事情搞明白，就到了另一个世界。唐默是不一样的，她远没到死的那一天，就已经把这个世界的事情弄了个底朝天。对这一点，我自愧不如。我甚至因为这一生对科学的迷恋与对速度的追求感到羞愧——是的，打着科学的幌子，疯狂地追求速度。GDP的速度、列车的速度、手机的速度、网络的速度、导弹的速度、火箭的速度、战争的速度，凭借人的智慧与贪婪所能达到的一切速度。唐默说，你们这是在透支地球。唐默一语中的，唐默果然精辟。

　　遗憾的是，我不能把这些感受告诉梅，我这条该死的舌头，它现在除了能搅拌一点食物和流淌一些口水之外，真的是什么也做不了。我想要表达的，它全帮不了我，有时反而会添乱，让对方把意思领会反。奇怪的是，有时候梅居然能听得懂我口齿不清的表达，而且这样的时候越来越多，她领会到的也越来越准确。这真让我感到高兴，说明我还能讲点人话。

有几次，梅想把我推出去晒太阳，不是在家中的院子里晒，是去公园里晒。去公园就要经过院外的大马路，兴许还要遇到过去的熟人，或者碰见什么狗仔队，这不是让我出丑吗？我相信每一个人都不愿意在齿发脱尽后，还摇摇晃晃地在这个星球上出丑，更何况我还是个偏瘫，有一副歪斜的嘴脸——人在晚年的情形，更像是对人一生秉性的注释。想到一两年前，我还在对着电视镜头大出风头，还染着一头虚假的黑发，戴着漂亮的金丝眼镜，穿着高档的西装，扮出一副风流倜傥样，我就不想见人。于是我对梅呜噜道：我不想去公园。我挥了下右臂，大声说：丢人！

梅哈哈大笑，梅说：你不想去？嫌丢人？

我点点头。梅伸出手，像摸一个孩子一样摸摸我的头。她说，那好，那咱们不去公园了，就在院子里晒一晒。梅脸上悻悻的，看得出有种淡淡的失望。这是一个多么孤单的女人，她才三十多岁，却要终日陪着我这么个垂死的老头子虚度日子，我怎么能眼睁睁地看着她跟我受罪呢？

我说，你去吧，我没事儿。

她听懂了，说，我去，把你一个人留在家里？

我再点头，说，我在书房里看书。

梅说，我只是想推你出去走走，怕你闷坏了，想当初你那么风光的一个人！说完轻叹一声。

我歪着嘴笑起来。我想告诉她，你应该谈男朋友，和男朋友去约会、逛公园、逛街、吃饭和做爱，这才是你这个年纪的女人应该拥有的生活。可我能说什么呢？说了也是白说，梅会以为我是对她不满，要让她失去这份她看重的工作。哎呀，我可不想失去与梅相处的每一天！如果我还有能力，还干得动女人，我会永远也不让她离开我的——如果我的身体还能恢复到偏瘫前的样子，我会娶她，让她永远不失业，永远有生活的安全感。

人们总以为，男人们老了，就应该收敛对女人的性欲求，否则就是为老不尊——这是一条不公平的行为准则。老男人也是人，只要他还有性欲，还想和女人做爱，还能和女人做爱，他为什么不可以做爱？他为什么要禁欲来让自己难受？有这种认识的子女也有错，他们以为他们将来不会老吗？老人们可以设身处地为年轻人着想，因为他们也年轻过。可年轻人呢？他们要到了老的时候，才会要求老人的性权力，可惜那个时候，他们已经得不到年轻的支持者了。

只要不过分，我是从来不会考虑庄求是和庄求真的感受的。事实上，他们也左右不了我。以前我和女人们打交道，一般只承诺和她们上床，性爱是彼此的给予，以快乐为最高宗旨与目的。做爱前，我会笑着问打算和我做爱的女人："有附加条件吗？"任何一个聪明的女人都会听懂我的意思：有，就不做；没有，就做。与我打交道的，没有一个不是聪明女人。她们心甘情愿或不得不心甘情愿地和我做爱。她们中的有些人，当时可能会有某种不适和受辱之感，但事后她们会想明白的：庄大维只喜欢和女人做爱，不喜欢和做爱的女人谈做爱以外的事情。就这么简单。用现在的话说，男人们喜欢找"小三"，我找的是"小N"。

可惜我现在连自己的舌头都指挥不了，更别说下面的小兄弟。这真是一种羞耻。

梅是个百依百顺的好女人，她不再提去公园的事。有一天晚上，小儿子庄求真派人送来一包泰国燕窝。来人对梅说，庄总说让你把这个炖给老先生吃。

那人走后，梅苦恼地看着我说，燕窝我可不会做啊，这么贵的东西，我做坏了怎么办？

我让梅把我推进唐默的书房里，从书架上找了一本食谱交给她。

梅按书上写的，把燕窝洗了又洗，直到一点沙粒也挑不出来，并连夜把它炖了出来。梅把燕窝端给我，说，只做了一小碗，你看看味道好不好？

我坚持要分一半给她，她在我身边的两年多时间里，我从未与她分食过一样食物，但这一次不同。梅坚决地摇头，说，这可不是小馄饨，是你儿子拿来给你补身体的啊！

我指着碗中的燕窝，说，你一半我一半。

梅突然哭起来，她说，我服侍了那个死鬼十几年，可他从没对我好过，我服侍了你才两年，你怎么就对我这么好呢？我怕这样的好，我受不住啊！

我愣住了。这是梅第一次在我面前大哭。

梅说，唐老师多有福啊，她有这么好的男人！我男人是一天也没对我好过啊！

我顿觉无地自容。唐默生前我有这么对过她吗？说真的，这辈子我还真没有对哪一个女人这么好过。这么说来，我从来就不是一个好丈夫。为什么每一个丈夫都不能在自己年轻的时候珍爱自己的妻子，都不能在自己还有能力爱时多爱一点身边的那个女人呢？男人们总是这样，只要还有一丁点本事，就想到别的女人那里去找快活。他们对身边的女人视而不见，就像一本花钱买来的书，只是摆放在自家的书架上，任它积满灰尘，却未想要捧到手里来读一读。我对唐默的态度大约就是如此了——在我的印象里，打唐默进入更年期，我就没和她做过一次爱。在这之前，我一年中也没有和她做过几次爱，我总是以思捷公司事情太多为由不回到唐默的身边。

就是这有限的几次，我也很少用心去做，我闭上眼睛想到的全都是别的女人的身体，她们柔软的腰肢、雪白性感的皮肤、波光荡漾的眼睛和艳丽的红嘴唇里发出的娇喘与喊叫。我说的全是实话。我想我大约是世界上最无耻也最坦荡的男人，我的坦荡就在于我敢承认自己的无耻。是的，我现在已是一个老男人，有着半边僵直的身体，因脑出血变得歪斜的嘴唇，我内心里有过各种肮脏的念头，就像眼下，就像此刻，如果我还干得动女人，我一定会把梅搂进我的怀中，好好干她一回——让她明白，男人干她，也是爱她的一种方式。我要把这辈子亏欠给唐默的，都补偿给梅：娶她，拿她当我的妻子。

梅到我身边的第四年，我的语言功能有了些许的恢复。我那笨拙的舌头能配合我的声带发出一些似是而非的声音了。我的话，梅能听懂至少九成半，别的人就不好说了。几年中，庄求是和庄求真大概各来过五六次。他们肯定在吃惊自己的老爸居然创造了某个医学的奇迹——当初医生给我下的诊断是脑出血面积过大，脑血管状态不好，语言能力丧失，活不过两年。事实推翻了这个诊断。儿子们暗地里把这归功于他们的老爸对女人的热爱——我曾在书房里听到庄求是与庄求真在客厅里的小声议论："没办法，他这一生就是好那一口，连个乡下女人都可以让他活出精神头来。""嘿嘿，想不到老爷子还延年益寿了。""让他去吧，既然他喜欢，就算了……"

我坐在书房里冷笑，他们怎么能理解我和梅之间的感情——梅是他们想的那种女人吗？这两个兔崽子，他们以为他们的老爸还能对女人做出什么淫荡行为？他们会不会阴暗地想象他们的父亲用一只还能动弹的手对一个与他朝夕相处，且比他年轻三十岁的女人做什么下流动作——他们是会沿着这种思路去想象的，他们曾目睹老家伙亲自为那个女人捋头发。他们不知道，四年里，他们的父亲和这个女人间的亲密行为也仅止于此。兔崽子！不到我这一步，你们不会懂得用平等的、尊重的眼光去看待女人，看待——弱者。

活到我这个年纪，年轻人心里的想法就瞒不过去了。很多事情，我们不说穿，是给年轻人留面子。其实，我知道庄求是与庄求真当初并不是真生我和梅的气，他们是在找借口，以便逃避照顾卧榻上父亲的责任。想一想，把偏瘫的老父亲推给一个毫不相干的乡下女人，这多少有些说不过去。他们都是要面子的人，且自认为社会身份不低，对打拼了一辈子的父亲不管不问，却不费吹灰之力地继承他的财富，让自己的妻子过着养尊处优的日子，他们怎能不怕受人诟病呢？况且，为免于良心的苛责，就必须找一个理直气壮的理由。

父亲"为老不尊"，"丢我们的脸"，这就是理由。——嘿嘿，就他们肚子里的那点小把戏！说实话，我可不想让儿媳们来照顾，那只会让她们多出几句数落丈夫的讼词。我一点儿也不想。儿子们应该有自己的生活，趁年轻，像我过去一样多干点正经事，发展自己的公司，多解决一些人的就业问题；同时，也多给自己找几个喜欢的女人。一个男人，若没有几个自己喜欢和喜欢自己的女人，在这个世界上就算是白活了。女人也一样。每一个女人都想自己的丈夫忠于自己，说实话，这比让她们忠于自己的丈夫还难。如果不是受制于社会道德的约束，和性别上的天然劣势（女人们总是像花一样容易凋谢，只要她们结出了果子，她们就得在余生为失去的花容愤愤不平），没有一个女人会安分守己——这一点我太清楚了。在我经历过的女人中，最禁不起诱惑的，并不是那些年轻的女孩子，恰恰是那些已经在生活中结出了果子的女人。

所以，作为父亲，我由衷地希望我的儿子们幸福。没有一个父亲不希望自己的儿子不止拥有一个女人，就像没有一个母亲希望自己的女儿只被一个男人所宠爱。这正是做父母的对自身需求的一种心理投射。

梅的女儿也上大学了，这丫头我见过一次。后来她再没来过南城，大约是对母亲从事的工作有顾忌。梅曾建议女儿报考南城的大学，她却毅然决然地选择了南昌的一所大学。也许，童年的阴影还没有在她的心中散去，母亲的职业也让她感到羞耻。

我曾向梅提议，如果她愿意，我可以和她结婚。这样，她在这个家中的身份就不再是一名只拿工资的雇员，而是女主人。谁知梅却拒绝了，她说，我这样的乡下女人，怎么配得上你呢？再说，别人会以为我嫁给你，是为了你们庄家的钱。不行，这绝对不行！

梅的语气坚决。她说，我不能让别人这么看我，让你的两个儿子这么看我！假如和你结婚，我就永远都说不清楚了。

我说，你何必管别人的看法呢，只要我愿意就行。

梅再一次坚定地说，不行，就算我可以不管别人的看法，也不能不管自己的看法——你相信我，除了思捷公司给我的工资和奖金，我一根针也不会要你们庄家的。你也不用担心我会离开你，我会一直陪着你，一直！

我还能说什么呢？梅就是这样一个朴实得有些顽固的女人。对于她所捍卫的那个东西，谁也不能侵犯与破坏，这大概就是穷人的尊严。既然如此，我只能帮她维护住这种尊严。

不能把梅当成妻子来对待，我便希望能把她当成我的女儿。如果这样，我就可以把这幢带院子的房子留给她，并把这堂而皇之地写地进我的遗嘱里——儿子们并不会在乎这幢房子的价值，他们在乎的是自己的权益是否受到侵犯。如果我们之间能办一个正规的认养手续，一个由国家民政部门认可的手续，儿子们将来就不会为此事感到难堪。但梅仍然不同意。她似乎认定了我要把庄家的部分财产留给她，而她下决心要不拿庄家的一根针。

这样，我和梅的关系就还是最初的样子。我是我，她是她，但这不影响我们之间谈话的亲密。有时，我会和梅谈到性。我说，你还年轻，别为了照顾我而禁锢自己的性欲。我说你可以交男朋友，你也可以把他带到家里来。

梅红着脸说，我们这样在一起，不是很好吗？我为什么要找男朋友呢？

我说，你不想满足自己的性欲吗？

梅诧异地说，性欲？我没有性欲。

没有性欲？一个年轻女人怎么会没有性欲呢？这真是不可思议的事。

我诧异地问，你不想和男人做爱吗？

梅使劲地摇摇头，说，不想。

为什么？我问。

梅抬起头想了一会儿，又垂下了头，小声道：痛。

痛？我简直要怀疑我的听觉了。我虽然偏瘫，可我的听力并没有问题。梅的丈夫是一个怎样的男人？他怎么会让自己的妻子对做爱说"痛"？天啊，做爱是一件多么美好的事，我想起那些和我做过爱的女人，包括年仅二十五岁的雪茄，她们无不是在高潮来临时发出幸福的呻吟。从来没有一个女人告诉我，她是没有性欲的，她是痛的！即使唐默在进入更年期时，她也没有把她减弱了性欲归结为"痛"。

我感到一股寒意在心中升起，我问梅：你的丈夫，他是否虐待你？我是说，他在做爱时虐待你？

梅看着我，不知该如何回答。

想了一会儿，梅低下了头，她说，小时候，大概是十二岁的那年，在我们家的茶园里，我被村里的一个男人强暴过。

我明白了点什么，问：那个人，是你的丈夫？

梅摇摇头。结婚的那天，他没有看到……红，就怀疑了，逼着我问。

你就说了？我着急道。

梅点头，不说，他会打死我，往死里打。泪水从梅的眼睛里滚落出来，滴在我放在轮椅上的右手上，我感到那是烙在我手背上的一小块伤疤。

以后，他每次做爱，就会虐待你，是不是？

梅的脸上现出痛苦的表情，她说，他掐我，掐我的胸，拧我的大腿。女儿出生后，他就去了几百里外的煤矿——他不喜欢女儿。听说他后来在矿上有了相好，再后来，就出了事。

这多么像一个上世纪的旧故事，一个封闭的社会里，发生在一群落后守旧的愚民身上的故事。我怎么能相信它就发生在日日与我待在一起的梅身上呢？早在五六年前，思捷公司网站的交友平台上，或者BBS论坛上，网友们谈论的就已经是一夜情这样的话题，至于比这些更雷人的话题，就是像我这样久经沙场的老手，也是羞于谈及的。

这个老掉牙的旧故事，让我有种时空交错的混乱感。一个还算年轻，生过一个孩子的已婚女人，居然还没有完成她的性启蒙。强暴给未成年的小女孩带来的精神创伤，是一个好男人用一生也无法治愈的——何况梅遭遇的还不是一个好男人。可怜的梅！

我们这该死的带罪的肉身！它留在世上，除了要挥霍掉数不清的食物，还要用另外的肉身来喂养它的欲望——如果可能，我要给所有强暴幼女的男人处以极刑！是他们把女人对性爱的美好感受与憧憬毁灭殆尽——那结在枝头的花蕾，那带露的含苞欲放的花，将在晨曦里悄然打开，一滴蜜露轻轻淌入，落在那散发芬芳的蕊上……没有暴力，只有爱，多么美好的情景！可是，为什么总有那残暴的魔爪，在暗夜里将它们摧折？

如果我告诉梅，做爱是一件无比美好的事，梅会相信吗？我真恨自己怎么会是一个患了偏瘫的废物——一具不中用的身体，它已经没有发言权了。

读者们一定想知道我后来和梅之间发生了什么。很遗憾，我们之间什么也没有发生——如果发生什么，那才是一种亵渎，对善良的亵渎，对纯洁的亵渎。

梅整整陪伴了我八年。我死的时候，梅已经是个四十二岁的女人。我死后，梅抱着我的遗像哭了很久，她比我的两个儿子伤心多了。我的两个儿媳在和我的遗体告别时，也像模像样地流了一点眼泪。她们与其说是伤心，不如说是出于礼节——毕竟我是她们丈夫的父亲。让男人们掉眼泪总是不太好，作为他们的妻子，替他们掉几滴泪，这也是对丈夫的一份情谊。这一天的到来，本来是意料中的事，只是比他们意料得晚了几年，这要归功于梅——假如他们认为让我多活几年是件好事的话。

我死前把遗书交给了我的两个儿子，怕我的两个儿子不按遗书里说的办，我也悄悄地留了一份给梅——为了不让梅知道遗书的内容，我把它寄给了梅在南昌的女儿。梅的女儿已在南昌结婚成家，她也许会为她母亲应得的权益出一点力。

八年里，梅一直不肯离开我；无论我怎样劝说，趁她还不太老，好好嫁个男人。"一个好男人会让你感到做女人的幸福的。"我把这句话说了不知多少遍，梅都不肯动一点心。她说，你就是个好男人，我就守着你过，一直过到你不需要我为止。她可真会说话，我什么时候会不需要她呢？只有我死的时候，我才会不需要她。现在，我是真的不需要她了，她却是离不开我了，瞧她抱着我的遗体哭得多么伤心、多么真诚！我敢说，就算唐默在世，她也不会哭成这个样子。

这几年，儿子们虽说拿我和梅的关系当借口，可他们心里还是感激梅的——她让他们省了多少心！他们也打算在我的葬礼举办完毕后，给梅一笔重重的酬金。可是关于我生前居住的这幢房子，他们心里有自己的盘算。

果然，我的遗体一安葬，大儿子庄求是就把梅接到了他的家中。他们客气地款待梅，弄得梅有些受宠若惊。小儿子庄求真也带着妻儿来看望梅，仿佛梅真的是他们的继母。我的两个儿子像我预料得一样混蛋，他们拿出我的遗书，打起了主意。他们自己不好意思出面，却指使他们的老婆和梅谈，谈话的内容自然是我在遗书里交待的事情。

我的大儿媳丁月影说，梅，我们知道你对我爸的感情，也知道我爸对你的感情。可是你知道那幢房子，它是庄家的老别墅，按过去的话说，叫祖产。你也知道，我婆婆也是在那里过世的。这房子若给你，不知道的人会笑话我们庄家的晚辈们连祖产都保不住。

梅说，我知道，我不要那幢房子，我乡下老家有房子。

丁月影和我的小儿媳交换了一下眼神，我的小儿媳立即会意。她说，梅，你照顾我们家老爷子这么多年，我们不会亏待你的。你也知道，我们庄家不缺房子，她把下巴朝窗外的几幢高楼扬了扬，说，你看，那都是庄求真开发的楼盘，我们在其中给你挑一套最好的，带装修，你搬进去就可以住。

梅说，不要不要，我要你们的房子干什么？

我的小儿媳看看丁月影，又看看梅，试探地问，我爸的遗书，你手上也有一份吧？

真他妈的不出我的意料啊，我在人世间真没白活！我早就料到他们会来这一招。假如我当初把遗书给了梅一份，梅说不定早就将它扔了，或者干脆交给那两个兔崽子——她会保留一份有法律效应的原件吗？她说过，不会要庄家的一根针。如果她肯要，我还费这么多心思干什么？

果然，梅摇摇头，说，没有，我手上没有你们父亲的遗书。

我的两个儿媳妇会意地对了对眼神，没打算再说什么。丁月影到底年龄与梅不相上下，知道人到中年的女人的不易，她似乎对梅有些不忍。她说，梅，你还是去老二的楼盘里挑一套房子吧，就算你以后不想在南城生活，你也可以把它卖了，带上一笔钱回老家，你的晚年也就无忧了。

梅却大度地一笑，轻描淡写地拒绝了，谢谢你们的好意，我怎么能要你们庄家的房子。

他娘的，你们可真会打主意啊！你们不知道我留给梅的这栋带院子的别墅值多少钱吗？没有一千万，你们会卖吗？这是我留给梅后半生的依靠——我不能让她在我死后再也没有依靠。你们可真行，一套上百万的公寓房就打算打发梅？可恨的是，我现在虽不再有那副僵直的偏瘫身子，却只是徒有一副游魂。我怎样才能让梅明白我的苦心，不落入他们的算计呢？

再没有比这种阴阳两隔更令人苦恼的事了。我活着时，曾对唐默抱有这样的遗恨；现在死了，又对梅抱有同样的遗恨。

所幸，我在给梅的女儿寄去遗书时，写下了这样一段话：

　　这是一封有法律效应的遗书。我死后，如果你的母亲没有按遗书中指定的继承庄家位于南城市××路××号的房子，你一定要带上这份遗书，找相关律师，帮她捍卫自己的权益。

活人的事，只能留待活人去解决。我只能在空中祈祷梅的女儿能带着我的遗书来南城，帮梅要回我赠送给她的那套房子了！

梅坚决不肯要庄求真给她的那套公寓房。她回到我们住过的房子，收拾了行装，就准备告别南城回老家了。梅就像当初对我说过的那样，不肯带走庄家的一根针。庄求是这小子还算有良心，答应以后将梅的工资照发，社保与医保也照买。庄求真也说，既然梅不肯要他们送的房子，就按房子的市价折现补给梅一笔钱。他们将这笔钱存进了梅的户头，在梅离开庄家的前一晚，送到了她的手中。

看看梅是怎样做的吧。她把他们给她的存折，连同庄家的钥匙一起留在了庄家，桌子上压了一张给庄求是、庄求真的纸条：

> 我照顾你们的父亲期间，思捷公司一直给我发工资。感谢你们这么关照我，但这些钱不属于我，我也不能要。再次谢谢你们！

这真是让我死了都替庄家人感到羞愧！这就是穷人的尊严！梅比我们庄家的每一个人都有骨气多了。读到这里，朋友们也许会认为梅是个傻女人；要我这个死人说，梅这是讲品格。是啊，在我还活着时，大多数人就不讲品格了，品格已经让位给金钱。地球被人类透支的结果就是，助长了人类的贪欲。一个受制于贪欲的人，又怎么会快乐呢？所以，我要为梅感到高兴：她是快乐的，因为快乐，所以满足。

李小山被杀事件

她进来的时候，带着一股榴梿的特殊香味。他悄悄地张开鼻孔，不露痕迹地深吸了一口气，舌尖上禁不住泛起一股湿润。他打量着她：她一定刚吃过榴梿。

"你找谁？"他主动问。榴梿的暗香浮在了来苏尔味的上面，让他的注意力有些分散。

她从随身的背包里拿出一本病历，递过去。

"我这里……是男科。"他推开病历，朝门外努努嘴，示意她看错了诊室。

"我知道。"她飞快地说，"我老公是男的。"

他愣了一下，问："是你老公要看病？那你应该让他自己来。"

"他已经来过了。"她再次把那本病历递给他，"就是在你们这里做的手术。"

他打开病历，看里面的记录，只是一个小手术：包皮环切术。做手术的医生前两天刚辞职走了。他已经习惯了这种流动，干他们这行的，没几个会在一家医院待上超过一年，有的甚至不会超过三个月；除了他，这已经是他在这家医院干的第三年——他的副主任医师资格证早在两年多前就在当地注了册。

在他们这样的医院，没有这种流动就不正常了。医院是私立的，老板是福建人。

他说："是在我们这里看的，不过，手术不是我做的。他恢复得怎样了？"他职业性地问，虽然患者不是他接诊的。

"不管谁做的，都是在你们这里看的。"

"是的。"他本能地感觉到手术出了问题，不然患者的家属不会拿着病历找上门来。他闻着她身上的榴梿香味，心里并不觉得特别紧张。手术中出现各种各样的问题，他在这家医院已经目睹过好多次了。各种医患纠纷在他所在的科里，也是常常遇见，最后总是他出来安抚——他是这家医院里干得最久的男外科医生，是这里的"永久牌"，也是男科的主任。要长干，就不能乱来。

"如果情况不好，可以来复诊。我们会视情况免费，或者减免收费。"他习惯性地拿出了安抚的语气。

她笑了笑，靠近他，在他的办公桌边坐下，说："他来不了。不过，我来是一样的。"榴梿的香味从她的口唇间飘出来，更浓郁了。她果然吃了榴梿。他喜欢爱吃榴梿的女人，尤其是像她这样的年轻女人，青春、活力、口齿盈香。他看着她的脸，肤色白里透红，唇上泛着健康的血色。一只榴梿十只鸡——果然看得出榴梿的滋补。他低下头，假装翻看她拿来的病历，有点沉醉地呼吸着，几乎没有任何心理准备，他就觉着胸口被狠狠一击，先是冷、硬，然后是热、辣，接着才是一阵锐利的刺痛。

她说："你知道吗？他那里发黑了，烂了，坏死了！坏死了——"她一边说，一边兴奋地用力，最后一句几乎是从胸腔中迸发出来的，乃至出现了某种程度的嘶哑。这让他想起斯琴格日乐某次舞台上的呼喊——伴随着这声呼喊，一股榴梿的郁香直逼向他的鼻孔，他却死死地屏住了呼吸，企图摁住左边胸口上越来越锐利的痛，也企图顶住刀子吃进的深度。

她说："我杀的就是你们这些草菅人命的狗医生！我杀一个少一个！"她边说边喘，呼吸很急促，嗓音有些不稳。但他仍然从中听出了某种快活的兴奋劲儿。一股绝望的死灭情绪笼罩住他，他像跌落在陆地上的鱼一样张开了嘴，却没有发出喊声。

当她看见他像一条鱼一样张开了嘴时，从昨夜就开始攫住她的那股兴奋劲开始逐渐退去。她的脸色由红转白，手上的力气像是突然被人抽走了，顿时松松软下来。昨夜，她把老公送去正规医院后就动了这个念头。早上，她洗了澡，换了一身干净衣服，还吃了一小盒榴梿肉，把他的病历揣在包里就出了门。来前，她在楼下的门店里特意买了一把锋利的水果刀，然后就站在路边等公交车。

　　就像做了一个梦，但它是一个已经发生了的现实。她杀死了他。

　　他死后，医院查看了与他签订的用工合同及用工登记表，在他的简历一栏内写道：段兵，1960年生，1983年毕业于某职工医学院外科临床专业，曾任某国企厂医，1995年开始任某红会医院主治医师，副主任医师。家庭联系人及电话一栏内填的是：李彩霞，139×××××××××。

　　事发后，医院向当地公安部门提供了这份合同和登记表的复印件。

　　温爱二十五岁，是南城一家超市里的收银员。不像一般生长在岭南的女孩子，她生就一身好皮肤，肤色白里透红，脸上总是带着温婉可人的笑。如果从源头去探究，就能觅到历史的某种影子。她母亲是四川人，是最早的一拨南行者。那个时期，能嫁到岭南本地的外地女子，大凡都有不凡的姿容。温爱的可人，就不难理解了。

　　温爱在超市里收银，面前永远排着一长串顾客。无论男女，都喜欢推着购物车，来她的收银柜前排队。她爱笑，态度好，手脚快，是吸引顾客的一个原因。但也不乏那些秃了半个头，凸着肚子却好美色的中年男，或退了休，闲来无事总爱逛逛超市聊慰余生的老年男。他们站在长长的队伍里，远远地望着温爱把一件件物品递到读价器前，又一样样放进一旁的购物篮里，收银、找赎。这样的动作一天要重复千万次，可温爱却把这一连串的动作做得像优美的舞蹈，由不得人不多看几下。收银其实是件蛮累人的活儿，单调乏味不说，光是一天几个小时站下来，不停地重复那套累人的动作，就让下了班后的温爱不想再说一句话。她觉得自己简直就是一个站着的搬运工、一个没感情的机器人。

温爱每天的收银额高，加上奖金，每个月能有两千多元工资。像她这样一个高中没毕业的女孩子，只能守着这样一份工作。

起先，看着温爱的一招一式，赵晓只是欣赏，后来就是心疼。他工作的窗口，正对着温爱的收银柜。他是超市客服部的行政人员兼安保，长相虽然不算俊朗，却生得高大健壮，看人时，眼神特别镇定，小眼睛里有种沉默的力量；不看人时，脸上则有股温和的憨实劲，容易让人产生信赖感。

在温爱的眼里，赵晓是那种寡言而有力的男孩。这种男孩不需要表白，就能赢得女孩子的心。赵晓对温爱的关爱是无声的。有时，他会在温爱下班后，默默地递来一瓶水、一瓶饮料，或者一条湿毛巾，也不说什么，只是静静地看着她。温爱心里却有种想哭的感觉。这样的关爱，温爱只在奶奶那里得到过。有一次，温爱忘了给一位中年女顾客买的一盒巧克力消磁，女顾客在出口处遇到报警被拦停，不禁恼羞成怒，返身指着温爱的鼻子骂："我看你就是一只绣花枕头，这点事都做不好，难道我会偷拿你们超市的一盒巧克力？"

女顾客挥舞着肥白的手，手指上的几枚金、玉戒指仿佛在向她示威。

温爱赶紧道歉，可女顾客却不依不饶："我买了单，你却没消磁，你们拦下我，这是对我人格的诬蔑！我要起诉你们！哼，别说一盒巧克力，你们整个超市在我眼里也不算什么！"

温爱知道遇到狠人了，当着众人，吓得红脸发白。赵晓就是在这一刻伸手揽住了那位女顾客："这是我们收银员的问题，我代表超市向您郑重道歉，您先到我办公室坐一会儿，消消气。"赵晓的小眼睛镇定有力地看着那位女顾客，脸上却透着某种温和与憨实。

女顾客走后，赵晓过来拍拍温爱的背："别在意，下班后我们一起吃饭。"

温爱的眼睛当时就红了。如果不是有顾客等着收银，她真想扑进他怀里痛哭一场。这天下班后，温爱走在赵晓的身后，一路无言地去餐馆吃饭。吃饭时，温爱问："我错了，你为什么还请我吃饭？"赵晓也不解释，只管给她搛菜，温爱的眼泪就流下来了。赵晓伸手去擦，却越擦越多。赵晓说："我们这种人，想要在这个世上混一份日子不容易。"温爱抬起泪眼问："哪种人？""穷人。"赵晓说，"能活下来，就不要想尊严的问题。尊严是属于富人的。"温爱停止了流泪，愣愣地看着赵晓，良久，轻轻点头。

这顿饭后，温爱问："赵晓，你喜欢我吗？"

赵晓反问："你说呢？"

温爱说："你喜欢我就跟我谈恋爱吧！"在生活的硬度面前，她感到自己是如此脆弱。

赵晓说："我担心不能让你过上幸福的日子。"

温爱说："只要相爱就是幸福。"

赵晓说："穷人是没有资格谈幸福的。富人虽然不一定都幸福，但幸福一定要有富足的条件。"

温爱说："这么说，你是不想和我恋爱？"

赵晓说："想。天天都想。"

温爱说："你是个懦夫！"

赵晓说："是的。你长得多么好看，完全可以嫁给一个有钱人。我们恋爱是残酷的，只会剥夺你获取幸福的机会。"

温爱说："赵晓你太世故了，你的想法不像年轻人。"

赵晓说："是的，现实催人老，我的心很早就老了。"

温爱说："你以为我的心不老吗？我已经老得像我的奶奶了！可惜这辈子唯一疼我的这个人已经走了。跟你说说我的故事吧！"

听完温爱的故事，赵晓说："我也给你说说我的故事吧。"

两个人讲完，都陷入了长久的沉默。然后，赵晓将温爱拥进怀里，两个人久久地相拥着。

温爱说："赵晓，我们结婚吧！"

赵晓点点头："裸婚，你愿意吗？"

温爱说："有你，就不是裸婚。"

赵晓就把温爱搂得更紧。

李彩霞接到电话时，正和男朋友接着吻。平常，只要男朋友的吻一挨上她的唇，她就会像一摊水一样化在男友的怀里。今天，她却有些心神不宁、精神恍惚，怎么也找不到化成一摊水的感觉。

"你是李彩霞吗？"一口浓重的闽南口音。

"是的。"

"请问段兵是你什么人？"

"段兵？"她愣了愣，猛然反应过来。李小山曾跟她说过，他的老板是福建人。她说："是我父亲，怎么了？"

"我是他所在医院的负责人，你父亲出了点事，家属能来一趟吗？最好快一点，我们没有他其他的联系方式，他留给我们的只有这个电话。"

"我爸他怎么了？"李彩霞惊慌地叫起来。

"哦，他出了一点事。请问他家里还有什么人，我是说可以管事的。"

"没有。我就是管事的，我爸他究竟怎么了？"

"你先过来吧，来了就知道了。"对方说完就挂了电话。

李彩霞愣了一会儿，随即拨打李小山的手机。铃响五声后，接通了。

"是爸爸吗？我是彩霞。你在外怎么了？"

电话那边无人应声，隔了一会儿，传来一个男人的声音："我们刚才通过电话。你爸的手机在我手上，你赶紧过来吧！坐飞机来，机票医院给你报销。"男人说完就又挂了。

李彩霞不知父亲出了什么事，病了，还是被人抓了？——对于后一种可能性，她时时有这样的担忧。她心慌意乱地收起手机，没作多的解释，就从男友的怀里挣出来，只说："我爸出事了，我要赶去南城一趟。"

男友在后面喊："南城那么远，要我陪你去吗？"

李彩霞的脚步停了一下，很快又疾走起来，头也没回一下。她走得急，一只手袋也落在了男友的房间里，那是她刚买回的一件新衣服。

李彩霞没坐飞机，她坐的是高铁。她急于知道真相。算上在机场耽误的时间，坐高铁不比飞机慢。一到南城，医院的人已经等在火车站，她上了他们来接她的车。她说："我爸他……到底出了什么事？"

没有人回答她。李彩霞的预感越来越不好。

"你家里，只有你和你爸两个人吗？还有没有其他亲人？"有人问她，是先前电话里的那个声音，很浓的闽南口音。

"我爸他还有个哥哥，我爷爷奶奶已经不在了。"

"我好像听你爸说过，他是离了婚的？"

"是的。离了几年了，我跟我爸过。"

"那这样处理起来就简单了。"那人说完似乎略松了口气。

李彩霞想再问什么，但她知道不见到父亲本人，对方是不会多对她说的，就沮丧地沉默着。车很快到了目的地，李彩霞见到了父亲的尸体，父亲的胸口，血迹已结痂、发黑，停放在医院一间冷气房里。

　　"段主任是被一名患者家属杀死的。最近已经出现了好几起杀医事件，全国各地都有。我们医院是第一次遇到。事情已经发生了，希望你能冷静面对，我们可以坐下来协商赔偿的问题。"还是那个人，看来他就是这家私立医院的老板了。

　　李彩霞暂时不想谈赔偿的问题，她坐在父亲的尸体前悲伤地哭泣着。她想过父亲可能出现不测，但没有想到是被人杀害。她一边哭，一边咒骂："这是哪个畜生干的呀！他跟你有什么仇，下得了这个手！王八蛋好狠心啊，呜呜——爸，你走了，我怎么办呀……"

　　"凶手已经被公安局控制了。杀你爸的是个女的，叫温爱，是南城一家超市的收银员。"

　　李彩霞抬起哭红的泪眼，问："她为什么要杀我爸？"想到李小山的身份，首先跳进她脑子里的词是医疗事故。

　　"现在的患者跟家属，都有些疯了。一点点医疗事故，就闹到要杀人的地步，我们办医院的、当医生的，也越来越难做了。等你签字把段主任火化后，我们再谈赔偿的事，怎样？你放心，医院的赔款会很快到位。我是这间医院的老板，你有什么要求都可以跟我提！"

　　李彩霞现在只想知道父亲的具体死因，她说："是我爸出了医疗事故？"

　　"你爸是我们这里的男科主任，是我们院的第一把刀，从来没出过事故。手术是另一个医生做的。"旁边一个医生模样的人对李彩霞说。

　　老板当即狠瞪那人一眼，对方赶紧走开了。

　　"那个狗娘养的，恐怕是个游医，事发前已经辞职走了，留下这么个事故隐患。你爸他今早刚一上班，就出事了。是误杀。你放

228

心，杀人偿命，我们已经报案，公安来录了像，取了证，会给你一个公正结果的。"

李彩霞听出了原委，想到刚才那人的话，略生出丝安慰：原来她爸做的手术还是不错的，居然是这里的第一把刀。

李彩霞的底气足起来，她说："既然是误杀，我爸就是无辜的，他是你们医院聘用的医生，医院应该保障他的工作安全和生命安全。可他却在你们医院被杀了，你们说怎么办吧！"

"我们医院当然会讲人道，会最大程度地赔付。现在的问题是，要赔付的不光是我们医院，凶手那一边也要负一部分民事赔偿责任。这部分赔偿，公安局跟法院，会给你答复的。"老板一边说一边掂量着用词，"想必你是讲道理的，南城天气热，尸体不能久放。我们这样，你先签字把你爸火化，我们双方再签赔偿协议。"

老板的话让李彩霞清醒过来，她说："火化可以，但要签完赔偿协议之后。"

老板看一眼李彩霞，发现这个年轻女孩子并没有自己想象得那么简单，就说："你要赔多少？"

李彩霞说："现在死一个矿工也要赔几十万，何况我爸是医生，他是在你们医院上班时被杀的，你说应该赔多少呢？"

老板说："我不是说过了，凶手家属也会赔钱的。按理，与医院签了合同的医生，我们就要给他们买保险。可你爸，是自己不同意买——这一部分，我们平常已经补到他的工资里了。你知道，像我们这种医院，医生流动性大，他们一般都不愿意买保险，我们也理解，但这不是我们医院的责任。"

李彩霞说："那是社保，不是意外伤害（险）。"

"是的。以后我们的医生都会买意外伤害保险。"

"以后是以后，跟我爸被杀的事无关。我只想知道你们现在怎么赔。"

李彩霞口气硬，心中却没底。究竟医院该怎么赔呢？她想起了伯父李大山。于是掏出电话，给伯父打电话。打电话时，李彩霞又哭起来，她说："我爸在医院被人杀了，你赶紧来南城！"

听完李彩霞的哭述，李大山的粗嗓门在电话里叫嚷起来："怎么会在医院里被杀？老子要找这家医院算账！你先等着，我马上就来！记住，尸体一定不能先火化，等我来了再说！"

老板在一旁听得清清楚楚，担心成年人比年轻人更难对付。

想到李大山要来，二十二岁的李彩霞的心不那么慌乱了。

李大山赶到后，赔偿的方案谈妥了，院方同意赔给家属二十万元。医院的老板看了李彩霞的身份证，也看了李大山的身份证，签协议时，留了个心眼，在协议书上特别注明：受款人为段兵直系亲属李彩霞（女儿）。

李彩霞签了协议，按了手印，就签字将父亲送当地殡仪馆火化了。与此同时，医院老板则迅速派人去了一趟李彩霞身份证上的那个地址。

李小山是一家农用机械制造厂的特级模具工。他做的模具，在厂里无人可比，人称李模具。李小山所在的厂，是一家大型国企，坐落在一个地级市的郊区。这里是一个小镇，因为这家大型工厂的存在，这个小镇在20世纪90年代中期以前都是有名的富裕镇。这个小镇不仅上过省市的各级电视台，还上过央视的《经济半小时》，原因当然是李小山所在的那家工厂。

李小山不仅模具做得好，人也风趣幽默，三十岁就当上了模具车间的主任。他为人正直，却不呆板，是厂里众多女青年爱慕的对象。李小山的第一任妻子是厂里加工车间的一名女工，叫凌飞燕。凌飞燕名字俊，人却长得不咋地，高个、平胸、马脸、高颧骨，典型的倒三角脸。没有人不为李小山可惜。可凌飞燕是李小山师傅的女儿，李小山的模具功夫得益于凌飞燕父亲的口授身教。师傅的心思，李小山全知道。他早年丧妻，只有凌飞燕一个女儿，言谈举止里都透着视他为半子的意思。师傅喜欢他，偏爱他，他自知无以报答，唯有遂师傅心愿，娶了凌飞燕。婚后第三年，凌飞燕生下女儿李彩霞。这一年李小山也顺利当上了车间主任，他认为是女儿带来的福运，也对凌飞燕怀有某种感恩。

凌飞燕产后胖了一些，马脸上也有了一点肉，渐成椭圆，泛出柔润的光泽，奶大了，屁股也圆了，加上个子高，化点淡妆，再配点好衣服，竟格外地好看起来——被厂里的小青年们私下叫作"产后骚"。他们开玩笑说，李小山不愧是搞模具的，硬是把凌飞燕打造成了一副超级人体模具。但谁也没想到这只"模具"会被省电视台的一个导演看中。这个导演来厂里拍宣传广告，一眼就相中了凌飞燕。他把她推荐给省里的模特队。那时正是90年代初期，人心初现浮躁，凌飞燕自然不肯错过这样出风头的机会。果然没两年，凌飞燕就混成了名模，先是拍广告，后又拍电影电视。凌飞燕想求发展，唯有隐瞒身世。她抛夫别女，很快便有了一个李小山从没听过的名字。两年后，凌飞燕不顾父亲拼死阻拦，硬是与李小山离了婚。师傅觉得愧对他，与女儿彻底断绝关系，李小山也从半子跃升为全子。

此后，李小山再也没见过凌飞燕。他曾听人说，凌飞燕傍上了一个外国佬，具体哪国佬不知，去了国外。李小山收到过一笔从科威特汇来的美金，整两万元——现在看来是不多，当时却是一笔巨款。那时，美元与人民币黑市汇兑价超过一比十，且特别紧俏。那时的人民币也没有现在这么不值钱。二十万元哪，想想生活在小镇上的李小山收到这笔钱后的复杂心情。然而也就是这二十万元，气死了李小山的师傅。老岳父又悲又怒，一口气上不来，就睁着眼睛走了。

凌飞燕从此杳无音信。李小山甚至怀疑她早就死在国外了，因为无论从母性出发还是从需要出发，凌飞燕都应该会回来寻找他们的女儿李彩霞。那些年，海湾频频发生战争，难保凌飞燕不误中地毯式的轰炸。

李小山早就不想这些了，他那时已与第二任妻子结婚。他的第二任妻子叫迟桂花，是他们厂里的厂医，离过婚，身边也带一个女儿，四口之家算是标准的两两组合。后来的事实证明，迟桂花看上的不是李小山本人，而是李小山手里的那两万美金。婚后，迟桂花对李小山还算体贴，但就是不肯为他生孩子。那时，他只知迟桂花的心高心大，究竟有多高多大，他还没有领教。

迟桂花是一名妇产科医生，老实说，虽然只上了一所职工医学院，学的还是护理专业，但那个年代医源奇缺，到正规医院进修一两年，学些临床知识，就可以名正言顺地当一名医生。迟桂花经过一两次进修，就顺理成章地步入了医生的行列，并按相关的职称评定程序，一步步当上了妇产科的主治医师。

1995年后，迟桂花提出不想当厂医了，想往正规医院调。她提到了李小山手里的美金。她说："你不是有两万美金吗？给我拿出去活动活动。我想往市里的红会医院调，已经找到路子了，现在就缺点敲门砖。"

李小山说："可是，那是凌飞燕寄给李彩霞的学费。"

迟桂花说："我们没有给李彩霞交学费吗？再说，凌飞燕在国外，随时都可能再给她寄美金，也不缺这一点。我调动成功了，对你、对我们这个家不好吗？"

李小山哑然了，他交出了美金。

迟桂花的调动果然如愿。她究竟用出了多少美金，还是根本就没有用出美金，李小山不得而知，迟桂花也再没对他提起过。不幸的事是在1998年发生的。这一年，李小山所在的国企被民企买断。一夜之间，他从模具车间的车间主任，成了一名下岗者。而迟桂花这时却混得风生水起，竟然在短短的两年多时间就当上红会医院的产科副主任、副主任医师。迟桂花胆子大，敢做手术，凡来医院生产的，无不动员产妇进行剖宫产："剖宫产好，不仅可以避免胎儿感染母腹内的各种疾病，如肝炎、性病等，还可促进妇女的性健康——产道不变形，有利夫妻性生活。"那时的计划生育正开展得如火如荼，人人都只准生一胎，一听说对胎儿好，全家都主张剖宫产；再听说有利夫妻性生活，产妇的丈夫也在心里乐。因此，剖宫产率在迟桂花所在的医院占百分之八十，迟桂花亲手剖的女性肚子就更是不计其数。她成了医院的创收能手，也成了院长私底下的爱宠。李小山后来听说，迟桂花和卫生局的局长也有一腿，早在她调进红会医院前，那位局长就给他戴了顶大帽子。这也是他怀疑那些美金根本就没有用出去的一个原因。

迟桂花身后有人，自然不怕事。她一边上班，一边另开了一个家庭诊所，私下接诊病人。诊所开在郊区的小镇上，离他们厂区不远。表面上看来，出诊的是她的妹妹，实际上是迟桂花自己；因为她妹妹除了会打打针，换换药，其他根本就不懂。迟桂花一下班就溜回诊所——开车不到二十分钟就可到达。

迟桂花究竟赚了多少钱，李小山根本猜不出。他们离婚前，他只知道她在深圳买了房，上海买了房，北京也买了房。她买在哪里，用的什么名字，就算他请律师也无从查起；因为住房属个人隐私，除非公检法以及国安、财税、海关等部门，任何人都没有权力去查。他只要了厂里分给他们的那套福利房，房子窄旧得只够他和女儿容身。

但他仍然感谢迟桂花。他的半路出家，全"归功"于她开的那家私人诊所。迟桂花忙起来时不管不顾，先是叫他打下手，然后干脆就叫他上手，动刀子、剖腹、用止血钳、接血管、缝针。谁能想到一个技术精湛的模具工，拿起手术刀来竟也那样得心应手。他

233

缝的针，连她都觉得惊讶："想不到你一个模具工，缝针缝得这么好！"病人的伤口愈合后留下的疤痕印比她缝的要轻得多、淡得多。

他嘿嘿一笑："人的器官也是模具，模具要精确到毫米微米，缝针也一样。"

那时候他下岗了，有的是时间尝试。他处处留心，发现迟桂花常给病人用的抗生素无非就是那几种。此后，他出了点钱，找人学了两个月的男外科，又出钱找人做了张假证，就出门了。

起先，李小山游走在全国各地的私人门诊。因为不敢注册，他在一个地方从来不会干超过半年。言多必失，怕露馅，原本风趣幽默的李小山变得沉默寡言。白天干活，晚上啃医书，他渐成行家，却厌倦了这种东奔西走的日子。有一次，他大着胆子把证交给老板在当地注了册——总算在一个固定的地方干了一年多。这年年底回家，证的主人找上门来，威胁要告发他，狠狠地敲了他一笔。证是网上套的，怕出事，他套的是身边熟人的。为了息事宁人，他这一年多算是白干了。

这以后，他找到长沙的一个医生，谈好套用对方的证，在自己工作的地方注册，每年给对方交两万块钱，对方同意了。对方有心脏病，刚办了病退，也没打算出去干，证闲着也闲着。

于是，李小山再次改名换姓，他成了段兵。因为证注了册，他在南城这家医院已经干了整整三年。头一年，他给对方交了两万块钱。第二年第三年他主动加了一万："现在工资涨了，我多给一点。"对方看他是个厚道人，说："你放心干着吧，我不会找你麻烦的。"

温爱与赵晓算是裸婚，双方都没有什么值得牵挂的亲人，他们悄悄地领了证，婚结得无声无息，但双方却觉得幸福无比。结婚后，赵晓不再叫她温爱，而是叫她名字的谐音"恩爱"。

"恩爱，我的宝贝，原来结婚的感觉是这么好啊！"

"是啊，你的恩爱现在很幸福啊！"他们在超市附近的小区租了一个一居室，小夫妻俩过起了甜蜜的小日子。每天，他们两人一起上班，一起下班。温爱如果上晚班，赵晓就待在自己的办公室里等她。坐在正对着她收银的窗口，赵晓一边痴痴地看着，心里又爱又疼又满足，一边盼着她下班。她喜欢吃榴梿，但舍不得买。这种水果俗称水果之皇，太金贵。他总是在超市关门前去给她买上一小盒果肉——这时候超市会猛打折卖给自己的员工。起初，他接受不了这种水果的怪味，觉得臭，闻惯了，才觉得那是种奇香。

"香得过分了，就变成了臭。"她一边吃，一边开心地放在鼻子下闻。

慢慢地，他也能吃一点了，口感原来是如此地好！

"如果有钱，这种水果我要天天吃！"她美滋滋地说。

"那我就天天给你买！"

"想得美，它多贵啊！"她满足地吃着。

"多贵也买。再说这是打折的，不贵。"

然后，两人洗完澡，就在榴梿的余香里上了床。她打着带有香味的嗝，躺进他的怀里。他嗅着她头发里的气味，头皮上透着她的体味、洗发水和榴梿的混合香味。

两个人的小天地，总有填不满的爱欲与乐趣。小夫妻把爱做了又做，总也没有厌倦的时候。可是也有烦恼的时候，婚后两个月，温爱的下面总是痒，白带也多，豆腐渣一样，弄得温爱很不舒服，在超市里收银时，都恨不能伸手去抓一下。

温爱说："这是怎么了？莫不是得了性病？"她狐疑地看着新婚的丈夫，两个人可是白天黑夜在一起呀，又没有分开过，怎么会有性病呢？

赵晓就很委屈："说什么呢？两个人都是第一次，能有什么性病？"

温爱说："可是我就是痒，白带也多，裤子上也湿漉漉的。"

赵晓说："可能是做得太多了，我们以后少做点。"

少做也还是痒。又买了肤阴洁来洗，还是不行。赵晓说："要不，我们去医院看看？"

温爱说："去医院看这种病，多不好意思啊！你不痒吗？"

赵晓摇头，说："我不痒呀，一切正常。"

实在耐不住了，两个人去了医院，生怕被医生歧视，温爱还带了两人的结婚证，以证明她是个清白的女子。

他们去的是正规医院。妇科医生听她说了情况，心里已大致明白几分，又拿棉签蘸了白带去化验，结果出来是阴道炎："念珠菌感染。"

温爱问："念珠菌是什么菌呀，让人这么难受？"

妇科医生说："就是霉菌。已婚妇女常见病，用点药就好了，不过要夫妻同治，还要注意性卫生，这病很容易复发。"

温爱松了口气，说："原来这样啊。"心想，可把我吓死了，以为是什么见不得人的病。

妇科医生给她开了些外用的洗剂和栓剂，又交代一番，就开始叫下一个号。温爱还想知道些防病知识，就问："医生啊，这病是怎么得的啊？"

医生看一眼温爱，见她长得温婉可人，就解释道："原因很多的。女性阴道内有各种细菌，有时免疫力低下，引发菌群失调，都会引起霉菌性阴道炎。"又看一眼温爱，"也有男方的原因，包皮过长，产生包皮垢。所以要多注意清洗，保证外阴干燥卫生。"医生说完朝门外挥手喊："下一个进来！"

温爱听得似懂非懂，弯腰感谢一番就出了诊室。两个人从医院出来，就决定回去上网查。先是查了霉菌性阴道炎，又查了包皮过长，许多家医院的邀诊广告窗口便跳出来。两人一边高兴这病算不得什么病，一边又被网上那些耸人听闻的说法吓住了——什么包皮过长会产生包皮垢，引发阴茎癌，什么女性长期感染会引发宫颈癌，等等。总之，都是让他们害怕得想都不敢想的病。两个人埋头检查赵晓的包皮，总觉得它的确过长。看来，一切都是它惹的祸。

因为爱温爱，赵晓动了去割包皮的念头。"我能给她的，就只有这些了。"他在心里默想。

医院的赔偿额从二十万元一下降到了两万元，李彩霞几乎要崩溃了。

"除非你能出具与段兵父女关系的合法证明。"闽南口音说。

"这协议是有法律效应的，我可以告你们！"

"是的，正因它有法律效应，我们才要你出具有法律效应的关系证明。你看，协议上清楚地写着——段兵直系亲属李彩霞。现在，死者是李小山，不是段兵。或者说，死者是段兵，不是李小山。你看，这是民政局开具的死亡证明复印件，这是与我们医院签订的用工合同原件，上面的名字都是段兵，不是李小山。如果你能提供与段兵父女关系的法律证明——要公证过的，我们就会把钱赔给你。再说，你爸是非法行医，他套用的是别人的身份证明。如果真实的段兵家属找上门来，找我们要赔偿，怎么办？"

因为说得多，老板口音中的闽南味就更重了，却又显出从未有过的耐心，以及耐心底下藏着的得意。李彩霞要疯了。

签协议时，李彩霞根本没有想到这一层，否则她签都不会签。她会先要求赔偿，也不会在赔偿前先将父亲的尸体火化。

"赔两万，是我们讲人道。你如果不要这两万，我们也没办法，只能依法解决。你可以上诉，法律判决我们赔多少我们就赔多少。"老板吃透了此刻李彩霞的心境，继续道。

李彩霞无奈，她只有二十二岁，还没有能力应对眼前的一切。她茫然，她无助。爸爸死了，以后谁还是她的亲人？谁还关心她，养活她，疼爱她？谁还冒着违法的风险，离乡背井去给她赚钱？谁还给她攒钱买新衣服新房子？谁还百般怜爱地看她穿上新嫁衣？

还有谁？男友吗？她的爱情还在空中飘，没有了父亲的她，只感觉她的一切都将飘起来，飘到不知所踪的未来。她在南城陌生的街头流着泪，一遍遍地问自己。最后，她抹干眼泪给男友打电话。男友说："要不，你在南城先找个律师问问吧？"

男友的语气也是怯懦的、惶恐的、无奈的。他们同年，他们还都生活在父母的羽翼下。现在，她只能自己去了。

在南城一家律师事务所，律师听了李彩霞的陈述，说："你首先得证明死者是你父亲李小山，而不是段兵。这一点不难，只要让真实的段兵出现，提供其身份证明，公安局有遗体录像，两地公安协作，很快就能证明你父亲的身份。问题是，如果确认了你父亲的身份，你父亲生前与医院签订的用工合同就属于无效合同，你与院方签订的赔偿协议也属无效协议。你得与医院重新签订一份赔偿协议，怎么赔，就看医院的了。当然，你父亲没有从医资格，属于非法行医；医院违规招聘，需接受相关处罚，但这是另外的问题。"

李彩霞更加迷茫了。

事实上，公安在调查取证后，很快就弄清了死者的真实身份。国内陆续发生的几起"杀医"案件，已经给社会造成了恐慌和恶劣影响。原本不想扩大这起事件影响的有关方面，鉴于这起事件的特殊性，为了警示社会，决定向媒体发布"李小山被杀事件"的起因及案情发生发展的全过程。

媒体的介入，很快引来了公众的关注。紧接着，微博发挥了比人肉更强大的力量。不仅李小山、李彩霞的身世、经历公之于众，凶手温爱、温爱的丈夫赵晓，其背后的故事和人生经历也浮出水面——

我根据微博上的内容，以简历的方式对我这篇《李小山被杀事件》中的相关人物做个补充交待：

温爱，打工妹，五岁开始成为留守儿童，跟随奶奶长大，十七岁时失去奶奶，同时辍学，入南城打工。父母早年离异，父亲再婚后与其妻一直在外打工。母亲为最早的一批南下打工妹，离异后精神失常，流落异乡，后被一收废品老头收留，并跟随其生活。

赵晓，河南某地（出于某种原因，不对此地作具体交代）艾滋村艾滋孤儿。十二岁丧父，十三岁丧母，父母均因卖血感染艾滋病毒，并死于该病毒引发的疾病。曾入所在地福利院，并在当地教育机构接受完初中及高中的免费教育，十八岁考上大学，但放弃入读，并开始南下打工自立。

关于"李小山被杀事件"，微博一天的转发量就达到几百万，几乎每条转发的内容后面都跟着几十、数百条的评论——某些名人的微博里，评论则达四位数。

人们心痛不已，既悲哀又无奈，纷纷发出疑问：

为什么加害者又是受害者？

我们到底该同情谁？

国人该反思什么？

社会的恶，还是体制的恶？

体制的背后……

类似的话题层出不穷。每一个话题都让我陷入沉思，沉思之后，唯有嗟叹。

寻仇者与逃犯

寻仇者一直在寻找逃犯。

逃犯杀掉寻仇者的弟弟，是因为一张彩票。

逃犯与寻仇者的弟弟是好朋友。他们在一条街上出生，一起长大，又在一个班上读书，一起毕业。然后，他们就进了同一间工厂当工人。

他们都喜欢买彩票。一年以来，他们去得最多的地方就是街头那家彩票促销点。那是一个用木板搭起的棚子，上面盖着一层遮挡烈日与阴雨的石棉瓦。棚子的身上刷着漂亮的白漆，远远地望去，显得小巧而精致。

彩票点除了卖彩票外，还卖些当日的报纸和市面上流行的书刊。彩票点的生意很好，每天都有人来这里买彩票。即使不买彩票，人们也愿意在这里多停留一会儿，看看当期彩票的开奖信息。

小街上有个修鞋的鞋匠，就曾经在这个彩票点买彩票后中了个大奖，奖金整整一百万元。听买彩票的说这还只是个二等奖，如果中到一等奖或特等奖，最高则有整整五百万元。

鞋匠中奖的消息传开后，小街就轰动了。彩票点一下变得前所未有的热闹起来，兴旺起来，彩票的日销售量一下比过去翻了两三番。

人们一边买彩票，一边谈论鞋匠中奖的消息，每一个买彩票的人都希望自己能有鞋匠那样的运气，甚至有比鞋匠更好的运气，因为鞋匠中的只是一个二等奖。二等奖上面还有一等奖或特等奖。

鞋匠中奖后就再没有修过鞋了。鞋匠在小街上开了一家洗脚店。鞋匠和人们打交道的地方还是脚。鞋匠只忠于人们的脚。但是，鞋匠的洗脚店开张后不到一个星期，鞋匠就被人杀了，据说是劫财。一百万元算不上一个大数目，但在小城里还是一笔大财，况且它又是一笔现了眼的财。现眼的财就很容易让人起歹心。

无疑，鞋匠的杀身之祸是彩票带来的。

于是，人们又有了新的议论。人们说，这彩票中了奖，可千万不能让人知道，得悄悄去彩票公司把奖领回来！人们又说，奖金一领回来，就应先搁到银行里去，千万不能露财！人们还说，即使中了奖也不能走漏风声，该干嘛还得干嘛。鞋匠中奖后，如果不让人知道，领了奖金后，如果不开洗脚房，而是继续修鞋，兴许就不会被人杀掉了。

但是，人们买彩票的热情并没有因为鞋匠的被杀，而有所减弱。相反，人们变得更稳重了，也更低调了。因为每个人都明白，自己即使中了奖，也绝不会让人知道。不让人知道，即使中了奖，也不会引来杀身之祸。

于是，买彩票的人，在不买彩票的人眼里就多了某种神秘性。买彩票的人，在买彩票的人眼里，也有了某种神秘性。因为谁也不知道，对方是否已经在某次购买中得过奖。这其间最高兴的当然要数卖彩票的。人们的猜疑只会增加她每天的销售额，她卖得越多，得到的提成就越多。

买的人把一串自认为充满玄机的号码写上，卖的人就把那些号码输到电脑里，一会儿，带着一串电脑票号的彩票就送到了买的人手上。一手交钱，一手交货。

每个人都在默契中遵守着这种心照不宣的惯例。

寻仇者的弟弟就是这些彩迷中的一员——他现在已经是一名死者，在此，我们姑且就称他为死者。

死者和逃犯都是彩民。确切地说，死者比逃犯更像一位忠实的彩民；因为他几乎每天都要来这里买三注单张彩票，风雨无阻。对死者而言，三注是一个好兆头。一注彩票两块钱，三注彩票六块钱，一个月他只买九十注，也就是一百八十块钱。若哪天因为什么原因漏买了，他下一次就会补回来，一次买六注（十二元）或者九注（十八元）。每月九十注，一百八十块，绝不多买，也不少买。

在死者看来，三、六、九、十二、十八、九十、一百八十这些都是好数字。因此，他选号时，也只在这几个数字中进行挑选和组合。在这些组合来组合去的数字中有一个是永远不变的，那是他为自己养的一个幸运号。他认为这些号码都是有灵性的，只要你把它养"家"了，它就会像你养的一条狗一样报答自己的主人。

而逃犯却没有死者这么多讲究。逃犯虽然也热爱买彩票，但绝不会像死者这样每天固定地买。简单地说，他是想买时才买，买多买少也全看当时的心情。他也不是天天都买，一个月有时买几十块钱的，有时买好几百块钱的。他认为买彩票就像赌博，靠的就是当日当时的运气。选号时，他也不像死者那样锁定几个数字，更不会每天花两块钱专养一个号码。

总之，逃犯买彩票完全是兴之所至，全无讲究。

那天，死者和逃犯刚好在下班时同时走出厂门。作为知根知底的好朋友，他们无须任何客套，就自然地走到了一起。

逃犯那天兴致很高，他就想去买彩票。他冲死者招呼道，咱去买两注？

死者心知肚明地笑笑，点点头，说，走吧。

逃犯和死者就来到了他们来过多次的地方。卖彩票的姑娘冲他们甜甜地一笑，说，哟，两位哥儿来了？说完就熟练地递给他们每人一张小纸片，说，几注？写吧！

由于经常买彩票，大家彼此都很熟了。卖彩票的姑娘冲死者说，还是要三注吧？

死者点点头，接过了姑娘递过来的小纸片，熟练地写上了那一串早已烂熟于心的号码；接下来又想了一会儿，才写上了另外两个他认为合适的号码。

逃犯则想也没想就在纸上乱写了一通，几组数字便被他随随便便地拼成了几串号码。

卖彩票的姑娘分别接了他们的小纸片，将号码一一输进电脑里。

像往常一样，死者只买了三注。姑娘把彩票从窗口递给他前，死者从口袋里掏出一百元钱递进去。姑娘接过钱，说，怎么又是一百块？然后就埋头在抽屉里找了一会儿，说，今天的零钱不够了，要不你明天来给吧！姑娘跟死者已经很熟了，她当然不怕死者拖欠。

死者接过姑娘递还的一百元钱，说，也行，我明天过来时一起给你。

逃犯说，不就六块钱吗，干吗还欠着？我一起付了不就得了！说完逃犯就递了二十元钱给姑娘，逃犯说，我五注，他三注，你找我四块就行了。

姑娘笑着接过了逃犯手里的钱。正在这时，死者的手机惊雷一样响起来，把姑娘和逃犯都惊了一跳。逃犯笑骂道，什么破玩意儿？还不换个带和弦的。

死者听完手机后，脸色就变了。仅仅只有几秒钟，他就挂断了手机，他说，我得去一趟医院，我妈出事儿了！话还没说完人就已经跑开了。

逃犯在后面大叫，彩票！

死者说，你先拿着！死者没有回头，但跑得更快了。

逃犯只好拿了找钱和两个人一起买的彩票回家了。

死者接到的电话是他的哥哥打来的。可想而知，死者的哥哥就是前面提到的寻仇者。寻仇者在电话中焦急地告诉弟弟，他们的母亲被一辆摩托车撞伤了，正在医院抢救，叫弟弟马上赶往县医院。这里需要交代的是，寻仇者和死者是一对感情亲密的兄弟，他们的父亲早逝，是母亲守寡带大了他们兄弟；所以他们从小就非常懂事，非常珍惜自己的家庭和亲情。这样的特殊家庭，往往有着比一般家庭更强的凝聚力。

那天，当死者赶到医院时，他们的母亲已昏迷过去。他们的母亲不幸头部受了重伤，由于小城医院的设备和医术都很有限，医院建议他们立即将病人送往市里的大医院。然而，他们的母亲最后还是因为抢救无效死亡了。

肇事的摩托车司机没有逃逸，但他也没有经济赔偿能力。交警在处理这起事件时，鉴于摩托车司机肇事后态度良好，能主动将伤者送往医院，加上小城交通混乱，伤者又是突然从小巷里钻出并横穿马路的，责任不全在肇事方，所以责成肇事者赔偿死者家属三万元。

失去母亲的打击，使兄弟俩很长时间都陷入一种悲痛的情绪中。兄弟俩齐心协力地办完了母亲的后事，才各就各位，重新回到各自的工作岗位上。这段时间，死者没有想过彩票的问题，更没有意识到，他的命运已经与一张被他忽略的彩票发生了联系。

母亲去世前后十天，死者都没有去买彩票。他甚至也忘了母亲出事的当天，他和逃犯一起买过的那三张彩票。当他又一次来到彩票点时，那个卖彩票的姑娘热情地看着他，姑娘说，好久不见你了，去哪里发财了？

死者不快地瞪了一眼姑娘。死者说，给我打九注。

姑娘奇怪地看一眼死者，不明白自己弄痛了对方哪根筋，只好乖乖地递给他一张纸，姑娘说，写号吧！

死者写完号交给姑娘。九注彩票中，死者依然最先写了那个他养了一年多的号。

姑娘收了钱，就将号码打给了他。死者接过彩票，下意识地抬头看了一眼贴在墙上的上一期的开奖号码。这时，死者突然想到了母亲出事的那天，他和逃犯一起来买的那三张彩票。

死者问姑娘，你能帮我查查前两期开奖的号码吗？

姑娘说，你等等。于是姑娘就拿出了登有前两期开奖号码的报纸。当死者看到报纸上一等奖的那一串号码时，他的心猛烈地狂跳起来——由于血液往心脏的骤然涌流，以至他的大脑出现了短时的空白。之后，他的意识才回来，与此同时，他的嘴里发出了一声痛苦的低吟：天啊……

姑娘再次疑惑地看了他一眼，终于没敢再乱问。姑娘想，小伙子一定是买了与上面的特等奖或者一等奖相错一位的号码。这样痛不欲生的叹息她已经司空见惯了。

死者离开彩票点时，第一个念头就是马上去找逃犯。他必须立即见到逃犯，找他要回那三张彩票！死者一边疾走，一边有了某种不好的预感。他想起了那天买彩票的情景。当时他身上没有零钱，是逃犯帮他付了六块钱。如果不是因为逃犯帮他付了这六块钱，而他又刚好在当时接到了哥哥那个要命的电话，那张彩票现在就不会留在逃犯手中而是在他兜里了！

现在，那张彩票已不是一张彩票，它是五百万块钱，是他一辈子也无法挣到的五百万块钱！

死者在紧张与懊悔中疾走着。他恨不能一把就揪住逃犯，一把抢过那张本该属于他的彩票！

死者的脚步更快了，死者跑了起来，死者的脚下生起一股流动的冷风。

死者一边跑一边不无害怕地想着那张彩票，那张可能已经被逃犯变现的彩票。开奖的日期早就过去一个星期了，逃犯还会傻傻地把那张彩票留在手中等他去拿吗？想到这一点，死者的冷汗冒了出来，死者的全身都在冒冷汗。死者突然想起，他已经多日不见逃犯了，自从他的母亲出事后，他就再没见过逃犯。母亲下葬的那天，他的好多同事都来了，可是与他最要好的逃犯却没有来。

想到这里，死者几乎要哭了，不好的预感跟随着他，他感觉这一路的奔跑，不是在向着一个希望，而是在向着一次毁灭、一次死亡。

死者的预感是正确的，逃犯的确已将那五百万奖金悄悄领走。

逃犯跑着去领奖的那天，正是死者的母亲离开人世的日子。逃犯在去领取奖金的路上，不无庆幸地想，幸亏那天他买彩票时叫上了死者，幸亏那天死者身上没有带零钱，幸亏那天死者在关键时刻接了一个关键电话；否则，这五百万就将不是他而是死者来领取了！五百万哪，这是一个多么让人难以置信的巨额财富！

想到这里，逃犯几乎要哭了，美好的预感跟随着他，他感觉这一路的奔跑，不是在向着一个幻想，而是在向着一次蜕变、一次新生。

死者找到逃犯时，逃犯正躲在家里看电视。死者在路上就想好了，如果逃犯不肯把彩票给他，或者逃犯已将钱领走，那么，他就只向逃犯提出分享这笔奖金的一半。死者想，无论如何，在拿到这一半奖金之前，他都不能将消息声张出去；否则，他不仅可能得不到一分钱，逃犯也可能会像鞋匠一样被人杀掉。

尽管预感很坏，但死者还是怀着侥幸想，他们是二十年的朋友，逃犯总不至于将这么大一笔钱独吞吧？死者甚至想，如果逃犯坚持要独吞这笔钱，他就威胁说要把他领了奖金的消息声张出去，让那些做梦都想发财的歹人知道。那样，歹人们就一定会想办法要他的命。

果然，一见到死者，逃犯的脸色就变了。逃犯问，你来干什么？

死者反问，你说呢？

逃犯说，我不知道。

死者说，你知道。

逃犯问，你是什么意思？

死者说，没有什么意思，就是想来找你要回我那天买的三张彩票。死者说完从兜里掏出六块钱，死者说，谢谢你那天帮我垫付了这些钱。

逃犯没有看那六块钱。逃犯看着死者。逃犯说，我不明白你的意思。逃犯说，至于你说的三张彩票，我就更不明白了，我从来就没帮任何人买过彩票。逃犯说，谁会相信，我会付钱给别人买彩票？

死者说，我相信。因为事实如此，我买了三张彩票，是你帮我付了六块钱。

逃犯说，莫名其妙，我为什么要帮你付六块钱？

死者说，因为我们是朋友，不过，也许现在不是了，但当时是。

逃犯说，是朋友不假。难道是朋友就要帮你付钱买彩票吗？

死者的心开始往下沉。他已经预感到逃犯要和他反目了，他们做了二十年的朋友，这二十年的友情无疑是要毁在那张彩票上了。

死者问，你真的不想把我的彩票还给我吗？

逃犯说，我没有拿你的彩票，我拿什么还给你？总不至于把我自己买的彩票给你吧？

死者说，你不给我，我会一直找你要的，一直要下去。死者说，念在我们二十年的交情上，我不想要你全部拿出来，但你必须付给我一半！必须给！死者的语气狠了起来。

逃犯沉默着。逃犯沉默了许久。终于，逃犯说，随你便吧，我没有拿你的彩票。我的彩票是我自己花钱买的，跟别人没关系。

死者叹了口气。死者说，好吧，我会天天来找你的，一直到你拿出来为止。你也知道，那个号码我养了一年多，光养这个号码，我都花了不止一千块钱。死者说，我们是朋友，做人要讲良心。死者说完，心里已经涌满了悲哀和绝望。这种灰暗的情绪比母亲下世的那天还要强烈地笼罩着他。

死者说完，坐在逃犯的家里抽了一支烟。最后，死者拍拍屁股下看不见的灰尘。死者说，我明天再来。说完就离开了逃犯家。

第二天，死者在车间里看到了逃犯，逃犯正在砂轮边磨刀具。死者也是来磨刀具的。他们都是车工，是车工都会磨刀具。俩人的目光对视了一下，各自冲对方点点头。逃犯的点头显得有些勉强，死者的点头就显得比较坦然。点完头，他们就各自埋下头，在砂轮边磨起刀具来。逃犯先磨完刀具。逃犯站起来，准备回到车床边去。这时，死者突然说，我晚上去找你，你等着。

逃犯的耳朵抖了一下，他从死者的话音里听出了杀机。逃犯的脚步犹豫了一下，就又无事般的往前走了。逃犯回到车床边，很快又打断了两把刀具。这在平时是极少有的，他知道自己的情绪是被死者影响了。

逃犯想，不管怎么说，那六块钱本来就是我出的，死者不过是帮我填了一下号码，我没有做亏心事。逃犯想，死者天天都填那个号码，为什么就中不了奖呢？可见好运气本来就是我的，如果那天我不叫死者去买彩票，死者可能就被那个电话叫走了，这个号码也就不可能是他的了。可见，这一切都是天意！天意！他不能违背老天的意思。

下班后，逃犯没有回家。他直接去了彩票点。这一次，由于心里憋得难受，他一下买了五十注。他丢给卖彩票的小姐一百元钱，然后就抓了张报纸看起来。看完报纸，他又翻完了一本杂志。最后，逃犯决定回家。

逃犯回家时，死者果然在他家里等着。逃犯的父亲生气地说，你怎么才回来？朋友在家等你好半天了。

逃犯没说什么，却看了看死者。

死者说，回来了？吃饭吧！死者像在自家一样进了逃犯家的厨房，不一会儿，死者和逃犯的父亲各自端了两盘菜出来。二十年来，死者已不是第一次在逃犯家吃饭了，逃犯的家人并未觉得这有什么不妥。死者默默地吃着饭，面色有些颓然。逃犯也无声地嚼着，面色也有些颓然。

饭后，逃犯像往常一样进了自己的房间，死者也紧随其后进了房间。

逃犯说，你究竟想干什么？

死者说，想要彩票。当然，钱也行。

逃犯沉默着。

死者说，你兑了，是吗？你已经去兑了，是不是？

逃犯未置可否。

死者说，如果你已经去兑了，就给我一半吧，我只要一半。

逃犯这时叹了一口长气。逃犯说，已经存进银行了，等几天吧。

死者笑笑，心里总算松了口气。死者说，如果那天不是我妈出事，我也不会……其实，让你帮我保管彩票，是因为我信任你。换了任何一个人，我都不会把彩票留下。

此刻，逃犯的眼神中出现了某种恍惚。

死者又坐了一会儿，又说了一些话。逃犯一直恍惚着，偶尔答一两句，态度也显得较为冷淡。死者认为逃犯是在为那一半奖金不高兴，死者理解逃犯，毕竟那不是一个小数目。叫一个人吞进去了再吐出来，的确是痛苦的。何况，那吞进去的是钱，一大笔钱。

后来，死者就回家了。

几天后，逃犯还是没有把钱拿给死者。有几次，逃犯几乎动摇了，决定叫上死者一起去银行，把存在自己名下的那些钱转一半给他；但每次一想到，存在自己名下的钱，将白白变成别人名下的钱时，他就有了割肉般的疼痛与不舍。逃犯还想到了将来，他要娶妻生子，要买车买房，要供孩子读书，要给父母养老，还要办一家自己的公司——他绝对不能一辈子待在工厂里当一名车工。他要当老板！而当一个老板，这些钱其实经不起几下花费就没了。如果分一半给死者，他几乎就没多少了。那剩下的一半就经不起几下折腾了。这么一想，他就下不了决心了。

死者又开始追他了。死者总是趁身边没人时问逃犯，我们什么时候去银行？

逃犯说，再等等吧，我最近很忙。

听到逃犯的话，死者又开始担心了，担心逃犯用的是缓兵之计。死者说，去一趟银行要不了多少时间，你别拖了，把那一半给我吧！

逃犯就有些生气，逃犯说，我会给你的，我一时半会儿又不会死！

死者便不好再说什么，但心里的担忧又增加了一层。

随着死者不停地追讨，逃犯陷入了深刻的苦恼中。他开始整夜整夜地失眠，想了无数种摆脱死者的方案；但天一亮，一面对死者那双执着的眼睛，他就觉得没有一种方案是行得通的，除非拿出一半的奖金给死者。

由于死者的频繁追逼，逃犯的情绪开始变得越来越焦虑不安。而逃犯的拖延，也让死者失去了耐心。他们见面时的不愉快也在不断地升级。有时，两人碰头还没有说上三句话就吵了起来。同事们也看出了这双昔日好友的矛盾，但没有人知道这矛盾的起因。彩票的秘密始终被矛盾的双方严守着。

二十多天后，由于频繁的失眠，逃犯开始出现幻觉。一次，竟出现自己用刀砍死了死者的幻觉。当逃犯从幻觉中清醒过来时，他被自己的幻觉吓了一跳！尽管如此，这个幻觉却牢牢地控制住了他。

逃犯越来越频繁地陷入类似的幻觉中，这使逃犯的心灵倍受折磨。

逃犯深深地感到，要想摆脱这种幻觉的折磨，除非他真的杀死对方。只有杀死对方，他才能真正摆脱对方无休无止的纠缠。

逃犯终于决定杀掉死者。

逃犯杀掉死者的方式是勒杀。逃犯用的是一根铁链。

在确定死者已是一具真正的尸体后，逃犯的第一个念头就是：逃。

逃犯杀掉死者后，就开始了真正的逃窜。

逃犯逃走前，下意识地摸了一下死者的口袋，他摸出了死者的身份证。死者随身携带着身份证，可见死者做好了随时与逃犯一起去银行转账过户的准备。

对于死者的死，逃犯不能说没有一点愧疚之情。但是，他又进一步认为，他的做法是正确的；否则，有一天他也可能会被死者所杀，因为他不准备拿出手中的钱。只要不拿出那笔钱，死者就可能将他杀掉。这是逃犯坚定不移的认识。

逃犯看到死者的身份证后，一个念头突然在脑海里清晰起来：他决定带着死者的身份证潜逃。手持一个死去的人的身份证潜逃，无疑将是最安全的。公安机关绝不会通缉一个已被杀害的死者。对逃犯来说，以一个死去的人的身份和名义活在世界上，显然是一个妙不可言的逃生之计。

其实，逃犯在决定杀掉死者之前，已有过几天的预谋。他专门去了一趟外地，把存在自己名下的钱都转到了外地一个新开的账户上。那里将成为他计划中的逃生之地。

逃犯带着死者的身份证潜逃了。这时正是正午时分，是他和死者约定去银行办理转账过户的时间。

死者的哥哥寻仇者发现弟弟被杀时，已是当天晚上。他下班后，因为心情不好，去母亲的坟地上坐了一会儿。这一天，是他们的母亲死去后的"五七"之日。作为哥哥，他不想让弟弟与自己一样活在母亲死去后的阴影里；所以下班后他没有直接回家，而是买了香纸，去了母亲的坟边。寻仇者在内心里向母亲祷告，祈求母亲能在那边保佑他们兄弟俩平安幸福。

寻仇者从母亲的坟地回到家时，天已经擦黑了。当他推开弟弟的房门，打开房灯时，他就看到了弟弟一动不动的背影。弟弟的头歪垂在肩膀上，显得那样有气无力。寻仇者叫了一声弟弟的名字，没有得到回应，他立即就又了不好的预感。

果然，他看到弟弟已经死去了，脖子上还有一条明显的勒痕，地上则躺着一条已经生锈的铁链，那是弟弟的自行车锁。

寻仇者发出一声骇人的号叫，冲上去抱住了弟弟的尸体。寻仇者想不明白自己的弟弟怎么会被人所杀。弟弟生前朋友不多，但也从未因任何事与他人结仇，为何今日竟惨死在家中呢？弟弟死了，他唯一的亲人也离开了这个世界。寻仇者顿时感到天昏地暗，悲痛欲绝。

悲痛欲绝的寻仇者向警方报了案。警察赶来时，逃犯已在去往逃窜之地的路上，火车正向那个城市疾驶，再过几个小时，逃犯就可以到达那个预想中的城市。

警方的侦察毫无进展，因为现场没有留下任何作案的痕迹。死者哥哥的回忆，对警方的案情分析也没有任何帮助。

死者家家徒四壁，寡母刚过世，没有劫财被害的可能。死者生前未与人发生过摩擦与纠纷，好像也没有仇杀的可能。警方认为，唯一值得怀疑的，就是那个曾经撞死他们母亲的摩托车司机。此人曾因死者母亲的死，向死者和他的哥哥赔了三万块钱。

于是，警方传讯了被怀疑的对象。通过问讯，警方很快就排除了对方作案的可能性。

经过几天的调查，警方还是没有找到案件侦破的突破口。

谁也不会想到，死者被杀，与一张消失的彩票有关。

逃犯是三天后引起警方的怀疑的。逃犯引起警方的怀疑是因为他的突然失踪。据死者的哥哥讲，逃犯是死者二十年的好朋友，他们之间的感情丝毫不比他们兄弟间差。于是，警方提出对此人进行问讯，但传回的消息却是对方失踪了。对方的失踪也是在三天前，他的家人、同事和朋友都不知道他去了哪里。

警方开始把调查的对象锁定在逃犯身上。经过调查，人们透露死者生前和逃犯经常在一起，两人最近好像在为什么事争吵。但具体是为什么，谁也不清楚。

仅此一点，并不足以构成逃犯杀死朋友的理由。因为，相处二十年的好朋友之间发生点什么不快，并不是奇怪的事。问题是，逃犯为什么会消失。

根据警方的推断，逃犯消失可能存在两种情形：一、逃犯因故杀了死者之后，逃到了外地；二、逃犯可能是一名知情者，目睹了死者被杀的过程，从而成了一名受害者。而后一种情形又存在三种可能性：1.被毁尸灭迹；2.成为在押人质；3.躲逃在外。

但这三种可能性似乎都较小。因为：1.如果毁尸灭迹，死者也应该遭遇同样的命运，可是死者没有；2.如果成为在押人质，不符合犯罪嫌疑人杀人灭口的一般规律；3.躲避在外，他首先会和自己的家人联系，但警方监听了所有与逃犯相关之人的电话，没有得到任何信息。

而此间，逃犯的父亲也向警方报了案：他们的儿子失踪了，希望警方能帮忙寻找。

但是，逃犯真的消失了，人们得不到他的任何信息。警方无奈，只好通过各地警方对逃犯发出了通缉。

时间很快就过去了半年，人们依然没有获得任何关于逃犯的信息。最初，逃犯的家人还怀着某种希望等待着，但这种希望渐渐破灭了。逃犯的父母亲这时已深信不疑，他们的儿子也被人杀了，与死者一起被人杀了。

他们开始到处寻找儿子的尸体。儿子可能去过的地方，他们都找过了，甚至还去辨认过两具无名男尸，但他们都不是他们的儿子。

他们的儿子究竟去了哪里，没有人告诉他们。

同样焦急的，还有死者的哥哥寻仇者。他也没有放弃寻找逃犯。他确信弟弟的死与逃犯有关。

寻仇者决定自己去寻找逃犯。

寻仇者带着母亲用生命换来的三万块钱出发了。他决定，即使是餐风宿露、踏破铁鞋，也要帮弟弟把仇人寻出来。一天不找到逃犯，他就一天不会停止寻找。他想，只要找到逃犯，他就亲自勒死他，就像他勒死自己的弟弟一样。

事实上，死者的那张身份证的确保护了逃犯。逃犯用死者的身份证在一家银行开了户，并把自己名下的那些钱都转到了死者的名下。现在，死者的名下终于有了一大笔钱，比他生前想要的还要多一倍。不过，这些钱只能由逃犯帮他慢慢花掉了。

现在，逃犯的名字和身份都变成了死者的，他以死者的名义活着。为了让自己在使用死者的身份证时，不至于露出破绽，逃犯又用自己的照片另外请人伪造了一张死者的身份证。也就是说，在这张身份证上，照片是逃犯的，而名字和出生日期却是死者的——死者也以逃犯的名义活着。

三年后，寻仇者终于第一次见到了失踪已久的逃犯。

此时的逃犯已是一个颇有风韵的漂亮女人，虽然骨骼略略显得有些粗大，但还是不乏女性的风情。逃犯用死者的身份经历了八次整形、一次变性。此后，逃犯以女性的身份，开始了隐姓埋名的生活。

逃犯在南部的一个偏僻小镇开了一家小餐馆，过着衣食无忧的生活。

逃犯的新身份证上，性别已经变成了女性。在这张身份证上，已经看不出逃犯任何的形迹。无疑，这也是一张伪造的身份证。但逃犯马上就要有一张真实的身份证了。为了这张身份证，她花了整整二十万元。

寻仇者第一次见到逃犯时，就被她的美貌吸引住了。她的眉眼里总有那么一点熟悉的东西，令他感到亲切。当时，寻仇者正在逃犯的餐馆里就餐，他的全身满是疲惫的旅痕。逃犯正从楼梯上款款走下来，一眼就看到了楼下的就餐者。

看到寻仇者，逃犯的眼里现出异常的惊慌，但寻仇者平静的眼神，立即让逃犯想起自己已是一个形象美丽的女人。于是。她平定了自己慌乱的情绪，更加款款地从楼梯上走下来，对寻仇者露出若有若无的微笑。

逃犯用被过多的雌性激素改造出的女中音对寻仇者招呼道，先生吃饱！

寻仇者点点头，露出一个困难的笑容。由于长时期不笑，他的笑容看起来有些生硬，但毕竟那是一种笑。

此时的寻仇者，是个不名一文的流浪汉。为了寻找逃犯，他几乎已经花光母亲用生命换来的那三万块钱。

寻仇者一边吃一边喝酒。他身上已没有多少钱了，今晚干脆尽一次兴。

寻仇者喝完了一瓶啤酒。

寻仇者接着又喝完了一瓶啤酒。

最后，寻仇者还是要了一瓶啤酒。

寻仇者一共喝了三瓶啤酒。他觉得多日来的疲乏减轻了不少。寻仇者买完单，就起身离开了。在他走出餐馆大门时，或是因为流连，他又回身看了一眼身后的女人。女人也在看他。女人亲切地笑着，女人说，先生慢走！

寻仇者再次冲女人点点头，他已经有了些醉意。他猜女人是店里的老板娘。

寻仇者打算在心里记住这个女人，记住这个笑容亲切，一点都不趾高气扬的女人。于是，寻仇者抬起头，看了一眼餐馆的名字，又看了看餐馆的玻璃门。然后，他就看到了贴在玻璃门上的招工启事，上面写着：本店招男工一名，年龄二十五岁左右，工资面议。

寻仇者立即停住了脚步。他决定上前去问问，他是否可以留在这家餐馆里打工。他打算靠打工挣些路费，继续去寻找逃犯。

于是，寻仇者转回身，重新走进了店里。

见到寻仇者回头走来时，逃犯的心跳还是加快了。逃犯的慌乱被寻仇者看成了女性特有的羞怯，这种羞怯立即打动了寻仇者，让孤单已久的寻仇者感受到了一丝女人的温暖。他决定无论如何都要留下来，即使老板不给他开工资也要留下来。

但是，逃犯拒绝了他。逃犯说，我今天已招了一名男工，那张纸昨天贴上去后，就忘了撕下来。说着，逃犯就起身将那张纸从门上揭了下来。

逃犯知道，寻仇者并没有认出她，寻仇者也不可能认出她。对方再怎么多疑，也不至于把她当成一个男人。想到这一点，逃犯的脸上便多了一些坦然。

但是寻仇者对逃犯提出了请求。寻仇者诚恳地说，小姐，你就暂时先收留我几天吧，我不要你的工资，你只要给我管吃管住就行。

逃犯说，那怎么好意思？人家会以为本小姐剥削员工呢。先生还是另谋高就吧！

寻仇者说，这怎么是剥削呢？这等于是帮我，否则我就要露宿街头了。寻仇者这样说时，舌头已经有些打结了，但他的头脑依然清醒。从来，他都是一个酒醉心明的人。尽管头脑清醒，他还是无法控制自己说话的愿望。

寻仇者忍不住对女人诉说起来。

寻仇者说了母亲的死，又说了弟弟的死，说起弟弟的死，就说到了逃犯。寻仇者说，我相信我弟弟就是他杀的，我不明白他为什么要杀我的弟弟，他们是好朋友！说到这里，寻仇者本来就发红的眼睛更红了，他说，我一定要找到他，把他勒死！像他勒死我弟弟一样把他勒死！

逃犯故作惊讶地听着，心跳却加快了！她感到自己皮肤上的毛孔正在一个个打开。寻仇者的执着让她感到某种恐惧。

逃犯说，大千世界，茫茫人海，大哥去哪里找他呢？

寻仇者说，只要他活着，我就一定能找到他！我已经找了三年了，我还要找下去，除非，他死了。寻仇者的眼神里充满了坚定与自信。

逃犯说，也许他死了呢？再说，你凭什么觉得一定是他杀了你弟弟呢？

寻仇者沉默了一会儿，说，如果他没有杀我弟弟，他为什么要突然失踪呢？

逃犯说，这也许只是一种巧合，也许你要找的人也被人家杀了呢！你这样盲目地找下去，岂不是白吃苦头？

寻仇者说，我也这么想过，可我就是想不出我有什么理由不继续寻找。因为我弟弟已经死了，是被人勒死的。你想想，如果是你弟弟，你会有什么感觉？

寻仇者擦了一下眼角的泪，冲逃犯摆摆手，说，算了，不跟你们女孩子说这些事了。寻仇者最后恳求地望着逃犯说，小姐，能让我给你打工吗？就算帮帮我！我不要工钱，只要吃住还不行吗？寻仇者说完，做出了一副不打算走的样子。

逃犯再也找不出拒绝的理由。如果继续拒绝，她怕反而引起对方的怀疑。她答应暂时让寻仇者留在餐馆里。

寻仇者的到来，再一次使逃犯的内心失去了平静。

她在心里提防着寻仇者，唯恐他像一枚甩不开的手榴弹，突然哪天在她身边爆炸。

但是寻仇者并没有做出让她感到不安的事。相反，寻仇者越来越成为餐馆里不可或缺的一员。他在餐馆里买菜送餐、招待客人、打扫卫生、搬运重物，对她，则百般关爱、无微不至。他遇事冷静、处事得体，日益显出某种男主人的风范。有时，客人误以为他是老板，而她是老板娘。客人冲他喊，喂，老板！客人也冲她喊，喂，老板娘！

寻仇者的到来，无疑使逃犯的餐馆增加了某种稳定的气象。逃犯变得越来越依赖寻仇者了。随着身体的变化，逃犯的心理其实也悄悄地发生着变化，她关注的异性不再像过去那样是窈窕淑女，而变为一些英武强壮的男性。在她眼里，寻仇者就是这样一位男性。而寻仇者分明也在爱她，寻仇者每时每刻都在向她表达这种爱。

逃犯当然意识到了这一点，可一想到寻仇者说过"把他勒死"的话，她又对他心怀恐惧。

终于有一天，寻仇者突然抱住了她。寻仇者喘息着说，我爱上你了，从第一次见到你就爱上你了！

逃犯怀疑地看着寻仇者。她说，你为什么要爱我？

寻仇者说，傻瓜，爱有原因吗？寻仇者深情地说，我爱你，和我结婚吧！

逃犯不相信地看着眼前这个要找她复仇的男人。逃犯说，你要和我结婚？这怎么可能呢？

寻仇者说，你瞧不起我，是吗？可是，总有一天你会瞧得起我的。

逃犯说，我不是这个意思。这时，寻仇者的手伸进了她的衣衫中，紧接着，寻仇者的唇也落下来吻住了她。逃犯挣扎着，可是寻仇者的动作却越来越有力，逃犯越是挣扎，寻仇者就越是用力，终于，逃犯发现自己的脖子被勒住了。她叫喊了一声，却发现那只是一种窒息感！一种因快感带来的窒息感。寻仇者的手并没有勒住她的脖子，而是抓住了她的两只乳房。与此同时，寻仇者进入了她的身体。

逃犯小心地感受着，她在心里不断地对自己说：嫁给他！嫁给他！！嫁给他！！！因为只有嫁给他，她才会真正得到安全。因为只有嫁给他，他才永远也不会想到，她就是他要寻找的逃犯！

逃犯和寻仇者同居了。

有一天，寻仇者在和逃犯做完爱后，忽然俯在她耳边说：我真想永远留在你身边爱你！

逃犯撒娇地说，那就永远爱呗！

寻仇者说，可是，我得去寻找逃犯。

逃犯说，难道我对你的爱还不能让你忘掉那个逃犯吗？

寻仇者说，等我找到了逃犯，我就回来和你结婚。

那晚，寻仇者梦见自己找到了逃犯，并终于亲手勒死了他。在梦里，他也像逃犯一样潜逃了，成了一名新的逃犯。

第二天，寻仇者告别了心爱的女人，踏上了未来的旅程。他将继续寻找逃犯。

守桥人

马丁第一次登上王桥，是作为一名围观者。那次，他目睹了"跳桥秀"的全过程。十几个人一起以迅雷不及掩耳之势，爬上了王桥两侧的钢架。守桥的保安不是没有洞悉他们的企图，而是他们的人太多，速度又太快，保安拦下了其中的一个爬桥者，其他十多人就乘这俩人拉扯纠缠的工夫，迅速地爬了上去。

与此同时，桥上往来的车辆并没有因此减缓行驶的速度，但车内却有人用手机报了警，报警的还不止一人。但警察赶来需要时间，即使出警的时间再短，也不足以阻挡那些疯狂的爬桥人。警察赶到现场时，他们早就端坐在了王桥的顶端——谁让这是一座老式的钢架桥呢？！这座横跨南城大江，由英国人修建于20世纪30年代的老式钢架桥，曾是南城的地标，是南城人的骄傲。它历经战火，几度负伤，却像一位意志刚毅、生命力顽强的老将一样驻守着岗位。如今，它仍是南城重要的交通道路。

有人掰着指头数了数，爬桥的人数竟有十六个之多，其中四个还是女的。

突破口是从桥的南面打开的。桥南桥北分属不同的街区管辖，两端的守桥人显然也来自不同的管理单位，看热闹的人不懂这一点，守桥的人却心知肚明。守桥的保安直后悔听了队长的话，没像桥北那样，也给桥两侧的钢架装上带钉的铁链和钉板——市民们认为那些丑陋的钉板影响了南城的形象。于是，他们就放弃了这么干。原本，他们也是奉命给钢架抹了黄油的，但那些跳桥者有的是办法，他们为了达到目的，不惜脱下自己的衣衫擦去钢架上的黄油，要不了几分钟，这些人还是会顺利地爬上去。不然，这种跳桥的事件，不会在一个月内就发生八次；虽然从没有一个人真正从王桥上往下跳——他们只是为了秀一场。秀的目的，多半是为了维权。

"妈的，谁当这守桥的，谁倒霉！谁知道狗日的会在啥时来跳桥啊，真是防不胜防！"守桥的保安一边自言自语地骂，一边在马丁的旁边急得直跳脚。

马丁说："他们不会真跳的，你别担心。"

"老子当然知道他们不会真跳，可老子这个月的奖金就保不住了，弄不好，连这份工也保不住！这些王八蛋，他们是爽了，可老子就惨了。"

马丁辩解道："他们爽什么，跳桥有什么好爽的呢？"马丁想说，他们这么做也是被逼的，是不得已而为之。可他忍住了，他不想激怒保安。

保安很奇怪地看了他一眼，说了句莫名其妙的话："他娘的，再这么跳下去，老子也要跳了！"保安甩开了马丁，折身往桥头跑去，一边对着手中的对讲机狂喊，"喂，你们来了没？还有多久……"

马丁抬头往桥顶看了看，十六个人分散在桥的两侧，正稳稳地坐在桥顶的钢架上。他在人群中搜寻，看到了他的前妻柳梅。事实上，从一开始，他的目光就紧紧地跟随着柳梅，他看见她像只灵巧的猫，只用几十秒钟就爬到了桥顶。

保安对着对讲机喊了一阵，又倒了回来。马丁一把拉住他，说："我帮你劝他们下来，你把喊话器给我。"他把嘴朝保安手里那支喇叭形的喊话器努了努。

保安龇开牙笑起来，斜视着马丁，一侧脸上的肌肉也抽动起来。马丁知道对方不相信他，就贴近保安的耳朵小声说："那上面，有一个是我老婆。"马丁将嘴从保安耳边移开，笑着补充，"曾经的。"

保安将信将疑地看着马丁，看到马丁脸上的笑，觉得他是在耍弄自己，禁不住生气地骂道："你吃饱了撑的，是不是？你再在这儿妨碍公务，小心老子一警棍捅死你！"

马丁咯咯咯地笑起来，说："我当过兵，你捅不死我。你不信就算了，一起看热闹吧！"说完又抬头看了看柳梅，他感到柳梅也在看他。居高临下的柳梅眼光里有种鄙视与嫌恶。

保安没再理会马丁，因为警察已经赶来了，可能提前得知跳桥的人数众多，一前一后一共来了七八辆警车。作为一名守桥的安保人员，保安第一个向警察跑去。马丁没动，他远远地看着，本能地觉得柳梅他们把事态闹严重了些。警察一到，首先就封锁了桥面车辆的通行。车道被封锁后，很快形成了堵车的壮观景象。堵车最能激起围观者的愤慨。与以往每次发生跳桥秀一样，马上有车主摇下车窗，探出头，对着桥顶的爬桥者大骂："跳啊！你们有胆就跳啊，不跳是孙子！"

立即有人附和："对，不跳的是孙子，是王八蛋！"

"呵哈，还有女人啊，那就是王八蛋老婆！"

各种各样的叫骂声，混杂着浓烈的汽车尾气的味道，直往马丁的耳朵和鼻子里面灌。"疯子，一群疯子，去死吧！"听到人们的骂声，马丁也觉得柳梅他们疯了。如果厂里对他们的欠薪只能通过这种方式讨要的话，他宁可不要那些钱。如果柳梅还是他的妻子的话，他说什么也会阻止她的，可惜她现在不会听他的话了。她现在听的是另一个人的话，那个人现在也在桥上，和柳梅一起面对面地端坐在桥顶的钢架上。

马丁怀疑这场跳桥秀正是这个人策划的，而柳梅，应该是积极的参与者。柳梅过去总是骂他软蛋。柳梅有理由骂他软蛋，因为柳梅无论怎么骂他，他也绝不会对她动一指头。不是他不想动，而是不能动——以他那身特种兵的功夫，一拳下去，柳梅不骨折也得皮肉青肿。他曾经因柳梅对他的恶骂推过她一掌，她顿时倒地，就在柳梅的头将触地的那一刻，他已腾空跃起，一把将她捞起，这才避免了一场脑震荡的悲剧。从那以后，他就下决心再不碰柳梅一指头。

他在部队所学的那身功夫，不是用来对付女人的，更不是用来对付自己的妻子的。他宁肯柳梅骂他软蛋。

"亏了你还是个特种兵，你哪点像个特种兵呢？我看你就是个尿包、软蛋！"柳梅骂他的时候毫不留情，怎么狠毒怎么骂，怎么刺激怎么来。可马丁就是不理柳梅这一茬。他受得了这个刺激。在他看来，柳梅不过是条爱吠叫的狗。真正咬人的狗是不叫的。

柳梅起先骂他软蛋，是因为和弟弟的分家。得知为了让弟弟上大学，他听从了父亲的安排，高中一毕业就去当兵的事后，柳梅就为他受到的不公正待遇叹了口气，觉得他父亲是偏袒他弟弟。他和弟弟是双胞胎，家里供不起两人上大学，总得有一个做出牺牲。他是老大，他去当兵让弟弟去上大学，他没觉得有什么不妥。可柳梅却认为是父亲和弟弟亏待了他，因此家里的好处她每每都要争一手。父亲和弟弟也都让着她。母亲死得早，他知道父亲的不易。家里的房子是父亲单位分来的福利房，只有一大一小两间卧室。住房改革后，父亲就下了岗，为了供他们兄弟俩读书，家里再也没有钱买商品房。弟弟马古毕业后回家乡工作，为了不影响他们，宁肯自己在外面租房子住。

有了孩子后，马丁和柳梅就出来打工了，孩子则留给父亲照看。一年后，马古也恋爱了，女友提出的结婚条件是必须要住自己的房子。父亲没有办法，恳求马丁把房子让出来给弟弟结婚。

"你们反正在外面打工，难得回家几天。真要回来，我把小房让给你们住，我和甜甜住客厅。"甜甜是他们的女儿。

　　"甜甜是女孩，她很快就会长大，总不能让她一直和爷爷住客厅吧！再说，上大学你已经让了，凭什么还该你让房子？"柳梅一听就和他叫嚷起来。

　　"这不是暂时的嘛！只是先让马古把婚结了。马古是大学生，工资比我高，他迟早会买自己的房子，迟早会从家里搬出去。"马丁劝柳梅。

　　"现在的大学生狗屁不值！你以为马古买得起房子吗？他要是买得起房子，我就跳楼！房子我坚决不让！你爸要是背着我腾了房间，我就把他那把老骨头丢出去喂狗！"

　　马丁并没有把柳梅的威胁当回事，而是打电话让父亲腾房子给马古结婚。马丁和柳梅年底回家时，他们的卧室早已做了马古的新房。可以想象柳梅的愤怒。柳梅不仅在家里大闹了一场，还和马古的妻子打了一架。父亲一气之下，将房子的产权过到了马古的名下，并完善了相关的法律手续。

　　父亲说："房子不是白给马古的。我也是一碗水端平，让你们两兄弟分家，马古得房子，你们得钱。我请人评估过了，房子就值三十万，你们可分十五万。这是马古两口子拿给你们的十五万。"父亲把一张存折递到柳梅的手上，柳梅一手将它打落了。

　　柳梅说："你这叫不公平，我要起诉！"

　　父亲说："你起诉吧，胜输我都认。"

　　柳梅自然是败诉了。她拿走了马古的十五万，从此，马丁就背上了软蛋的骂名。此后的另一件事，则坚定了柳梅离开马丁"这个软蛋"的决心——柳梅和同车间的一位女工友因为计件误差引起冲突，先是争吵，后是恶骂，最后发展到动手。柳梅泼辣，女工友也不是省油的灯，互相攥紧了头发撕打。马丁也是厂里的员工，眼见着妻子和别的女人撕打，却不好上前拉架。他知道只要自己出手，对方就会赖上他，认为他是帮妻子的忙。最重要的是，他不能保证自己一旦情绪失控，对方会伤成什么样子。柳梅眼见马丁在一旁毫无作为，急得冲他大喊："马丁，你快过来呀！你这个软蛋，难道想看着别人把你老婆打死吗？"马丁无奈，只得掏出手机报了保安。一直到保安赶来将两人分开，马丁都没有趋近一步。这次事件后，柳梅就再也不让马丁碰自己，也再没有叫过一次马丁的名字。倒是她们的主管在了解了事情的起因后，毫不犹豫地将那位女工友开除了。柳梅就是这样倒向主管怀里的。在她看来，主管才像个男人，而马丁不是。在她的认知里，他成了名符其实的软蛋。

主管成了他们婚姻解体的引线。柳梅毫不犹豫地离开了他。签离婚协议时，柳梅甚至都没有看一眼他。他知道，当一个女人从心底里蔑视一个男人时，她是不可能对他有任何依恋的。

这一次，由主管带领表演的跳桥秀，让马丁见识了那个男人的宏伟气魄。他对着桥底的警察喊话，不解决他们的欠薪问题，他们决不下来。

"我不是为了自己，我是为了我手下的这批工人，厂里解聘了他们，却不按劳动法赔偿。他们都是离乡背井来南城打工，上有老下有小，我们爱南城，也希望南城能爱我们！我们也不想爬王桥，可不这样做，又有谁会理会我们这些小人物的委屈和不平呢？"

警察说："你们有问题，可以下来谈。再说，你们的问题有劳资部门来解决，你们坐在桥上也解决不了呀！"

"要是劳资部门能帮我们解决，我们还会来跳桥吗？"

谈判进行了半个多小时，主要展开在主管和警察之间。警察们俨然已把主管当成了跳桥团的代表。

警察说："你们的事，政府一定会管。你们有难处，大家也有难处，你们看，王桥堵成什么样子了？这要耽误大家多少时间多少事情？这桥上还停着救护车，还有，江面上，来了多少水警，都在给你们铺救生气垫。我们出动了多少警力，动用了多少物力！也许你们不知道，你们这么一闹，将给社会增加几百万的成本！下来吧，我们保证促成有关部门解决你们的问题。"

"是不是我们一下来，你们就先把我们关起来呀？你们以前又不是没这么干过！你们得当众答应我们：一、帮我们解决问题；二、不抓我们。否则，我们就不下来。"这次是柳梅的声音。

桥下的市民发出了哄笑声，有人说："还是女人厉害。"

警察也笑了。警察说："我答应你们，当着王桥上的所有市民答应你们。"

马丁也笑了，他看见那个守桥的保安也在笑。保安还记得他，那眼神有点诡谲，似在说：还敢说这个女人是你老婆吗？

十六个人终于从桥上爬下来，他们被陆续带上了警车。就在钻进警车的那一刻，柳梅突然带着哭腔回头喊道："马丁，你这个软蛋！要是警察骗我们，真把我们抓起来，你要打电话给记者报料啊！"

听到的人又是一阵哄笑，有人嘘开了，冲柳梅的背影喊："放心吧，警察不放你，我帮你打南城一线，报料费三百元！"

"又一场跳桥秀。"人群嘻嘻哈哈地散去，堵在王桥上的车队也开始缓慢行驶。

马丁说不清自己的心情，守桥的保安看着他，问："你是马丁？"

马丁点头。

"那女人真是你老婆？"

马丁点点头，又摇摇头："以前是，现在不是。离了。"

保安哈哈大笑起来："她刚才骂你什么来着？软蛋？哈，这女人真她妈的有意思！"

马丁想起柳梅上警车前说的话，有些担心地问保安："你说警察会不会真的把他们关起来？"

"关是会关几天的。像他们这种扰乱治安，给社会造成坏影响的行为，不处罚一下怎么行？不然，谁有个解决不了的啥事儿都跑来跳桥，这王桥还不得招一个连的保安来看守？再说，这破活儿，每天风吹日晒的，整天闻汽车尾气，谁他妈愿意干哪！"保安看看马丁的神情，又说，"不过，也就是关几天吧，教训一下，也就放了。"

马丁不觉有些担心起柳梅来，她虽然和他已没什么关系，但到底还是他女儿甜甜的妈。马丁于是开始和保安套近乎。他从口袋里摸出一盒烟，这是他出来前特意买的，特醇的红双喜。

他摸出一支，先给自己点上，再顺手摸出一支，退后了，往高里一掷，那保安就像懂他的意思似的，也退后几步，跳起，在空中一把接了。马丁笑道："哥们当兵的出身吧？"伸出手，将火机打着了。

保安将烟叼上，凑近火苗，点了，猛吸一口，说："那可不！"保安有些得意，报了自己的服役地和部队番号。

马丁也报了自己部队的番号，说："特种兵。"

保安就愣了。保安说："哥们现在哪里高就？"

马丁说："高就个屁！以前在深圳一家物业公司当保安队长，为了和老婆待一块儿，辞了，来南城，和她在一个厂里做。不凑一块儿，还好；凑一块儿了，还散了。"

保安就嘿嘿地笑，说："这叫近臭远香，哥们你是太不了解女人了。"保安把嘴凑近马丁，"我把女人放在老家农村，村里都没一个青壮汉子了，我老婆就是想偷人，还找不着偷的人，只能眼巴巴地盼着我回。我一回家呀，过的那就是老爷日子，除了床上那活儿，啥都不让我干！"

马丁也笑起来，说："可惜我老家没在农村。现在城里人家穷的，过得比农民还不如。农民好歹还有块地，自产自销，还不用交税。"

保安也认同马丁的说法。马丁这时已知道保安叫张平。张平显然是患了话语饥渴症，好不容易遇上个能说话的，立马就和马丁唠上了。

张平说："我在这桥上守了快两年了，还没遇上一个像你这样的人，能和哥们一块儿聊聊天。别看这桥上车来车往，除了偶有个问路的，还真没有一个人停下来和你说说话。每天闷疯了，耳朵里除了噪声，就是噪声，鼻孔里除了尾气，就是尾气。妈的，回去后耳孔和鼻眼里全都是黑的，你得洗上五分钟才能把它们洗干净！说实话，哥们我都不知道能在这桥上待多久，这么下去恐怕老子也想要跳桥了。"

马丁望向桥面，车辆早已如常通行。远处的江面看上去很壮阔，很浩渺，有大小不一的船只在水面上缓行，大的是运沙石的货船，中号的是涂满了各种广告图案的游船，最小的则是环卫工人的打捞船。这条城市的母亲河，曾经养育了数百万的南城人。现在，它那秀美的身子已不再清碧如翠，江面上总是漂浮着一些亮闪闪的油污，水面上也总有捞不完的垃圾。但流淌的江水是宽厚的、仁慈的，无论人们怎么糟践它，它还是向人们敞开了博大的胸怀，进行着永不止息的自我涤除，带走污秽，留下湿润与雨露，滋润和清洗着这个灰霾笼罩的城市。正是有了这条大江的滋养，这个城市才得以四季花开、苍翠常在。

一阵风从江面上扫过来，桥面上的汽车尾气淡了不少。自从跳桥事件频繁发生以来，人行道靠桥架的一侧，就被强行封闭了，两侧的桥架下都装了半人高的水马，行人被隔离在水马之外。守桥的张平只能隔着水马，与桥上的行人遥相对视，或者遥不对视——行色匆匆的人们，有谁会在意一个看起来无所事事，却须臾不可少的

268

守桥保安呢？

两个人正说着，来了两个带着摄像机的电视台记者，他们来晚了，扑了空，就想找守桥的保安补点料。换在往日，张平会欣然接受采访，可这一次，张平却不耐烦地冲两名记者挥挥手，说："人已经到派出所去了，你们去派出所采访吧！"

两名记者一离去，张平就骂开了："这些狗仔队，就跟苍蝇爱盯臭肉一样，他们就怕抓不到新闻，巴不得有人来跳桥！"

马丁说："他们报一报还是有好处的，那些跳桥的，他们的欠薪说不定就能解决了。"

张平说："他们这一跳桥，欠薪也许是能解决，可我这月的奖金就泡汤了。"

马丁说："那我就代表前妻向兄弟谢罪吧，你下班了我请你喝酒怎样？"

张平就笑，他说："这不关你前妻的事，他们不来跳，也总有人来跳的。这王桥，早就成了维权桥了。"

马丁说："那咱哥们说好了，晚上一起喝酒。"说完就掏出手机，录下了张平的手机号，说，"你等我电话。"

张平下班后果然接到了马丁的电话。当过兵的人，最看重战友情谊；两人虽不是战友，但因为有过共同的经历，还是一见如故。这晚，两个人一边喝酒，一边天上地下地扯起来。话题大都与部队生活有关。聊到投机处，马丁说："哥们，我到桥上来陪你吧，陪你一起守桥。"

张平说："兄弟你胡说什么！光哥们一个受苦也就罢了，哪里还能让兄弟一起来受罪。哥们若不是没办法，也不到王桥上喝江风，吃尾气。"

马丁说："我说的是真的。哥们你总不会被欠薪吧？可兄弟我会被人欠薪。再说，我来了，你就有人说话了，下了班也有人陪你一起喝酒了。"

张平说:"你真想来守桥?"

马丁点点头,眼下他正失业。因为厂里把他们辞了,又没按劳动法赔偿,柳梅他们才要来跳桥。他虽然是被欠薪的人之一,但他不想跳桥。不是他没胆量,而是觉得悲哀——讨薪要用这样的手段,那已经不是讨薪者的悲哀。守桥,这个在张平看来觉得"快要闷疯"的工作,对马丁而言,却是一份难得的安宁。他并不喜欢和人交流,也不爱说话。之所以和张平说这么多,是因为他喜欢上了张平的工作,还因为他们都当过兵,有共同的话题。

张平说:"那好,我跟我们队长是老乡,我跟他说一下,绝对没问题。至于工资,虽然不算太高,但比一个流水线上的工人还是要高出许多的。"

马丁说:"我不在乎工资多少。说实话,我喜欢待在桥上的那种感觉。如果今天不是跟随柳梅他们来到桥上,我是不知道待在桥上的那种感觉的,咱俩也就不会认识,不会在一起喝酒了。"

张平喝干了酒,说:"既如此,那哥就试试看吧。"

在张平的举荐下,马丁果然成了一名守桥人。有时候马丁想,如果他在守桥时,柳梅他们来爬桥,他该怎么办?正如张平之前所言,除了主管被多关了几天外,柳梅他们只被关了一天就放出来了。现在,他们的欠薪也得到了解决。其实,只要是政府想为老百姓办的事,没有什么是办不成的。

马丁现在无牵无挂,除了家乡的老父和女儿甜甜外,他也没有什么可以想念的人。守桥的日子变得如此安详和宁静。马丁加入后,队长想试一试他那特种兵的身手,特意安排他给桥架穿"蓑衣"——"蓑衣"是由剪成寸长的铁刺串联成的链条网——这是不得已的选择。这里原本是计划安装带铁钉的钉板的。但那样无疑会让王桥变得丑陋无比，从而影响整个南城的形象，也会激起热爱南城的市民们的愤怒——这座老式的钢架桥，虽已是风光不再，但它仍是南城人民心中的骄傲：它是活着的历史，是南城历经风霜与战火的见证。如今，它不仅仍日日履行着南城的交通重责，更是一座城市的活的纪念碑和价值连城的文物。桥北那边，不是没有冒过大不韪给王桥钉钉板，但最终迫于市民的舆情压力，拆除了钉板，转而给历经沧桑的王桥穿上了带铁刺的"蓑衣"。

给王桥穿蓑衣自是难不倒马丁的，桥头的保安们亲睹了他那爬桥的好身手。王桥上的马丁，手臂托举着刺链，身轻如燕，在王桥的钢架上翻转腾跃，宛如一只生了翅膀的飞鸟。

队长赞道："真是好身手！老子看以后谁还敢来跳桥！再有人来跳桥，马丁，你给老子就飞上去，再把他拎下来！"

马丁揣摩着队长的用词，嘴角微微露出了一丝笑意。

遗憾的是，马丁来后不久，张平就走了。他忍受不了桥上的寂寞。"闷疯了，老子受不了。"张平走前请马丁喝酒，张平一边喝一边骂。张平说："兄弟，对不起，哥们走了。你本是来陪我的，现在哥们却把你撂桥上了，马上就是冬天了，哥们一想到冬天那桥上的滋味，就没勇气陪你熬下去。只有对不住你了！"

马丁笑，说："走吧，等你将来混好了，再把兄弟捎上。"

张平说："我是有心无力呀！我现在找的这份工，比在桥上还拿得少呢！可下了桥，总能闻到些人味；在这桥上吧，只有车味。有什么办法！"

马丁说："我不觉得人味比车味好多少。"

"那就好，你习惯，你就先待着吧！再说，收入也不坏，每个月准时出粮，和街道办的那些公务员一样。干得好干得长，说不定兄弟哪天还能转正呢！"

马丁就笑，说："那就干好点，干长点。"

"就是！兄弟这么说，我就心安了。"张平和马丁碰了下杯子就一口干了。

张平走后，接替他的是一位年轻的小伙子，也姓张，叫张俊，人长得和他的名字一样俊。张俊没当过兵，但在商场里做过两年保安，也算有从业经验。张俊还没结婚，谈过几次恋爱，人也很会玩。张俊无聊时就在桥上玩手机，他赚的钱没几个，但衣着和玩具却是最潮的。制服里裹的是一身名牌，手机是苹果最新款。走下王桥，脱了制服，融入街头的人流，那就是一潮人。张平走后，马丁就更懒得说话了，偶尔和张俊点个头，算是打招呼。可张俊耐不住寂寞，会主动过来和马丁说话。

"马哥，队长说你是当兵的出身，还是特种兵。哪天教我几招？"张俊热情地和马丁搭话。

马丁说："也没什么了不起的，当兵都会的几招而已。"

张俊说："马哥，那可不是小意思啊，特种兵啊，想想看有多牛！那还不跟美国海军陆战队一样？"

马丁说："哪跟哪啊，想学哪天请我喝酒。"

张俊说："喝酒就算了，小弟只会抠女，不会喝酒。喝了酒，女人不喜欢。我把新款苹果借给你玩，怎样？"

马丁说："队里有纪律的，上班时不准玩手机。万一有人来跳桥，发现不了是要被炒鱿鱼的。"

"要是没有人来跳桥呢？那就只能看天，看水，看王桥上的车流？玩吧，马哥，网上好玩的东西太多啦！这边桥头白天就我俩看守，你不说我不说谁知道？再说，我来这里守桥，就是看桥上自由，没人看管。不能玩手机，我来这桥上吹冷风干啥！"

马丁猜这小子一定是九〇后。像他这样出生在八〇早期的人，还有些七〇后的责任感和忧患意识，总担心买不起房子，养不活老婆孩子。可这小子一看就是个赚一花二的人。

马丁说："你这些行头都是你自己赚钱买的？"

张俊说："不够就找父母要呗！我多少总还能赚几个，好多比我大的，还在家中啃老呢！"

马丁想想也是，就说："你不啃老，不错。"

"就是！还是马哥对我好，改天跟你学几招啊！"

马丁就笑，冲张俊挥挥手，转身将桥下的一段水马正了正。

冬天转眼就来了。南城是个温暖的城市，仅看街头的绿，几乎体会不到季节的变化——那绿几乎是不败的。只有那些在不同的季节里开出的花，让人们体会到季节变化的真切。满树的花朵，向人们吐露着它们无声的花语。春天木棉花、夏天鸡蛋花、秋天杜鹃花、冬天紫荆花……它们开得如此沉默而喧哗，从高高的树顶倾覆而下，染亮了人们困顿的眼睛与心。南城的花，开得是如此豪阔、妖娆、霸气，根本无视那些温室里娇生惯养的名花，抑或矮丛里低伏的草花。更有那蓬勃的阔叶植物，所透出的那种阳刚与苍翠，是经久不衰的；它们从不会像别的地方的植物，对绿色会感到疲惫。这正是马丁喜欢南城的原因。

可是，王桥上却不一样。马丁从来不知南城亦会有如此寒烈的风。这风，从江面上旋起，腾空，卷起王桥上的沙粒，像无数隐形的鞭子一样，迎面抽来，令马丁猝不及防。马丁终于理解了张平说的他无法陪他熬过这个冬天的话。那是只有经历过的人，才能道出的感受。

街道给他们每人发了一件军大衣，又在桥头给他们各搭了一张行军床，床的上方，一律撑了一把巨型的遮阳伞，那是由可口可乐公司提供的广告伞。遮阳伞能够抵挡日光的暴晒和雨水的冲刷，却无法阻拦无孔不入的水面风。风带着水的凉意与冬天的寒气，直往马丁的骨头缝里渗。马丁想法找了一块彩色的塑料雨布，将床的四周围上，总算觉得风不那么凛冽了。

冷，还不是最大的空。马丁心里的空，是找不到意义的空。自从他守桥以来，他还从来没有看到有人在他的眼皮底下表演跳桥秀。目睹柳梅他们爬上王桥，是他的第一次，也是他目前为止见到的最后一次。守桥的目的，仅仅是为了防止有人表演跳桥秀。没有人来跳桥，他却已经领了半年的工资，这也是他来南城以后领到的最高的工资。可是，他守在这里究竟有什么意义呢？只是为了领略王桥上北风的寒意？他想，如果南城真有所谓严格意义上的冬天的话，那么，它的冬天应该在王桥上。

马丁甚至有些阴暗地希望有人来跳桥。如此，他的守桥就是有必要的。他就可以把它看成是一份工作，而不觉得虚空。

有一天，张俊裹着军大衣来到马丁的床前，说："马哥，我们干脆找个地方暖和去吧。王桥上这么冷，要是有人来跳桥，那就是傻逼！再说，真要有人来跳桥，就算不被警察劝下来，那也得被王桥上的风赶下来。我敢保证，跳桥者在这钢架上待不到十分钟，自己就会乖乖地下来；否则，他准得被吹成腊肉。"张俊用手指指王桥上的钢架，卷着变迟钝了的舌头说。

马丁看着他那张被冷风吹得打皱了的俊脸，有些不忍。他说："你自己去吧，我一个人在桥头守着。要是有人来查岗，我就说你上厕所去了。"

张俊立马给马丁鞠了个九十度的大躬，口里叫声"马哥恩人"，就哼着周杰伦的《菊花台》走了。

下一次"跳桥秀"就是在张俊离去后的这一刻发生的。爬桥的是个四十岁左右的中年男子，那人在桥头的人行道上犹豫了一会儿，就翻过水马，跳到了王桥的钢架下。起先，马丁不相信那人是来爬桥的，便有些怀疑地看着那人。那人也看着他。见他没反应，那人就迅速地往桥架上爬去。马丁一个飞跃，一个漂亮的抓扑，腾空抱住了对方的腰，再一个擒拿，就将那人从钢架上摘了下来。两人对峙了一会儿，马丁说："你想干什么？"

"干什么？跳桥！"那人气哼哼地说。

"只要我在，你就爬不上去，你信不信？"马丁笑着问。

"狗娘养的，不让跳桥，老子就跳楼！只要能把老子的工程款追回来，老子就是死了也心甘！"那人边说边挥舞双手。马丁被他的手吸引了，准确地说，是被他的手套吸引了，手套的掌心里居然各钉着一块铁皮。马丁愣了一会儿，嘴角不觉绽出了一丝古怪的笑。

马丁抬头看了看王桥的钢架，架上披挂的铁刺在冷风里闪出阵阵寒意。马丁说："看来你是真想跳。"他拧住那人的双手，将那人的手套轻轻地扯下。他仔细地研究着这双手套，铁皮是缝上去的——铁皮的四周各打了一圈小孔，线就从这些孔里穿过，密实地缝在了手套的掌面上。

马丁不知道该说什么，只问那人为什么要跳桥。那人说，某商厦的老板欠了他装修的工程款，现在商场都营业两年了，可工程款却一直拖着不给，自己又欠着工人的薪金。工人们都眼巴巴地等着他的工钱回家过年。

"死的心都有了！你不让我爬王桥，我就去跳××楼。"××楼正是南城的地标。

马丁心里有些凉。他知道他能阻止那人跳桥，却不能阻止那人跳楼。如果只有"跳"才能解决问题，他马丁又有什么办法呢？

这一次的跳桥秀，被马丁掐死在萌芽中，并未给王桥的交通带来任何影响，但仍有人目睹了马丁扑人的那一幕，报了警。警察赶来只做了简单的问讯和记录，就狠狠地表扬了马丁，并电话通知了马丁所在的街道办。事后，有人把用手机拍到的马丁扑人的那一幕放到了网上，这段视频很快被媒体捕捉到，并进行了一番渲染：

"这一个漂亮的抓扑，避免了一次跳桥秀，也避免了王桥上可能出现的一次长达数小时的拥堵。以往的每次跳桥秀，都给社会造成了数百万的经济损失。这一次，守桥的联防队员为我们立了大功……"

马丁所在的联防队得到了上级的表扬。这可把队长乐坏了！队长一乐，当即打报告给马丁记功，并额外为他申请了两万元的奖金。

会上，队长比警察更狠地表扬了马丁。

队长说："我们要不惜一切地阻止跳桥秀的发生！马上又到年底了，以往每到年底都是跳桥秀发生的高峰期，因此我们决不能放松警惕！妈的，这些人什么办法都想得出来，别说钉铁皮，不锈钢他们也想得出来！"

队长的话顿时激起大家的一阵哄笑。但队长马上又批评了张俊："以后再发生这种事，你就是有屎也给我憋着，别说是尿水！"

张俊说："队长，不是屎，也不是尿水，是屎水。你问马哥，我那天是不是闹肚子？"

马丁说："张俊那天确实是拉肚子，王桥上的风太大了，把他的肚子吹寒了。队长，冬天桥上的日子不好过，我也闹过好几回肚子了。"

见马丁说情，队长没再追究张俊，只是分派人去给他们买热水袋、柴炭和火炉子。

两万元的奖金并没有给马丁带来丝毫的欣喜。相反，自这次不成功的跳桥秀发生后，马丁的心就有些灰。他不知道他的这一次本能阻止，对那个钉了铁皮来爬王桥的跳桥者有什么影响。也许他至今仍没有拿到他的工程款。因为他的介入，对方的愿望没有达到，其目的想必也没有实现。毕竟这件事，没有造成任何社会影响。人们从网上视频里看到的，不过是一个跳桥失败者狼狈的背影。至于那个背影是谁，他有怎样的不堪，谁真正关心呢？

看在那副钉了铁皮的手套分上，也许他都应该让那人成功地登上王桥的顶端——他知道，那里没有铁刺。只要越过了前面的铁蒺藜，他就能跨过后面的坦途，并成功地抵达目的地。这样的考验，是所有成功者在获取成功的路上，必须经历的磨难。从内心里，他并不想成为任何人获取成功的阻碍，即使是对一名跳桥秀者。

　　有了热水袋和火炉，王桥上的这个冬天，变得不再那么漫长而难以忍受。不知道是王桥上披挂的那些铁刺起了威慑作用，还是政府对民生的日益惠及，总之，这一年的春节前后，再没有人来跳王桥。

　　春天，在这个春节过后很快就到来了。春天的江水经历短暂的沉淀与清淤，江面又变得些许清碧起来，水面宁静。江畔的紫荆花从旧年开到新年，开过了南城的一整个冬天，又开进了南城新的春天。

　　马丁终于脱下了笨重的军大衣，又可以伸着脖子远望江水和江面上的船只了。雾霭散尽后的天空那么远，远出了马丁的视线，一直远到时光里去，那是时光里望不到的尽头。

　　就是这个春天，马丁在桥头看到了一个像他一样看江水、江面和天空的老人。老人知道他是守桥的保安，主动和他搭起了话头。老人说他与王桥同年。"我出生的那年，王桥建成。从我开始记事，王桥就在这里了，所以我的名字里有个桥字。"老人说，"我就在王桥边长大，七十多年里，从来没有一天，心里不记得这座桥。我不知道自己还能活多久，但肯定会比王桥先离开这个世界。我想在离开这个世界之前，再好好地看看王桥，看看这条江。"

　　老人的后一句话引起了马丁的紧张，马丁嗫嚅着说："老爹，你知道，我是守桥的。"

　　老人听懂了他的话，用手抚了抚马丁的肩，说："傻孩子，我当然知道你是守桥的，我这么爱这座桥，怎么会来糟践它呢？"老人抬眼望望桥架上的铁刺，"再说，我也爬不上去呀！"

马丁笑了。马丁说："我不是这个意思。"

老人宽和地笑笑，继续道："守桥的日子不好过吧，尤其是刚过去的这个冬天。桥上风大，水面风吹来，不冷也寒啊！以前，这桥上没有守桥的。以前，有人来跳桥，那是真想死——想死的人，也不会爬到桥顶上去。哪，就那么一跃，就直接跳进了江里。七十多年来，我见过不少自杀者，也跳进江里救过人，打捞过死者。可现在来跳桥的，都是不想死的人哪！不仅不想死，还想活得更好；因为他们心里是带着愿望来的，爬到桥顶上去，只是为了心里的愿望啊！"老人感叹道。老人说："我观察你很久了，知道你是个敬业的小伙子，身手也不错，你一定当过兵吧？"

马丁说："是的，我在部队时，当的是……特种兵。"他知道这种话不能随便说，但老人的脸色让他信任。

老人说："多了不起啊！当兵，那是保家卫国啊，何况还是特种兵。现在是没有战争，国家真要打起仗来，还要靠你们哪！可惜啊，让你这么好的兵守在这里，只是为了驱逐那些来跳桥却不想死的人。"老人再次抚了抚马丁的肩，说，"孩子，你知道这座桥的历史吗？它曾被炸毁过两次，一次是日本人来炸的，一次是共产党打过来时，国民党炸的。是党和政府重又修复了它。修复它，是为了民生。可它现在成了老百姓解决民生问题的维权桥。中国的人这么多，国家又那么大，要当好这个家，我们的政府不容易啊！怪只怪人心变黑了呀。"

马丁吃惊地看着老人，老人须发全白，脸上刻满岁月的痕迹，那是比王桥更沧桑的印记。他在下巴上的胡子十分稀疏，在王桥的春风中微微颤抖。

老人离去后，马丁愣了许久。他想起了自己的父亲，于是掏出手机给父亲打电话。父亲在电话那端絮叨了很久，父亲说："你总算来电话了。我是白养了你们，你们没一个孝顺。"父亲的抱怨里显然还夹带着对弟弟马古的不满。年前，马古刚搬了新家，他们卖了旧房子，付了首期，买了一套新三房。马古特意打电话给他，说专门为他留了一间。"房子留给你，将来再给我娶嫂子。"弟弟是这样对他说的。弟弟的话让他感动了很久，可惜柳梅听不到了。自那次跳桥事件后，他就再没有见过她。

果然，父亲对他说起了一口锅的事。这口十块钱的锅，还是马古工作的那年买的，用了这么多年，早已锈迹斑斑。关于这口锅，父亲翻来覆去地说了很多。父亲的恼怒是，马古不让他把这口锅搬到新家里去。父亲说："马古硬说那口锅旧了，拿到新家里不合适。可那也是十块钱买的，还能用。你说说，怎么就不合适了呢？"

马丁想和父亲聊点别的，可父亲的话题却深陷在那口锅里，稀糖一般，论他怎么牵拉，都牵拉不出来。马丁只得继续听父亲说这口锅，一个小时过去了，父亲一直在说马古，说这口锅。马丁的心很灰，越来越灰。他真的很想说点别的，想和父亲说说王桥，说说那位老者。可父亲没有兴趣。他还想像孩提时期那样喊声爸——爸爸！他已经在心里这样喊了。马丁也想听听女儿的声音，听女儿叫他一声爸爸。一阵凉风从水面上掠来，他觉出了眼角的冰凉。

父亲还在说，马丁没法让父亲从那口旧锅中解脱出来，父亲是真的为这口锅伤心。那是怎样一种伤心，马丁无法体会，他只知道父亲节省了一辈子，从来没有浪费过一分钱的东西。

就是在和父亲通完电话之后，马丁和年轻的张俊打了一个赌。

马丁说："张俊，你赌不赌我跳王桥？"马丁边说边笑，完全是一副开玩笑的语气。

张俊笑道："马哥是不是闷疯了，没人来搞跳桥秀，自己就想来秀一场啊？"

年前那次不成功的跳桥事件发生后，张俊就对马丁崇拜得不得了。他黏上了马丁，硬要跟他学功夫。马丁无奈，除了教他几招，便是建议他去部队练几年。"你们九○后，就该去当几年兵；否则，永远不知道钢铁是怎么炼成的。"马丁说，"马哥，你就放了我，别说去当兵，以前学校搞军训，都差点把我们整死！近水楼台先得月，我还是跟你练得了！"马丁也觉得自己是吹毛求疵，与很多九○后相比，张俊的确算能吃苦了，光这桥上一天近十个小时待下来，也不是一般的意志力能忍受的。这么一想，马丁就有些怜爱他。

马丁说："马哥是怕你闷，想给你解解闷。"马丁说完，几个腾跃，就上了王桥的钢架。张俊羡慕地看着他往上爬。马丁的动作矫健得就像一只鹰，又似一只会飞的猫，只几秒的工夫，就越过了钢架上的铁刺区域，上到了平滑的钢架上端。

张俊脱口喊道："马哥你真行！"

马丁没有理睬，直接上到了桥顶。马丁穿着制服。这身制服，正是守桥人的标志，它不足以吸引行人惊疑的目光。守在桥中间的保安也看见了爬上去的马丁。正如张俊毫不怀疑马丁的动机一样，他也以为马丁只是为了秀秀自己的好身手。

马丁在桥顶上端坐了几分钟，然后把自己的手机扔进了江中。马丁的手机在空中划出一道完美的抛物线，在远处化为一个黑点，轻轻地消失在江面上。那弧线之美，堪比他在部队时扔出的手雷。

紧随着这条抛物线划出的，是另一条抛物线。马丁像飞鸟一样从桥顶腾起，张开双臂，向桥面飞去。

马丁落下去的地方是车道。

马丁的死，被定性为因公死亡。一个守桥的保安从桥顶落下来，只可能是意外，不可能是自杀。

"马丁是上桥检查桥架上的蓑衣时，不慎踩空，跌落到桥上出的意外，算因公死亡。你们必须记住：这就是最后的结论，也是唯一的结论。知道了？"队长目光炯炯地看着在座的每一位成员。

"知道了，马丁是因公死亡！"联防队员们不约而同地答道。

"那好，散会！"队长挥挥手，转身走了，只把背影甩给了身后的每个人。

马丁死后，政府部门给他的父亲和女儿发放了一大笔抚恤金。这是马丁生前无论怎样都想不到的。他想不到的还有，他最后留在世间的那句"解解闷"的话，会让一个年轻的九〇后患上可怕的抑郁症。

黎明之刃

有一段时间，我失业在家，妻子什么也没说，但抱怨与嫌恶的眼神却令我如坐针毡。最让我受不了的是，母亲看妻子时的神情——那种讨好与谨小慎微，让我这个做儿子的恨不能抽自己耳光。这样的日子，我觉得每一刻都是在受着酷刑。这时，朋友给我介绍了一份冷库的工作，我想也没想就答应了。

"冷库在郊外，钱不多，每天只用工作四五个小时。"朋友说。

在郊外没关系，每天只工作四五个小时，这简直太棒了。我还有什么可说的呢！见我露出兴奋的眼神，朋友笑了笑。

"不过，活儿有些脏和累，而且，要早起。"朋友很谨慎。

早起，要早到什么时候呢？说实话，我还真没有早起的习惯，熬夜的活儿我倒是不怕的，脏和累我也不怕。我犹豫了一下，点点头："早起就早起吧！"

朋友笑了，说："连早起都不怕，看来你这段时间是被老婆修理够了。"朋友收起脸上的笑，说，"其实，也不算太早，早上五点钟到冷库就行了。从新市那里有开往郊区的夜班车，早上六点前收班。新市离你家不远吧？"

"不远，一站路都不到，走过去五分钟就行了。"

"你四点半就得上车，到冷库的时间大概是半个小时。"朋友叮嘱道。

我点点头。四点半上车，这就意味着我必须在四点十五分就起床，十分钟洗漱，路上走五分钟。这对我的确是一种考验。不过，

282

只要不在半夜三点起床，相比于妻子与母亲的眼神，这点罪还可以忍受。

夜班车每半小时一班，四点半准时发车。我第一天上班，就刚好赶上，晚一分钟都会出问题。这以后，我把每一分钟都得算得死死的，唯恐错过。这班车虽然是开往郊区的，但属市内公交，与其他公交线路一样，也是不分远近一律投币二元。在这个以塞车闻名的城市，这班车倒没有塞车之虑。因为是夜班车，且是开往郊区的，车上不仅不会出现白天那种人挤人、人抬人，乃至脚不点地的情形，且上车的每个人几乎都能坐到座位。运气好的话，一个人还可以占到两三个位置，补上一个回笼觉——我就歪在最后面的一排座位上睡过一次。如果不是担心会睡过站，我会想办法在车上补一觉的，路上毕竟有半个小时。

不睡的时候，我喜欢观察坐车的乘客。像我一样，这辆车上有一半左右的人是常坐这班车的，大约也是从城里赶往郊区的上班族。其中有两名乘客，从我上班的第一天起，就给我留下了深刻的印象，甚至可以说是极深的印象，因为他们与普通乘客太不一样了。头一次见到他们，我甚至可说是心惊胆战——他们光着膀子，赤着胸肌发达的上身，一身血腥味地蹿上车来——是一种看不见的血腥味儿，在他们身上你看不见丝毫的血迹，却能感受到那种强烈的血腥味儿。他们每人手里都握着一把报纸包着的沉甸甸的东西，从报纸外露出的手柄看，那是刀，而且不止一把；从握在手里的分量看，那是一些有着特殊硬度，锋利、沉手的刀。他们是在我上车之后的第五站上车的。此时，车已接近出城，他们动作敏捷地窜上车来，其中的一位从裤兜里摸出几张卷在一起的散钞，往投币箱里塞。司机看也不看他们，就仿佛他俩未上车似的，又仿佛他们是些司空见惯的熟客，根本毋需多看一眼。而我们这些乘客投币时，司机往往会盯着我们投币的手，以防不投或少投。他们投完币后，就

283

目不斜视，直冲冲地往车厢中部走来，然后，一个箭步，跳下，一左一右，守住下车的门口。一股血腥味在车厢里飘散开来，我的心跳加快起来，呼吸莫名地感到急促。我的座位就在离他们最近的一排，我小心地往后斜一眼，后面还有好些空座位，他们不坐在座位上，却守着车门口是什么意思？

头一次看见这情形，我是惊慌的。我努力克制着自己的惊慌，尽量回避他们的眼神。但他们臂贴着臂，各人一手紧握手里的家伙，另一手拉着车门边的横栏，有意无意地靠在一起，似乎根本无视大家的存在，又似乎意识到自己身上发出的浓烈腥味，尽量远离着他人。

他们看上去还都不到三十岁。我注意到其中的一位，就是那个投币的，一脸凶悍，胸肌异常发达，肱二头肌从双臂内侧高高隆起。他的脸，严格地说，是左脸，有一处隆起的紫红色胎记，从左脸的腮帮处，一直漫延到左边整侧的脖子上，恰如巨型的血管瘤，令人触目惊心。另一位脸上的神情要和顺一些，但仍然是冷漠的、敌意的。这两个人一左一右地守在门边，令车厢里有一种无声的压抑。

车窗外弥漫着未尽的夜色，不时有车灯闪过，照亮公路两侧渐近耸起的山峦，然后又归于远处略显沉暗的夜色中。夜班车的前灯直射着前方的路面，车已经驶向了郊外。

剩余的二十分钟车程是漫长的，报站声响起，夜班车终于到了我要下车的地方。让我吃惊的是，车门还未全开，那两个赤膊家伙已迅疾地跳下车，手里的家伙发出响亮的撞击声。

我的心抖了一下，正迟疑着要不要下车，后面又走下几个乘客，我才搭伴似的，紧跟上去。时近五点，天边已有了淡淡的曙色，不远处的肉联厂灯火通明，两个年轻的赤膊身影已倏然没入那明亮的灯光后，我顿然醒悟：那两人并非歹人。他们兴许是肉联厂的屠宰工人，和我一样，是早起出城的上班族。

我轻轻地吁口气，走向我的新岗位，开始我在冷库工作的第一天。

冷库所在的位置紧邻一处山峦，附近的山峦经过开垦，已变成一片平地，与从另一片山峦里伸展出来的其他平地相连接着，周围有一些工厂。这些工厂多是些污染较为严重，但对市民生活而言又是不可或缺的企业。譬如肉联厂这样既含有噪音又破坏水源的双污染企业，往往都建在离城区只有几十公里的郊外。它们零星地散落在这一带的山坳里，公路两侧都有，既被城市所唾弃，又被城市所需要。

这一片秀丽的山峦并没有因为这些工厂的占据而显出格外的颓丧，在远处，那些未被垦拓出来的山峦上依然生长着丰富的植被，这既得益于气候的影响，也与这里乡民们的朴实勤劳有关。这些山峦并不高陡，山坡上种植的大都是些果树，黄皮、荔枝、龙眼，也有一些相对贱价的石榴与杨桃。因为有当地乡民们的勤快打理，这里的山峦就显得格外青翠、秀美，显露着勃勃的生机。这里的空气中，虽然也时常飘浮着一些异样的污染的因子，但比起城市里的空气来还是要好许多。

在冷库工作一段时间后，我就明白它的设计者真是再聪明不过的人。冷库紧邻国营的肉联厂，却不隶属于它，是个独立的民营企业。据说，它原来属于肉联厂的一个车间，不知是哪一年，这个车间就从肉联厂独立出去，成了一家单独的民营企业，并逐渐成为市里的纳税大户。冷库这些年越建越大，实力越来越雄厚，不仅盛装着全市最齐全的各种动物的冻肉，还冷藏了几乎送往全市的新鲜蔬菜与瓜果。这也算得上是改革开放的一项成果。与之毗邻的，是一家火电厂，据说在任何情况下它也不会给这家巨大的冷库断电。这无可厚非，民生是最大的事，这间冷库就是南城人的民生工程。

我在这家冷库干的是装卸工。冷库的工人按工时分为三班：早班、夜班和白班。事实上，这种分法有点滑稽和界限不清，因为上白班的工人与上早班的工人，在工时上有一段是重合的；上早班的工人与上夜班的工人，工时上也有一段是重合的。这么分，其实还是按工种分的：入库工、出库工、送货工。为了减少塞车，南城交通部门对入城的外地大货车均有严格管制：晚上九点前不准入城。那些外地运往南城的菜蔬与瓜果，一般都是在晚上十点以后才进入南城。它们到达冷库后，由当天的夜班工人把货物卸了车，转入密闭的冷藏库。至于各种动物的冻肉，冷库厂有一半是就地取材，直接由邻近的肉联厂和屠宰场送入，外地冻肉则有专门的供货方运达。

作为一名早班工人，我每天的作息时间就是早上四点过一刻起床，四点半乘坐那辆开往郊区的夜班车去往郊外的冷库，然后把一箱一箱的冻肉搬出冷库，放在停在冷库门口的小货车上，再随送货司机一起把它们押送至南城的各大超市和农贸批发市场。这些冻肉在到达目的地后，我还要按客户的要求把它们搬运到客户指定的位置。这是我一天中最艰巨的任务，这些冻肉油腻而冰冷，它们来自不同动物的不同部位，其中最多是猪的：猪头、猪腿、猪肋排、猪心、猪肚、猪尾巴……这些油腻而冰冷的家伙让我厌恶。但厌恶归厌恶，比起待在家无所事事的日子，多少还有些男人的尊严可言——想不到我的男人尊严是建立在这些肥腻的动物肉上的，这多少令我感到有些滑稽。有时，我的身上系的是一块黑色的皮围裙，有时是一条玻璃色的塑料围布。我的搭档，也就是开车送货的司机小金，是个幽默可爱的小伙子，爱说笑话，且多是荤笑话，还都与动物肉有关。小金性格有些散漫，每天只想早点收工回去睡觉和上网。我们每天不到十点就差不多将货全送完了。有时小金见我累得够呛，还会主动帮我搭把手。我很感激，报答的方式就是请小金抽烟。这小子烟瘾忒足，总是抽接火，一口气能抽三支，人不大，一口整齐的好牙都给抽黑了，看着都觉可惜。我开玩笑地说，你人还没结婚就抽成这样儿，不怕女朋友嫌呀？那小子笑笑说，我女朋友自己长一身肥猪肉，生一条长赚头（猪舌的别称，亦有爱嚼舌头的贬义），脸上还点缀着几粒猪肺斑，我不嫌她就不错了。我无声地笑着，说，干我们这一行的，天天与猪肉打交道，闭上眼睛，想到的都是猪身上的东西。小金说，我们在冷库上班的，还算好的，旁边肉联厂那些杀猪的，日子就更没劲了。每天一身臭猪血，耳朵里塞满了猪的嚎叫声，怕是做梦都听见猪嚎。

我想起天天与我同坐一辆夜班车的那两个赤膊男子，尤其那个左脸到脖子上生着一大片猩红胎记的——不知为什么，我本能地觉得他们是杀猪的。后来的事实证明，我的判断有些错误。

我说，我天天坐早班车上班，每天都遇上两个杀猪佬，赤着膀子，手里拽几把尖刀，一身的血腥味儿。我头一次看到他们上车时，吓坏了，当时天色黑不溜秋，还以为他们上车抢劫的。

小金说，这些屠宰工，杀猪都杀出一身杀气来了，看着是让人害怕。

我叹息着说，杀猪也是门职业，总得有人干。

小金说，现在谁还愿杀猪啊，还不是叫日子给逼的！他妈的，这日子，老子要有本事，才不给冷库拉冻肉呢！他们说你以前是给领导写材料的，你这么有本事，怎么跑到冷库当搬运工来了？

我笑笑，一边说，我要有本事，也不会跟你一起送冻肉呀！一边在心里自嘲：我能有屎本事？几年前，企业一改制，人都作鸟兽散了。以前给办公室写材料，就是一虚活儿，还不如车间里的工人干得实在。人家离了岗，还能再找个技术活儿干。我呢，这些年没少找地方混，可没个地方能混长，赚的薪水还不够糊口，在妻子面前简直没有半点话语权！妻子虽没提出跟我离婚，可那神情举止里的不屑与冷淡，不啻种种冷枪冷箭冷石子，早让我的自尊烂成了一副破筛网。我现在倒是挺在乎冷库这份工，累是累一点，脏是脏一点，活儿稳定，自在，收入也不错，每月两千"大洋"，偶尔还会分些冻肉回家。对这些冻肉，我是没胃口的，但母亲和妻子乐于接受。在冷库工作不到一年，我已往妻子手里交了整两万，这是我几年来收入最稳定的时候。最重要的是，母亲在看妻子时，眼神里那种让我恶心的卑怯少了些，坦然多了些。

上早班的好处还有：每天只需工作五小时左右。活儿只要不出差错，早干完就可以早收班，一天转好几个大超市，辗转几个大集贸市场，也算是天天"一日游"，遍看南城"风景"。这比像螺钉一样被死铆在一个地方强多了。况且，聊胜于无，有活儿干比没活儿干好。

小金突然说，昨天，我女朋友的表哥不小心被自己捅死了。

我诧异地问，怎么会有这事？误伤？

小金打了一个哈欠，红了眼睛说，他在肉联厂屠宰车间上班，他们车间有几条流水线，宰猪的、宰牛的、宰羊的、宰鸡宰鸭的。他是宰牛的，上班时和一位同事开玩笑打闹，不小心踩到一摊牛血，滑了一跤，结果别在裤腰上的尖刀扎进了他的背部。昨天早上出的事，上午就死了。我昨天被我女朋友叫到她舅舅家去帮忙，又是医院，又是殡仪馆，折腾到大半夜，累得我都要进火化炉子了！今天又上早班，现在只想睡觉。

哦？我心里咯噔一下，猛地想起我今天乘早班车时见到的赤膊男子只有一个，那个左脸到脖子上生着红色胎记的人呢？

那个男人，我心里是一直称他为"胎记"的。至于另一个，我愿意叫他"影子"，他总是尾随着胎记，无论什么时候我看到他，他都和后者在一起，就像是对方的影子。近一年来，我们几乎天天碰面，天天同行，但从来没有说过话。只有极少数的几天我们不会碰到，那是我休假或者他们休假的时候。

我已经习惯与他们每天相遇，每天一登上早班车，我心里就会下意识地去数站名：新市、平遥、半山、茶场、纸厂，一、二、三、四，他们就是在第五站纸厂站上车的。他们一定会在纸厂站上车。不能不说，我每天上车时，都对他们怀着期待。我对他们的期待，从某种程度上说，也是对我能够准时去上班的期待，是我对一份稳定工作的期待。随着日子的推移，最初对他们的恐惧早已不复存在，而代之以一种亲切与熟悉感。有时在车上看不到他们，我反而心里有种惆怅感，仿佛盼望的什么东西落空了，直至他们终于双双出现，我的内心才终于有了些踏实的感觉。

夜班车上有很多空座位，但他们从来不坐座位。他们总是这样：上了车，"胎记"在前，投币，"影子"随后，直奔后车门，一前一后跳下，一只手抓着铁栏杆，一只手握着用报纸包着的刀具，一左一右，旁若无人地将车门守住。夏天光着膀子，冬天一件人造革的皮衣，式样一样的黑色皮衣，春秋天一件看不出颜色的长袖T恤。我渐渐习惯了他们身上的血腥味。南城的夏天长，他们光膀子的时候居多，穿黑色皮衣的时候居少，其次，是那种看不出颜色的长袖T恤。

自从我把他们的职业定义为肉联厂的屠宰工人，准确地说是"杀猪佬"后，我对他们就不再有陌生感。我每天搬的那些冻猪肉，它们在冷库里被分为一号肉、二号肉、三号肉……一直到N号肉。它们各有所指，各归其所，每一个部位都是完整的、齐全的，不多不少，绝不粘扯到其他部位。这样准确的分割，除了与流水线上现代化的机器手有关，更归功于流水线上这些能工巧匠。是的，我宁肯把他们视为一些特殊的工匠——《庖丁解牛》里就这么写过，作者甚至把这种"解牛"的技能视为一种极高的艺术。

艺术。如果杀猪也是艺术的话，那么搬冻猪肉，就是给艺术家们打杂都不配的"下水"活儿了。我自嘲地想。设计出那些现代化的屠宰流水线的人呢？他们应该称得上是工程师吧？哈，伟大的屠宰工程师，用他们伟大的智慧创造出了现代的屠宰流水线！不过，我至今并未见过真正的屠宰流水线，我只能凭借我手上的冻肉去想象。那些不同编号的冻肉，它们只能属于流水线。

但是，我今天只见到他们中的一个，头一次见他落单。"胎记"去哪里了？上车的时候，"影子"忘了投币——以往，投币都是"胎记"的事。"影子"在黯淡的晨光里，拖着两条腿，有些缓慢地爬上车，直接往后面走来。他的眼神有些恍惚，当他把目光移向他们固定的根据地时，似乎被什么吓住了，眼神里突然有些惊悚。很快，他移开目光，有些无助地低下头。

"投币！喂，说你哪，你还没有投币！"司机冲"影子"的背影喊道。

"影子"回过头，想起什么，下意识地去摸自己的口袋。他摸了一会儿后，就愣住了。显然，他忘了带零钱。也许根本就忘了带钱，因为他的手里什么也没有，除了那些包在报纸里的屠宰刀。两块钱，他忘了带。他没有投币的习惯，这我早就知道——从来都是"胎记"给他投币。我站起身来，迅速奔到司机身边，摸出两元钱，投进去。我对司机，也是对"影子"说道："喏，我给投了！"

"影子"看看我，有些麻木地说："谢谢！我明天还给你。"

明天还给我。嘿！显然"影子"也是认得我的。我们天天上同一辆车，又在同一个地方下，"影子"没有理由不认识我，虽然我们从来没有讲过话。

我点点头，回到座位上。就像后车门是"胎记"和"影子"的根据地一样，后车门边的第一排座位也是我的根据地——只要我上车时那里还空着。

"影子"站在后车门的台阶上，他的脸上露出了痛苦的表情，他肯定在想他要不要跳下去，守住车门。他的同伴没有来，他还要站到老地方去吗？

"坐到这里来吧！"我冲他招呼道，并且欠了欠身子，腾出了我旁边的座位。

他犹豫着，几秒钟后，终于坐到我身边来。

我说："我们天天坐同一辆车，我从来没见你们坐过。"我说的是"你们"，当然不是指他一个人。

他的脸上露出了悲伤的表情。他说："我们不喜欢坐。"他说的也是"我们"。显然，我们都想起了他的同伴"胎记"。我想起有一次夜班车换了代班司机，"胎记"上车时，照例将卷好的零钞塞进投币箱，影子也照例跟他后面往车后门走。代班司机对着他俩光裸的脊背突然一声暴喝："投币！后面的！"

司机以为"影子"没有投币。

"投了！你没看见？""胎记"回过脸，怒视着司机，脸上的凶光比往日更胜。

司机声音小了一点，下巴指了指"影子"："我说的是他。"

"胎记"说："他也投了！我投的！"

司机有些怀疑地看着两人，问："几块？"

"四块！"

"那你卷在一起干什么？我又没看清。"司机有些不甘地嘟噜道。

"胎记"突然把眼一瞪，挥动着手里纸包着的家伙，凶道："看没看清，都是四块！"

司机吓住了，赶紧噤了声。

"妈的，小看人，爷会赖你两块钱！""胎记"一边嚷着，一边拉住"影子"往车后门处走。像往常一样，两人一前一后，跳下；一左一右，站住；一手拉扶栏，一手拿家伙，守在车门处。看得出来，"胎记"对"影子"是呵护的。

路上，我曾试图与"影子"聊点什么，但他闭上眼睛，显出一种拒绝与疲惫的神情。显然他对我没有兴趣，我也就闭了嘴，靠在座位上假寐。车到站后，我们都下了车，都没有招呼对方，就各奔自己的目的地了。

第二天早上，我一上车就盼着车快点到纸厂站。不知道为什么，我希望能看到"胎记"与"影子"一同上车，这种念头非常强烈，从来没有这么强烈过。然而，车到纸厂站，我只看到了"影子"。他上车时的样子有些歪歪倒倒，一脸倦容，似乎没有睡好觉，但他今天没有忘记投币。他从口袋里抓出一把零钱，投了两张进去后，就把目光往后寻过来，我们眼神相遇。他向我走来，我欠了欠身，腾出位置，往里，坐下。"影子"把一张两块的纸币伸到我面前："昨天的，还给你。"

我犹豫了一下，接过来："既然你硬要还，我就收下吧。"我有点无可奈何地道。

"如果不是为还你这两块钱，我今天就不来了。"

"哦？"我吃惊地看着他。不就两块钱吗，何必这么认真？都什么年代了，还有为两块钱恪守诺言的人？我看着他年轻的不到三十岁的面孔，心里的感觉有些古怪。不可思议！啥人哪！我真不知该把这人看成君子，还是看成小人——小气之人！

"我今天有点发烧，手脚无力，都不知宰不宰得成牛！"

我心一紧，想起小金昨天给我说过的事。他们果然是肉联厂的屠宰工人！与我过去的猜测有误的是，他们不是杀猪佬，而是杀牛佬。

"你是肉联厂的？"我明知故问道。

他点点头，突然哽咽道："我的朋友死了！就是你天天看到和我一起坐这辆车的，我都不知以后该怎么办……"

我最不愿意相信的猜测，被他一语道出来，我一时有些呆愣。"胎记"死了？这么说，小金女朋友的表哥就是"胎记"？是时刻与"影子"相伴的"胎记"？

"是被自己捅死的？"

"你怎么知道？"他有些惊讶地看着我。

"我听我的一位同事讲的，死者是他女朋友的表哥。"

"我知道了，是'肥妹'的男朋友，在你们冷库开车送货的。"

我点点头。原来他知道我在冷库上班。是啊，一大早在这里下车的，除了去肉联厂和冷库，还能去哪里？

"你朋友怎么会这么不小心。"我安慰道。

"都怪我，不该跟他讲笑话，他一笑，踩到了牛血，脚一滑，就伤到了自己。每天一上流水线，他就让我给他讲笑话，本是让他听了高兴，谁知却害了他！以后没有他做伴，我都不敢来杀牛了。"他毫不掩饰自己的忧伤，眼里涌出了泪水。

"好朋友死了，心里肯定难过。人各有命，这事也不能怪你。"我好意劝道。

他沉默了，脸上现出明显的不安与愧疚。

我掏出手机来，对他扬了扬，说："把你的手机号告诉我，我哪天请你喝酒。"我想起"胎记"与他脸脖上的那块巨大胎记，补充道，"给你压压惊，也给你的好朋友敬杯酒，赔个罪。"

他报了一串号码，我把它们输进了我的手机里。

此后有几天，我没有在纸厂看见"影子"上车。我猜想他因为朋友的死受了打击，请了病假。这天下班后，因为收工早，我在路过纸厂时提前下了车，我给"影子"打了个电话，说我想去看看他，顺便请他喝酒。

这时，我已经知道"影子"的名字叫李健。

李健在电话里说："你过来吧，我一个人在家。"又说他今天下午正好有空，问我可不可以陪他去看一场电影。

我高兴地说："行啊，我还就有这个爱好呢！"想到能和朋友一起喝酒，一起去看电影，我顿觉神经兴奋！这样快乐的日子还是上高中时有过，工作后大家就各顾各了，结婚后更是局限在各自的小家庭中，哪里还有什么心情喝酒看电影？

纸厂在城郊接合部，附近的污染很严重，这里交通混乱，到处灰蒙蒙的，街道两旁的行道树树叶上落满了灰尘，空气里弥漫着一种说不清的臭味。但这并不影响我的好心情。我兴冲冲地买了两斤花生米、一大块卤牛肉，让老板切了、拌好，打好包，直奔李健家。在李健家楼下的一个士多里，我又买了一打冰镇啤酒，两手不空地拎着上了楼。

李健在门口候着，我扬了扬手里的东西，笑着说："咱哥儿们今天喝个够！"

李健接过我手里的东西，笑着把我往门里让。

"这房子是我和丁勇合租的。现在他不在了，就我一个人住。"

我愣了一下，这才注意到这里并不像我想象中的家的样子，房子一看就是租来的：二室一厅，厅里有些零乱，房间的门敞开着，床上乱七八糟地堆满了衣物，其中的一间房看上去更像是没有住人的样子，床是空的，露着空荡荡的床板。房间的电脑却开着，看上去配置还不错，宽大漂亮的液晶屏，桌面上是一幅似曾相识的电影画面：两个英俊的异国男子背身站着，背景是一座落雪的山峰。我搜索着自己的记忆，总觉得在哪里见过这个画面。

我想起我家中那台破电脑，买了都七八年了，球面的显示屏、奔腾Ⅲ处理器，内存只有256兆，网速慢得惊人，早该换新的了。我说："你这电脑还挺棒的，这么大的液晶屏，配置挺好的吧？"

"还行吧，320G硬盘、奔腾Ⅳ双核处理器，显示器是29寸的，就是为了看碟方便。因为我们没有买电视机。"

"多少钱？"我摸着漂亮的液晶问。

"也不贵，五千多块钱。是丁勇买的。他死后，他家里人要把它搬走，我没让，给了他家五千块钱，买下了。"

我羡慕地看着李健，感慨地说："还是打单身好啊，自己喜欢的东西，想买就买了。"

李健未答话，只是充满深意地看了我一眼，说："想看碟吗？"

"先不看，我们先喝酒。"看碟的机会有的是，就我家中那台破电脑，也能凑合看。再说，我们家有DVD机，借了好碟直接在电视机上看就行。我家楼下就有好几间音像店，我失业那阵没少看碟。

李健把客厅的茶几收了收，就把我带来的酒菜打开，开了啤酒。我们坐下来，李健说："不好意思，没有杯子。我以前和丁勇在一起都是拿瓶子吹的。"

"那我们也吹瓶。"我随意道。我注意到，这是我进门后李健第三次跟我提丁勇了，看来他们的感情的确很深。这年头，能交一个真朋友不容易了，能说得来话的更是少，能朝夕相处、心无芥蒂的就更是少之又少。难怪丁勇死后，李健会病一场。

我说："人不能光有友情，还得有爱情。你谈女朋友了没？"

李健嘴角露出一丝苦笑："我这样的人，谁要啊！满身的牛血腥味，一个杀牛的，说出去都会把女孩子吓得半死。"

我这才发现李健今天的样子与平日不一样，他穿得整整齐齐，衬衣的领子洗得雪白，头发有规则地往后拢着，还抹了些啫喱水，我也没从他身上闻到那股熟悉的腥味儿。我不由想起他平日光膀子上车的样子，哈哈笑道："我头一次坐早班车，看见你跟丁勇光着膀子上来，手里提几把刀，我还真吓住了，以为你俩是劫匪。"

李健也笑，说："你现在知道我们为什么光膀子上车了吧？上班就是一身牛血，省得洗衣服。再说，光膀子好洗，血腥味也散得快。"

我好奇地问："你们干吗老是站在车门那里，不找座位坐下？"

"还不是怕身上的腥味熏着了你们，敏感一点的，弄不好还以为我们是杀人犯。"

"看来我没猜错。我知道你们是肉联厂的，所以后来一天看不到你们上车，心里还急得慌，怕你们出什么事。"

李健的眼神一黯，我就知道说错了。

果然李健嗓子一沉，说："这回丁勇是真出事了，你再也看不到他和我一起上车了。"

我安慰道："丁勇的事，你就不要老搁在心里了。生死有命，富贵在天。如果丁勇有灵，知道你这么在乎他，他也会感到安慰的。来，我们碰一下，先敬敬丁勇。"我把瓶口对着李健的瓶口碰了一下，然后把啤酒洒了一些在地上——这是我们当地给死人敬酒的方式。李健也照着我的样子做了，然后我们就坐下来喝酒。

卤牛肉的味道不错。我劝李健吃牛肉，李健却笑笑，摇头："我不吃牛肉的。以前也吃，但自从我开始杀牛，我就不吃了。"

"哦？"我惊讶地问，"为什么？是腻味……"我想起我对冻肉的倒胃口，笑道，"我天天搬冻肉，我也不喜欢吃冻肉。"

"其实，还是有很多人喜欢吃牛肉的。你吃吧，别管我，我吃花生就行。"

"早知你不吃牛肉，我买只酱鸭得了。"要不是怕熟食店的老板用冻鸭做酱鸭，我也许就买了。

李健说：“你不用客气，让你破费我已经不好意思了。”

我随口道：“你要是心里觉得亏，一会儿你掏钱买电影票。”

李健笑起来，碰了一下我的酒瓶。

“其实，我不是要坏你的胃口。”李健举起瓶子，喝了一口，“只是，你如果在流水线上宰杀过活牛，你也许，和我一样，不吃牛肉。”

李健的话激起了我的兴趣，屠宰车间的流水线究竟是什么样子？为什么一个人从宰牛的流水线上下来就不吃牛肉了？那宰猪的呢，是不是就不吃猪肉了？宰鸡宰鸭的呢？有意思，我还没有听说一个屠夫因为他们的职业而犯食忌的。我夹起一块牛肉，饶有兴致地送进嘴里，津津有味地嚼着。

“你不相信吧，丁勇也不吃牛肉。”李健并不看我，却又一次提起了丁勇。

我突然觉得嘴里的牛肉变了味。我疑惑地看着李健，不明白他为什么总是把丁勇挂在嘴上，对于他脸脖上的那块胎记和他脸上的那种凶悍，我并不是那么愿意回忆。我觉得这个死去的人，就像阴魂一样缠绕着李健。

我说：“你既然如此讨厌杀牛，为什么不换个职业呢？”这么说时我心里也有些虚，这年头想换一份职业并不容易，我不是没失过业。

“刚到肉联厂时，我也想过离开，可是我遇到了丁勇。他比我大三岁，在我来之前已经杀了五年的牛。他的父亲是肉联厂的老职工，也是杀牛的。那时，他不想来杀牛，他爹就说，谁让你是一个杀牛人的儿子呢？俗话说，龙生龙，凤生凤，老鼠的儿子会打洞。自古以来，刽子手的儿子当刽子手，屠夫的儿子当屠夫。丁勇说，反正我不杀牛。他爹就说起他爷爷的事。他爹说，你爷爷冻死在肉联厂的冷库里，那是一次意外事故。你爷爷死后，肉联厂通知我去顶班，我坚决不肯。那时，肉联厂是全民所有制，多少人想进哪！可我不想进！就像你今天一样。但我拗不过你奶奶，还是进了。我坚决不肯下冷库，厂里就安排我进了屠宰车间，杀牛。我杀了第一天牛，就再也吃不下牛肉，但你奶奶爱吃，每次我把分的牛肉带回家，你奶奶别提有多高兴！为了你奶奶，我继续杀牛。后来我娶了你妈，你妈也爱吃牛肉，见到我带牛肉回家，就像是过节，比你奶奶还欢喜。为了你奶奶和你妈，我继续杀牛。再后来有了你，你知道你有多喜欢吃牛肉吧。这样，我就杀了一辈子的牛。丁勇说，我是喜欢吃牛肉，但喜欢吃牛肉未必要去杀牛！杀牛是杀生，杀生是有罪的，我不想杀生。丁勇爹说，对于以杀生为职业的人来说，杀生就不是罪，而是赎罪。你想，减少别人杀生的机会，把罪都自己揽了，担了，不是赎罪是什么？可丁勇说，你见现在的年轻人，有谁还去杀牛？丁勇爹说，谁叫你读不好书呢？你要是会读书，考了大学，我就不让你干这杀生的营生。再说，现在杀牛不比我们过去，全是现代化的屠宰流水线。当初我要不是在肉联厂杀牛，又怎么娶得上你妈呢？

　　"丁勇当然不想杀牛，可他把南城的工作都找遍了，也没找到一份比杀牛更好的工作。于是他进了肉联厂，进了屠宰车间，杀牛。他杀牛的第五年，我和他成了同事。整个宰牛车间，只有我们两个年轻人，都没有结婚，都没有找女朋友，我们也不指望找到女朋友，不指望能和女孩子谈上恋爱。这就是我们的现状。以后，维持这种现状的，将只有我一个人了。"

　　听完李健的讲述，我的内心觉得很郁闷。我说："我们喝酒吧，这个世界上，谁都活得不容易。"我扬了扬手里的瓶子，和李健碰了碰。

　　那天，我们没有去看电影。我以为我们会去看一场电影的，但没去成。我们喝醉了。我告诉李健，我也不想在冷库里搬冻肉，但是没有办法，我不想让我母亲看妻子的脸色。不是我妻子不好，她很好，是我不好。妻子也不容易。这个世界上，不容易的人太多了。这两年，说是发生了金融危机，可是，有钱的人一点儿也没减少，没钱的人却越来越穷。和妻子结婚几年了，我们还没有孩子，不是不想要，是要不起。养个孩子太难了。妻子总是说，如果生个孩子，这个家不知该怎么办，我想都不敢想！是啊，如果有了孩子，我们该怎么办呢？我们都没有固定的工作和稳定的收入，母亲没有退休金，没有养老保险，也没有医疗保险，以后，我和妻子也不一定能有。要个孩子的愿望，大约等同于李健离开肉联厂屠宰车间的愿望吧，一样的迫切，也一样的难以实现。

那天的谈话内容，我不太记得了，只依稀记得李健问我，你年少时有过理想吗？我说有过的，我年少时的理想，是当一名作家。李健似乎是嘲笑了我一番，说现在的作家，写的书根本就卖不掉。

"他们和我们一样穷，如果仅仅靠写书的话。有钱的作家，都不是靠稿费过日子的，他们拿的是纳税人的钱。靠稿费过日子的作家，你信不信，他们比我们还穷！"我想不到李健还知道这些，我以为他只会宰牛。他说："你知道一个叫安妮·普劳克丝的美国作家吗？"我摇摇头，稀里糊涂地陷入了醉态，依稀记得李健说，她写得真好啊！

这以后的日子，我和李健又天天在早班车上见面了。现在的李健，每天都穿着周整的衣服上车，脸上的表情也显得有些怯懦，眼神中有着明显的忧郁，看到我，总是会微笑着向我走来。我也总是欠欠身子，往里，坐到里面的空位上。李健坐下，我们有时聊一会儿天，有时什么也不聊。有一天，李健对我说："你真的想看我们屠宰车间的流水线？我可以带你进去。"

"真的？"我高兴地问。

他点点头，说："你哪天休息我带你去吧。"

我说："过两天我有假。"

李健笑笑，说："那你准备一下。"

李健没有食言。进肉联厂时，李健交给我一块厂牌，灯光下我没看清，只按他的意思冲门口的保安扬了扬。他对门卫招呼了一声，拉着我说："新来的。"

门卫点点头，我们就进去了。李健带我在肉联厂绕了两个弯子，就把我带进了一间工作室，他从里面摸出两双靴子和两个黑胶围裙，说："换上吧。"

我换上靴子，系上围裙，跟着李健。在一排厂房门口，李健让我把脚踏进一个水泥池里消消毒。我照着他的样子做了，然后他就把我带进了弥漫着浓烈腥臭味的屠宰车间。

准备被屠宰的牛，准时被赶进了车间，排好队，进入一条只容得下一头牛身的过道。进入这个过道，它们已经有了死亡的预感，开始惊慌地哞叫。鞭子"呼呼"而来，在它们的屁股后面猛烈抽打，牛们死钉在过道里不肯前行。死期临近，它们想逃脱，却无法挣扎，无法转身，亦无法后退。有的牛开始悲伤，鼓凸的大眼睛里涌出大颗的泪。最前头的牛，被后面的牛挤着往前，突然，它前蹄踏空，身子倒栽进活动板下的坑槽里。我还没看明白是怎么回事，空中已伸来一只机械手，将牛身提起，悬空，倒挂上轨道，往前送去。第二头牛在后面狂叫着，它的哀号声很快就淹没在轨道活动板底下的坑槽里。接着是第三头、第四头……

轨道的一侧，站着杀牛的工人们。他们正守候在各自的位置，等候作业。被送入轨道的牛，嘴里发出愤怒的呼号，只见最前面的一个工人，握刀对准移送过来的牛，一刀割开颈部——刀尖捅入，断喉，放血。红色的喷泉凌空喷射，又如炸裂的炮竹四处飞溅。随着轨道的移动，牛血一路淌下。工人们静静地待在自己的岗位上，看着牛慢慢停止挣扎。

接下来，牛就被移送到流水线的下一个环节：剥皮。负责剥皮的工人，在牛的四蹄上各割上一圈，再在四肢与肚腹处各划一刀，将牛皮割开，送到机械手上，转瞬之间，一整张牛皮已被完整地扯下。此时，裸牛白色的肉身子还在轨道上狂跳，牛还没有完全断气。

紧接着是第三个环节：开膛。负责开膛的工人，从身后取出自己的刀，流畅地剖开牛的腹腔，牛的肠子滚落下来。后面的工人们开始各司其职：扯肠，挖心，割肝，取肾……

最后是肢解。一整头牛被按照流水线上的编号完美无缺地分成各个小块：上脑、肋排、腱子……随着轨道的精密运行，它们被分送到各个包装间，既是按部就班地又是高效率地直抵目的地。我抑制着不断想要呕吐的欲望，睁着眼睛看完了宰杀一头活牛的全过程。

紧随而来的，是第二头牛、第三头牛，是牛和它们完美的肉块。这可比庖丁的解牛方式简单多了，高效多了，甚至，也艺术多了。可是，我们从古人的文字里，看到的只是解牛的过程，并未从文字里读出屠牛的血腥。传统的人工杀牛的过程，我是见过的。小时候在乡下外婆家，我曾目睹村人杀死一头已不能干活的老牛。老牛流着泪，牛的主人也流着泪。牛的四脚上各系了一条绳子，绳头被人攥着，随着一声令下，大家一齐往一边用力拽，牛便翻倒在地上。然后几条汉子握着门杠一般粗细的木棒冲上去，死劲按压住牛的头部，旁边有人用手捂住牛的眼睛，屠夫便用刀割开了牛颈上的皮，同时割断了牛的气管与动脉。有人伸着木盆，在刀口处接牛血。那一刻，人们甚至是喜庆的。孩子们欢跳着，狗在一旁吠叫。只有牛主人捂上了自己的眼睛，发出一阵低声的啜泣。这样的场景，并没有使我因此拒尝牛肉的鲜美。

然而，此时我只想呕吐。我必须努力地控制自己呕出来。我现在终于理解李健为什么不吃牛肉。还有丁勇，他也不吃牛肉。当然，他已经是另外一个世界的人了，他活着时，看上去是那么强悍，可他为什么也不吃牛肉呢？杀戮，也是会给杀戮者带来伤痛的。况且，牛和猪到底是不一样的。牛的眼里有泪。牛的身子远比人要强大，可它们却是温驯的、善良的，任由人类宰割的。

　　离开肉联厂时，我才发现李健给我的那张厂牌，是丁勇的。

　　这是我第一次走进肉联厂，我想，这也将是我最后一次走进肉联厂。事实上，我也不可能再去肉联厂，因为那一次目睹屠宰车间的现代化流水线，是李健留给我的最后纪念。那以后，我再也没在早班车上遇到过李健。

　　李健走了，他离开了肉联厂。那天分手后，我就再没有他的消息，只在第二天收到过他的一条手机短信：其实，我那天想请你陪我看的电影叫《断背山》。

　　我后来专门去网上下载了这部由李安导演的美国、加拿大合拍的电影。坐在电脑前，我终于想起李健电脑桌面上的那个熟悉画面是出自哪里——我一定是此前在哪里的广告或者海报中见过。我留心了它的编剧，名叫安妮·普劳克丝。这正是李健那天对我提到过的那个美国作家的名字。我怀着无比的惆怅与感动看完了这部电影。

　　后来，我特意上网查了查。让我吃惊的是，安妮·普劳克丝是一个女人，一个记者出身的作家。她还有一篇与电影同名的短篇小说。我不得不同意李健的话：她写得真好啊！

"悦书坊"书目

潘年英《青山谣》

谢永华《清风在上》

林家品《脖铃》

姜贻斌《你会不会出事》

傒晗《黎明之刃》

// 集木工作室

投稿邮箱：jimugongzuoshi@163.com

微信公众号：集木做书